看见

陈应松 著

中国工人出版社

一

太阳闪入荆河，在水面泛滥，云飘影随。入江口的沼泽，一片晃眼的白雾笼罩着一望无涯的芦苇和浅滩。水鸟的翅膀像飞散的镍片，主要是江鸥，从长江上寻着水汽往内河迁移。水波像是绸缎，让人有抚摸和躺卧的冲动。

时光多美，风景多好，孙保卫的工作却没了。他本来在一家物流公司做水电工，可是老板临时派他去发货，结果他流程不熟，错发了一批货，把发往武汉的发往了沈阳，耽误了托运方的时间，致使物流老板赔了一笔钱，也扣了孙保卫一千块钱。孙保卫觉得太冤，顶撞了老板几句，四年的工作就被抹杀了。老板说，你还错得有理，魂不在身上了吗？他是有点魂不守舍，内心慌张，心不在焉，以致工作出错，而且是大错。

他本来想在江滩这儿没人的地方好好想想，下一步该怎么办。他信步溜达，是不敢回去，心里盘算怎么给老婆欢欢说，却感觉有一双眼睛盯上自己了，如芒刺背，森凉森凉。他拐了个弯，在一丛竹子旁回过头，果然有个人，鬼鬼祟祟地跟踪着他，此人是刘五，冤家路窄！得尽快跑掉，必须躲开他。在工作出错与老板扯皮之前，就是刘五的电话，让他方寸大乱，若是刘五缠上他，要跟他谈齐羽家的事，他就死定了。刘五是他的噩梦。

他假装没看到刘五，佝着腰往竹林里钻去，却听见后头说："啊嚯，保卫，你小子能钻进地洞里？"

孙保卫哪顾得了那么多，拔腿就跑。在拐弯时，他险些被刘五抓住，但他还是跑掉了。

大约跑过了三条小巷，又穿过了一个工厂，还跳过了一条臭水沟、一片菜地，孙保卫都没能甩掉刘五。刘五这家伙个头儿矮，鹭鸶腿，就跟夜鬼似的。孙保卫气喘吁吁，而后头的刘五不声不响，可以再跑一百里的样子。孙保卫快倒下了，他感到心脏在嗓子眼儿这儿跳，如果没能卡住，心脏就会"噗"的一声蹦出来，落到地上。

再爬上堤，到了江边的一片防浪林里，孙保卫实在跑不动了。刘五嘎着嗓子喊道："孙保卫，有种今天跳江。"

孙保卫扶着一棵树，捯着气，吞咽着风说："去、去你妈的，别跟着我，听见没！别、别跟着我！"

他在地上捡起了一块石头，砸着了树干。这吓着了刘五，他退了好几步，让树挡着他，生怕孙保卫火了，扔来石头，孙保卫是不顾一切的，他做得出。当然也不排除是吓唬，孙保卫没这个胆。你只要死缠烂打，对方一定输，无赖的逻辑就是这样。

“呵呵，保卫，你说啥啦？千万别扔石头，砸着我了，你老婆欢欢也跑不了，信不？”

“告诉你，刘五，你别想跟我说什么，老子不想听你的！滚！”孙保卫歇斯底里地喊。

这喊声里刘五听到的是一个人的绝望。对，就是绝望。

孙保卫是绝望了，工作丢了，还被刘五这货讹诈，能活人吗？有活路吗？不如拼个你死我活。他干脆迎上去一把勒住了刘五的脖子，另一只手上的石头就举在刘五的头顶，要敲碎他的天灵盖。

刘五哪还不怕的，他那个细脖子，只要勒紧一点儿，就会断掉，成为无头鬼。他看到孙保卫怒目金刚，两只眼睛像是两把刀子，一嘴的牙齿像是一排锯子，两个鼻孔像是两个枪管喷着火，手上的青石头随时会砸下来，可以将他的脑袋开瓢，然后将他刘五扔进江里，神不知鬼不觉，这里又没有监控。

“老子……”

“好好好，别使性子，坐下好好说。”刘五软了。

"滚！下次你再跟着我，绝不客气！"

刘五连连摆着手说："不不不，你小子听我说，我是想跟你做一笔生意……"

"什么生意？"

"我、我、我卖给你一件衣裳……"

"什么衣裳？"

"一件米黄色的夹克衫，被人丢在垃圾桶里，保卫你要吗？"

孙保卫脑子炸了，他的脑海里倏地回忆起他那天离开凶杀现场后，将身上沾有鲜血的夹克扔进一个垃圾桶里，莫非正好被刘五看到并藏着了？

"你想敲诈我？"孙保卫必须面对了。

刘五那双老鼠眼眨巴着，笃定地说："只要点小钱，其他我不想管。"

孙保卫忽然像一匹咆哮的狮子大吼道："老子工作都没了，屌人一个，烂命一条，你要全给你！"

他们终于扭打在一起，孙保卫用拳头保卫自己，狠狠地砸刘五的脑袋，他自己也遭到了刘五的打击。刘五虽然瘦，也是个不要命的货。

"多少钱摆平，你自己说！"刘五揩着鼻子里的血说。

"你想怎么便怎么，老子不在乎！"

刘五输了这场架，边走边说:“保卫你小子别后悔……”

……事情当时来得有点突然，就像在梦里。那天，孙保卫稀里糊涂跟着几个哥们儿消夜喝酒，买单的是一个叫石仔的胖子，孙保卫不认识这个土匪样的人，有人说他是荆河市的狠人。胖子一直在灯光下骂，一直在喝，少说有一斤白酒，好像在说他要搞死谁。这个石胖子大汗滚滚，头上的汗水呈流水状，他坚持要买单，将别人推倒在地，就是要出钱，只有一个条件，要大家跟他去一趟白楼。“去一趟白楼嘛!帮我石仔一次嘛，壮个胆嘛。”半路上他呕吐起来，还哭了起来。孙保卫想，这家伙想干什么？他已经疯了，肯定要出事。

就因为喝酒的地方离白楼不远，这家伙临时起了杀心。白楼是一片江景房别墅区，是有钱人住的地方。孙保卫他们所在的这个区算是郊区了，离市区有很远的距离，在靠近长江边和荆河入江口这一带，过去算是一个县，现在变成了一个区，不管怎样变，还是离中心城区很远。出租车开到一栋白色的楼房前停下来，石仔突然亮出了砍刀，被几个人拉住了。孙保卫被那刀上的亮光刺得打着寒战，他不会掺和这种打杀，他是有家有口的人，于是借故小解，溜到围墙的一边在那儿发抖。

本来孙保卫准备溜走的，站在那儿发呆，又没见过这阵势，有想看看热闹的冲动，就在那儿瞄着，看这个石仔有多大的胆敢上门杀人，以为就是吓唬一下人家。他在围墙外等待“大事”发生，就这种可怕的看客心态让他碰上了倒霉的结局。

不一会儿，楼里就传来石仔的喝吼声、詈骂声，还有砸东西的响声，孙保卫还听到有女人男人的求情声、喊叫声，乱成一团。孙保卫一泡尿因紧张拉了半天，也没拉干净。楼上的东西往下扔，落到院子里，叭叭地碎裂了。黑暗中孙保卫没看清是些什么东西，他因为好奇踅回了院子。就在这时，从楼里跑出来一个五十来岁的男人，男的见到门口的孙保卫，大喊道：“救命呀！杀人啦！”

孙保卫想跑也来不及了，那人拉住了自己，想往他身后躲，那个杀红了眼的石仔控制不住了，他的后面跟上来一个年轻女子，看到孙保卫站在那儿，也大喊着：“救命！救命！”可石仔追上来就将孙保卫扒开，朝那中年男人背后砍来，鲜血溅了孙保卫一身，中年男人抓着孙保卫颤抖的手松开了，在孙保卫面前倒下了，那个年轻女子扑向倒在血泊中的中年男子。

孙保卫看到石仔扔掉了一个相框，一张漂亮女人的照片飞出来，正是那个抱着倒地男人的女人。他弯下腰拾起脚下的那张照片，揣进怀里，撒腿便跑。边跑边将那件沾了鲜血的夹克，塞进路边的一个垃圾桶里，跳过花丛，消失在黑暗中……

也许就是那时候，刘五跟踪上了他，从垃圾桶里掏出了那件衣裳，来对孙保卫进行敲诈……

孙保卫和老婆荆欢欢都是在荆河福利院长大的孩子，都是孤儿，孙保卫父母因误食毒蘑菇去世，留下他与妹妹孙小妹，政府安排他们进了福利院生活，那时他们都大了，就没有改名。荆河福利院在荆河边的大堤下，靠近公路的一片农田中。这里的建筑都是新建的楼房，里面的场院里，所有的花坛都种上了蔬菜，所以春天这里有金黄的油菜花，冬天有青翠的白菜和萝卜。老人们住一栋，小孩住一栋。这里的孤儿大多是被遗弃的，有的有先天性心脏病，有的是兔唇，有的是脑瘫，也有前些年因超生而被丢下的女孩。如荆欢欢，应该是超生被家长扔在这里的。那时候，荆院长早上打开院门，会看到门口有包着的小孩，才刚刚睁开眼睛，一看就是从医院里抱出来的。加上荆院长的事迹经常见报，人们相信这位“活菩萨”，心肠好，就会从很远的地方来将孩子丢到这个福利院。这样，一个区福利院，孤寡老人、孤残儿童越来越多，越办越大，越办越有名气，社会捐款也多了。

这一天，荆欢欢回到福利院，荆院长告诉她，她又添了个小妹妹。福利院的孩子都叫荆院长荆妈妈，叫荆院长老公毛助理毛爸爸，这已经形成传统了。毛助理拿出一张纸给荆欢欢看，那上面写着：“乳名琪琪，4月23日生。”

毛助理说：“如果我没有记错的话，这是第四十八个，咱们福利院人丁兴旺啊！”

荆欢欢看着这个小女孩，非常可爱，没有残疾，包裹她的小被子也很高级，衣裳也穿得好，在所有的弃婴中，这还是第一个，这孩子被弃肯定有其他的原因。接着，荆妈妈让荆欢欢去看院门口的监控。在清早天刚蒙蒙亮时，一个穿着大雨衣、戴着口罩和墨镜的男子，将孩子放在了门口，接着隐入模糊的天光中，似乎从庄稼地里走了，去往大堤和江边，那儿没有监控。

毛助理对荆欢欢说，要保卫来院里换两个水龙头。荆欢欢说，让他明天来院里，今天上班去了。

毛助理提到孙保卫态度生硬，抱怨他吊儿郎当，打了电话，今日推明日，明日推后日。“看好他，听说这小子跟一些不三不四的人鬼混，有人在早酒馆经常看到他喝早酒，不知道早酒伤肝吗？喝早酒的哪有好人，不都是些游手好闲的人！”

“好了好了，别管太多，我说老毛，你管好自己的事吧。”荆院长说。

荆欢欢忙说：“毛爸爸说得对，我会管住他的，保卫上班从不落下，每天能准时回家……”

毛助理说：“啊嚯，准时回家有什么用？还是租房住，咋不买个二手房，是自己的。有人说，六点回家是穷鬼，九点回家是酒鬼，零点回家是色鬼，四点回家是赌鬼……”

荆院长说：“啥话呀，小两口儿慢慢来，哪能刚结婚就买房的，欢欢，别听你毛爸爸的。”

荆欢欢想着那个乳名叫琪琪的女婴，当年的她不就是这样被遗弃在福利院门口的吗？对父母过去隐隐的怨恨，换来的是现在的思念。她是谁的孩子？她的父母是穷是富不用管，她只想看看父母的样子，她有兄弟姐妹吗？虽然在福利院无忧无虑地长大、结婚，也将荆院长和毛助理视为父母并笃信不疑，但后来她明白了，这些全部姓荆的孩子，全是来自不同家庭的孤儿、弃儿。他们基本是在出生没几天就被亲生父母狠心抛弃的，这些父母的确太过分了。

爱家庭，爱丈夫。虽然当年毛助理不同意她与孙保卫的结合，但她的坚持，才有了今天的结果，她要好好珍惜。

可这天，孙保卫却很晚没有回来，打他手机，不接。做的饭菜，凉了热，热了凉。每天，孙保卫不回家，她一个人是不会动筷子的。她的心里咚咚地跳着，心慌，不知道发生了什么事。于是打电话到荆妈妈那里，怕孙保卫是去院里修水龙头去了，没有。荆院长说："那到底去哪儿了呢？"荆欢欢哭了起来，当着荆妈妈，她会很软弱，困难时只有求助这个妈妈。荆院长让她再等等，如果十二点还没回来，她就让毛爸爸和她一起去找。

电话刚讲完，有人开门锁了。进来的孙保卫似乎神志不清，歪歪倒倒，他喝醉了。荆欢欢去扶他，问他："保卫，你喝了多少酒？"

孙保卫嗫嚅着没说什么，躺到床上，他身上的酒味让荆欢欢直想呕吐。她突然想到，他还有一件夹克不见了，是那天他没有穿回来。

"孙保卫，脱了衣裳睡不行吗？别把床上弄脏了！你跟谁喝成这个样子？"

荆欢欢去脱他的外衣，他睡得像死猪一样，太沉，把他翻个身，一张皱巴巴的照片从口袋里露出半截来，是一个年轻女人的艺术照。荆欢欢看着照片上陌生的女人，一下子心脏都停跳了，眼泪夺眶而出，摇晃着孙保卫问："孙保卫，照片上的人是谁？她是谁？"

没醒，抽他的脸，还是没醒，嘴里在咕咕哝哝。终于将他揪醒了，揪他的头发。这下孙保卫睁开红彤彤的眼睛，看到了眼前晃动的东西，定睛一看，是那张照片。

"说，谁？！"

"我、我不认识……我不认识。"

"不认识，照片咋让你保存？孙保卫，咱们离婚！"

事情越来越坏，孙保卫听到"离婚"二字，陡然清醒，他去夺那张照片，可荆欢欢死死攥着不放。孙保卫哪能让这个照片落入荆欢欢之手？两人猛力拉扯，照片被扯成了两半，再扯，成了几片，掉到地上。

"我如果认识这个女的，不得好死，明天出门被车撞死！"

荆欢欢收拾着背包抽泣着打开门，啪的一声，门关上了。荆欢欢走了，孙保卫慌了，下了床就去追，外面一片黑暗，他赶了上去，拉住荆欢欢。

“别走，欢欢！听我说，我没干啥坏事，回去咱们好好说。”孙保卫乞求着。

可荆欢欢哪会回去，她在拼命挣脱孙保卫的手。孙保卫拽着她的双肩包，荆欢欢双手紧抓着不放，孙保卫快哭起来，他意识到事情的严重性，他丢了工作的事没有告诉荆欢欢，又被刘五敲诈，祸不单行，全都碰上了，这照片是可以说清楚的，但他敢说吗？那不连石仔杀人的事也扯出来了？一切就都完蛋了。有句话叫“穷人事多”，人越穷，祸事烂事越会找上你。

两个人半夜在马路上拉扯，半夜的大型货车基本是拉工地渣土往郊区倾倒的，这些车横冲直撞，一路还撒下渣土，从他们身边呼啸而过。孙保卫尽量将荆欢欢拖到马路牙子边，防止被车擦上了，那一定小命不保。

“回去！”

“我不回！放我走！”

“你去哪儿？”

“我回福利院！”

当然只有福利院，在福利院长大的孩子，只有院里才是家。

后来，他还是拉赢了。虽然荆欢欢认为福利院是她的家，但那个家让她“出嫁”了，是无法回去的。她长大了，要腾出地方给新来的孩子住，她回去干什么呢？荆妈妈虽不会嫌弃她，她在那儿还能像过去一样吗？像回到亲妈的家里那样随便放肆吗？在深夜的街头，她背着背包，其实一想，她就是个无家可归的人，蜗居的出租屋才是她唯一遮风挡雨的地方。可自己的男人不争气，谁能帮她说一句话，谁能保护她？

抽泣着，被孙保卫生拉硬扯拽回了那个城中村的出租屋，一室半一厅的小房子里。

家里，那张照片的残屑还在地上，被孙保卫故意踏了几脚，他将照片的碎片捡拾起来丢进垃圾桶里，取了毛巾给荆欢欢揩着脸，说：“照片上的女子我真的不认识，这照片可能与刘五有关，以后你就知道了。”

“与刘五有关为啥到你口袋里了？”

“我哪知道？但我一定会告诉你是咋回事。今天，我不该在外面喝酒，以后，也不会在外面喝酒了。喝酒误事，会误大事。以后，也没有酒喝了，我没班上了。”

“怎么？不上班了？”

“不是我不愿意，是工作出了差错，我不是故意的，老板不原谅我。”

他把老板给他算的工钱全拿出来，有一千多块钱，他留下了几百块存在自己的卡上，余下的钱给不给老婆？刘五肯定会跟自己没完没了，孙保卫还是决定给老婆，以后的事，以后再说，他做好了与刘五战斗的准备。

看到孙保卫拿出的钱，荆欢欢又哭了起来，这哭声在安静的城中村格外悲伤瘆人。

早晨的一切都改变了，本来会有老婆给自己做好了番茄面，一大碗呼呼地吃进去，然后坐公交上班。现在，孙保卫面对天亮，面对阳台上的鸽子拍打着翅膀发出的咕咕声，只剩茫然。他与老婆大眼瞪小眼。番茄面，做了，他能吃下吗？他吃下了去干什么？他躺在床上一筹莫展。

老婆平息了，但老婆闷着头，依然伤心地坐在阳台，望着那些饥饿嚎叫的鸽子发呆，她没有了喂鸽子的兴趣，他们的生活被完全打乱了。

老婆泪痕犹在，桌上的面已经糊汤，冷了，一双筷子插在碗里。

“我正在网上找工作，放心，我会找到工作的，天无绝人之路。”

荆欢欢看着别处，没理他。

“你去院里装水龙头。”荆欢欢说。

孙保卫突然想起来，那好，至少今天有活干了。他提起工具包就往外走，荆欢欢喊住他：“把面吃了。”

可他真的没有食欲，他摇摇头，说：“我去修好了再说。”

他看到，昨天他拿出的钱，还放在桌子上。

换水龙头的事很快搞定了，毛爸爸也没说他什么，只是听说又有了一个弃婴，他妹妹孙小妹在照看这个未满月的女婴。

从福利院出来，上个坡就是公路，也算是马路。他一抬头，路口，刘五和另外两个人在等着，万儿、邓杆，都是过去的酒友。但刘五是曾经疯狂追求过荆欢欢的，也是孙保卫和荆欢欢的初中同学。

“今天又来了，说吧，想怎样？”孙保卫说。

刘五看到孙保卫摩拳擦掌，也不怵，他们有三个人，虽然都不精神，拳头缺乏肌肉，可三个人有六只手六条腿，一人难挡八面风。

“喂，昨天的那笔生意想得咋样了？”

“刘五，你非得要把我逼到墙角？”

他没有与万儿和邓杆打招呼，有时候，见了他们就后悔与他们一起喝过酒，人生贱了嘴就贱，嘴一贱，人更贱。这都是些什么东西，就一堆垃圾，再跟他们喝酒割舌头！他暗暗发誓。

“啥叫逼到墙角？买卖不成情义在，这生意之事，一个愿打，一个愿挨，是吧？”

孙保卫想寻缝隙逃跑，是逃回福利院，还是展开一场江边的赛跑？

“我还有事。”孙保卫说。

“哈哈，早问了，你的物流公司将你开除了，你啥事？就是回家睡觉，哈哈哈哈……”刘五儿声怪笑，万儿和邓杆也都龇着牙笑了起来。

孙保卫被揭了老底，听到“开除”二字，一种被羞辱的感觉顿然升起，脑袋膨胀，血液冲顶，激动地说：“开除又怎么啦？老子高兴。你们也开除试试。大不了没酒喝，老子吃腌菜得了，别管我，老子就爱腌菜，喝早酒的趁早给我让开！”

万儿钉头细脑，个子矮小，上前来说：“保卫，咱们是兄弟不是？兄弟有互相害人的吗？酒肉朋友不也是朋友吗？刘五说卖你啥，你就答应吧，大不了咱哥们儿一起喝酒这事拉倒。”

“这顿酒多少钱？”孙保卫横着眼问。

刘五说：“一顿酒？那得看吃什么，吃人参燕窝？

吃猴脑熊掌?”

“你们找错了人，找我这样的穷人敲诈，这不是鹭鸶腿上劈精肉吗？你们别再干这种缺德事了，我要找谁去领失业补助啊？你们告诉我，去哪儿领?”他愤怒地问他们。

他在气势上压倒了前面的人，在离福利院不远的地方说话，不利于他们，他们想将孙保卫掳到一边去，他们不想放弃这个宰人的机会。

万儿和邓杆两个家伙估计是刘五临时叫来的，对这个失业青年孙保卫没多大兴趣，但刘五不知怎么像条蚂蟥粘住了孙保卫。还是因为情场上失意而心生恨意吧。

“石仔杀了人，肯定死刑，你可是漏网之鱼。石仔一枪毙，你想顶替石仔，做齐羽的乘龙快婿是吧，你捡到的一张照片呢？藏哪儿了？我呸！癞蛤蟆也想吃天鹅肉，喂，孙保卫，我最后问你，你到底想不想要那件衣裳了，我的时间可是有限的啊。”

孙保卫在刘五口里听出了一些门道。好像那张引起荆欢欢误会的照片上的女孩，是那个被杀者的女儿，石仔的女友。石仔才癞蛤蟆想吃天鹅肉啊，一个无所事事好吃懒做在街头称王称霸的小子，非得要当富豪家的女婿，这还不出事吗？只是，孙保卫很后悔很遗憾，没能阻止石仔行凶，他本来可以救下那个男的，挺身而出，见义勇为，抱住石仔，缴下他的刀，让那中年男人躲过一劫，也让石仔停止行凶免于一死（死刑），但他犹豫了，没能伸出援手，他胆怯了，他草鸡了，他害怕了，多一事不如少一事，眼睁睁地看着一桩凶杀案成为现实，他都做了些什么！

刘五横在路中间说：“保卫，我是把你当兄弟的，你不信，以为我害你，敲诈你，说得多难听。你说我敲诈，马上报警呀，等警察来了，你把话说清楚。好吧？你给警察叔叔解释一下，你身上咋就那么多血呢？你咋就在杀人现场？你跟石仔是什么关系？你怎么就逃跑了呢？……”

孙保卫无言以对。

刘五又凑过来说：“保卫，你说我敲诈，我何时敲诈了你？我要你收回你的血衣，我要你出个价，我说了多少钱吗？呵呵，我刘五早就防备你了，你休想抓到我的把柄，我刘五也是洞庭湖的麻雀，见过风浪的。别把咱的一片好心当成了驴肝肺。话到了这个份儿上，你看着办……”

孙保卫看着他们三个欲从庄稼地里走，在后头问：“你想要多少钱？”

刘五一脸阴笑道：“我不会说钱的事，那是敲诈，哈哈哈……”

孙保卫走着走着就来到了那个白楼，这白楼锁上了，门口全是落叶和垃圾，看来已人去楼空。院子里，也是垃圾遍地，似乎还有隐隐的血迹，有砸碎的玻璃，还有向他跑来的呼救声……

他站在围墙外的行道树下，想着怎么摆脱刘五，否则后患无穷。他在微信里群发了几个人，帮忙给他找工作。只有一个人回话，是孟盆子，孟盆子说他一个亲戚在水产品批发市场里有店铺，缺搬运的人手，就是卸鱼，新鲜鱼、冷冻鱼。那个人说去帮他找老板说说，这是个很累的活儿，每天凌晨两点就要上班，这不是人干的活，太累。孙保卫说：先看看。有工作干，有工资，总比待在家里啃老本强。不过，他想尽快了断与刘五的事，这个隐患爆炸了，那可不得了。他如果三天两头去找你，岂不是要坏事？

他在想着有什么朋友可以求助，唉，无奈朋友太少，他的好朋友只有孟盆子，便给孟盆子发了语音：盆子，你这次答应也得答应，不答应也得答应，借我五千块钱急用。

哪知孟盆子马上来了电话，问他要五千块钱干什么？我哪有钱呀？

唉，又一个穷鬼。

妹妹孙小妹呢？妹妹的话更噎人：“哥，莫非我把自己攒的嫁妆钱都借给你吗？”

孙保卫说：“怎么，借是不借？”

人到了这个地步，连廉耻都不顾了，疯狂借钱就是丢人，丢格，就是下三烂。

小妹说：“哥，爸妈在地下知道了也会骂你的。”

孙保卫听她提父母，心里难受，不敢坚持。自己没能帮妹妹，她以后的嫁妆还得她自己赚，这个哥哥是不是太没用了？他忽然为自己感到羞愧。

孟盆子却来了，在江边的一个小酒店里。孟盆子长得白白净净，个子不高不矮，做人不惊不乍，是靠得住的好哥们儿，也不像他孙保卫爱结交些不三不四的人，比较听他母亲的话。有几次，孙保卫都想将妹妹介绍给他，这种男人靠谱，没有意外，不用担心。

孟盆子说：“保卫，我已经点了两个菜，我请你，咱们先喝点酒润润喉咙再说。”

孙保卫说：“我今天没时间陪你喝酒，你打钱给我，我打借条。”

孟盆子说：“钱我不多，我微信的钱包里，一般只有千把块钱，你要我全给你。”

孙保卫喝了一大口啤酒说：“你比我还穷呀。”

孟盆子说："你借钱干啥，买房子？"

"千把块钱买房？买茅坑也不够呀，现在不想告诉你。"

"我妈说她靠做手工棉鞋养活她自己，剩下的全该我挣了，包括娶媳妇的钱……"

"我会还你的。"孙保卫懒得听他啰唆。

孟盆子说："我也不指望你还，我妈说不要借钱给别人，凡是借钱给人家的，都是肉包子打狗——有去无回。"

孙保卫哭笑不得。

孟盆子追问："保卫，你是不是嫖娼被罚款了？"

"我嫖什么娼啊，我又不是没老婆。"

"那就是赌博输了。"

"求你别问了，我哪会赌博？"

"我又是帮你找工作，又是借钱给你，你工作怎么没了？裁员呀？"

"怎么说呢，工作出了差错，做梦都没想到工作丢了。"

孙保卫硬是拿过来孟盆子的手机，翻出他的钱包，然后将他的两千块钱转账过来了。

"你截屏，借条不打了。"

"你咋不打借条呢？"

孟盆子找服务员拿来纸笔，逼着他写了个两千块的借条。

孙保卫跟刘五讨价还价半天，他站在江边的防浪林里，白沫乱飞地跟刘五据理力争。

“一锤子买卖，两千块钱，一手交钱，一手交衣服。”这是孙保卫的底线。

可是他没有看到刘五拿来衣服，刘五空手来的。

“拿来我数数。”刘五用大拇指和食指示意道。

“衣服呢？”孙保卫问。

“我数数。”

孙保卫没动。

“我还没说清楚吗？让我数数你那几个小钱。”刘五不耐烦了，朝地上啐了一口，同时吐出半截烟头。刘五那么矮，那么黑，细腿，大脚，厚嘴，宽鼻，简直像是没进化好的山顶洞人，让孙保卫心里有一丝发怵。

“一手交钱，一手交货。”孙保卫不依不饶。

“真给两千，你以为就可以了断了吗？”

孙保卫轻描淡写地说：“我那衣服，就三十块钱在地摊上买的。”

刘五笑了，说：“先给我两千吧，今天我刘五还没有吃饭哩。”

“先?”

“下次你一并补上嘛。”

“还有下次?”

“当然。”

孙保卫心里的愤怒到了顶点，大喊道:“人也不是我杀的，你凭什么要栽赃我，敲诈我?你咋这么坏哩!”

他一头朝刘五撞去，刘五倒了，后脑勺磕在树干上，他好像站不起来了，他晃晃悠悠摸着什么，想抓个东西。后来他抓到了一棵树，他坐了起来，靠在树上，确定自己清醒了，呵呵笑了两声。

“我现在脑震荡了。”刘五摸着脑袋说。

“你说这不是敲诈，那什么是敲诈?”

“你的意思是让我公事公办，打110报警，那对你公平吗?我不干你爸的那种脏事。”

这一下轰地让孙保卫脑袋炸开了。两家人的恩怨，终于落到下一代身上，这才是事情的根本，问题的起因。看来孙保卫想简单了，以为这只是两个人因为荆欢欢的恩怨，哪知，刘五说的是他们父辈的仇恨，这一下，刘五是不会轻易地放过他孙保卫了。

“这事……我纠结了好久，本来是报复你的好机会，把你送进大牢，就像你父亲将我父亲送进牢里一样，但是我还是想给你留条路，不会像你父亲那么恶毒，做得太过分，我就想，你出点血，我心里是个安慰，咱们两家的恩怨情仇也就摆平了，从此，你不欠我的，我不欠你的。没想到你这么抠，这点钱打发叫花子啊！这是解决问题的态度吗？你不想想，你父亲的举动，害得我们家破人亡……”

二

应该说，那是很久以前。至少对于孙保卫来讲，这几乎是古时候的事了，连父母的记忆也渐渐淡忘了，哪还有父辈的恩怨联结到他的身上。但这个刘五终于逮到了机会，将他们父辈的事一下子放大到生存和毁灭这样严重的地步，他孙保卫是做梦都没有想到的。

孙保卫父亲与刘五父亲在同一个厂里工作，孙保卫父亲是办公室主任，而刘五父亲是司机。每次汽车的修理费，刘五父亲都会报销很多发票，有零件的、加油的、大修的，车很容易坏，一搞就进修理厂大修。稍懂一点汽车修理的孙保卫父亲后来发现换的零件不是新的，是旧的，一个近千元的零件，其实是一个不值钱的、别的旧车上换下来的零件。于是举报给了工厂领导，刘五父亲东窗事发，以贪污罪批捕后判了十年刑，据说后来在监狱表现不好加了不少刑。

这事孙保卫是后来听说的，他那时还小。唯一的记忆是刘五家几个乡下亲戚，大清早来到孙保卫家，单位的平房里，几个人示威一样地在孙保卫家走了一遍，没敢动手，一个个大摇大摆，横眉鼓眼，恶狠狠的。孙保卫躲在妈妈身后，妹妹小姝躲在妈妈怀里，看着这群凶神恶煞的人。后来，父母有一天口吐白沫，锅里有煮着的野菌子，孙保卫放学回来，看到锅里的菌子还冒着欢腾的热气，有警察来化验了，说是毒菌，父母的遗体就匆匆地火化了，孙保卫和妹妹就成了孤儿。

孙保卫还是希望捡他的老本行——水电工，他被闹钟惊醒，早晨起来，准备去劳务市场碰碰运气。他飞快地盥洗后，连早餐也没吃，想早点能找上活儿干。

荆欢欢看到孙保卫身上皱巴巴的衣裳，给他拿出了一套他的工作服，让他换上。

荆欢欢给他整理着衣裳，扣着扣子，包括袖口上的扣子，说："这样会给别人留下一个好印象。"

孙保卫没有想到劳务市场那么多人，各种装修工人在一块，有水电、木工、泥瓦工、油漆工、贴瓷砖的、铺地板的、钢筋工，人头攒动，在马路两边的人行道上，一块小纸牌随便用笔写下的工种，然后是工具包、空压机、切割机等。求职者主要是外地农民，这种脏活儿苦活儿，城里人一般做不来，当然也不排除像孙保卫这样原来在单位做过水电工的。听他们说，现在的贴瓷砖师傅工钱很高，木工收入也不错。主要是城里人没人学这些了，乡下的孩子也不愿意学。

他蹲在那儿，在家里准备的一张纸写上“水电工”，可是蹲了半天，基本没人问津。旁边却出现了一些游弋的算命大师，有瞎子，有明眼人。抽一次签两块钱，听着签筒摇晃的叭叭声，孙保卫的手就不自觉地伸了进去。

“先生，好手气，中上签：刘备招亲。”瞎子说。

“怎么解？”孙保卫问。

“我给你念念，”那瞎子摸熟了，每签又做了记号，便背诵起来：“失意翻成得意时，龙吟虎啸两相宜，青天自有通霄路，许我功名再有期。这解辞上说，叫去即去，叫住即住，自有亨通，到头必利。先生许是人生遇到了一点小麻烦，不要紧的，既是龙吟虎啸之象，凡事皆顺意有望啊。你看刘备招亲，明是被孙权整的一出鸿门宴，是吧，你若去江东，那不是自投虎狼？可刘备去了，因有诸葛亮锦囊妙计，怎么样，还把孙夫人带回了荆州。孙权呢，赔了夫人又折兵，刘备欢笑抱得美人归，先生，你还要走桃花运呢！”

孙保卫凄然一笑，给了瞎子两块钱。

孙保卫在马路边继续守着摊儿等有人雇他，孟盆子给他打来电话，说有家装饰公司水电工病了，找人顶替，问他干不干，孙保卫二话没说，就按照他发来的地址去了。

虽是临时活儿，总比在家里吃老本强，一个房子的水电承包也不会少于三千块。可这次是顶替，跟人临时干几天活儿，边干边说吧。

孙保卫被孟盆子带到一家专做别墅装修的装饰公司，公司的老板说，有两栋别墅工地开工了，有一家是旧房装修，你离哪家近些，你挑。孙保卫看了看，有一栋白楼群的，旧房装修，他自然选了这家，说离这家住得不远。

等他去了那一栋，发现竟然就是发生血案的那家。已经被拆得乱七八糟了，院子里堆了各种旧家具，各种建筑材料，当时的现场一点儿都没有了，一切都像没发生过一样，新装修是想抹去旧房的痕迹吧。再则，有钱人五年八年都会重新装修一次，有个新鲜感，也许主人换了吧。

事情总会在冥冥中发生，这不是让自己的良心更加难受吗？这不是来折磨他的吗？

走进别墅，大脑里翻滚着那天晚上的记忆，人的呼叫、鲜血、难闻的血腥味，那种味道真是让人恶心，石仔究竟是如何发疯的？一个人有多大的仇恨把刀捅向他人？……

四层楼的水电管线已经画好了，然后是挖槽走线，走水管。负责现场的房主，是一个年轻人，姓马，监工叫他马总。这水电有的做了，至少得几个月，包括灯具安装、水龙头安装。

姓马的一脸紧绷，楼上楼下指挥。这人好像全世界欠了他似的，眉毛倒拧着，脸上愤愤不平，装修这么大的别墅，有啥不高兴的？这里面肯定有问题。

孙保卫很想问，他是这个别墅的新房主吗？等马总来到一楼的空开盒看孙保卫走线时，孙保卫就鼓足了勇气问："马总，你家的房子好大呀。"

好像哪壶不开提哪壶，这马总叫马龙，马龙翻着眼，要向孙保卫发炸了，果然炸了。马龙说："孙师傅，你走你的电线干好自己的活儿，其他的别问。"

孙保卫一脸尴尬，嘿嘿笑了一下，拿起拆下的电线，说："好的好的，我就想问这里面装修挺好的，过去的电线和水管质量比现在新装的还好，换它干什么呢？"

马龙厉声说："换就行了，又不要你出钱，你拿工钱你干活，人家就是金子换狗屎，人家愿意，关你啥事呀？"

听口气，这房子应该不是他的，看他那个做派，也不像是有钱的大少爷。斜背着的包不是老板的包，应该是个打工的，或者房主请的工地负责人。

回家后还没进门，邓杆和万儿已经候在那儿，怪笑着说："保卫，这是政府送给你的礼物。"

一颗黄灿灿的子弹！孙保卫大惊失色，"你们开什么玩笑？"

"石仔被判了死刑，那些跟他一起杀人的人，还能有命？政府要枪毙你，刘五把子弹偷出来了。"

"给我滚！"孙保卫大声斥责他们，这时有人从楼道里出来，万儿和邓杆只好慌乱地走了。

一颗子弹，什么意思？他们的敲诈升级了。尖尖的子弹，沉沉的，光溜溜的，可以击穿人的胸膛。这冰凉的子弹，他是第一次接触，心里一阵恐慌。看来，刘五绝不会放过他了。他将子弹装进口袋，进了门，老婆荆欢欢又朝他泼来了狂风暴雨。

屋里没有开灯，没有做饭，没有人。阳台上的鸽子连喝的水也没有，饿得咕咕叫。

“欢欢，你怎么了？”

他开了灯，发现荆欢欢在阳台上，托着腮在那儿发呆。缩着鼻子的响声，显然是哭过的。屋里一股肃杀之气，像是遭了什么难。

“我又找到了工作。”他说。

“你究竟在干什么？你到处找人借钱是什么意思？”

“我、我找谁借钱了？”

“你不是找小姝借钱了吗？不是找孟盆子借钱了吗？”

“这……这从何说起？谁告诉你的？”孙保卫眼前一黑，众叛亲离呀，这肯定是妹妹小姝告诉她的，找孟盆子借钱，肯定是孟盆子给小姝讲的，这小子对他妹妹有意思。

“到处借钱你是干了什么坏事？和那个照片上的女人有什么关系？”

孙保卫怎么回答？口袋里还有一颗子弹。他是在福利院长大的孩子，对社会几乎一无所知，也没有父母告诉他怎么应对这样的事，他一片茫然，内心只有恐惧，晚上睡不着觉，噩梦连连。

“我会告诉你的，但我保证，我没干坏事，这是我做人的底线。”

“你说呀，说！”荆欢欢咆哮起来，她快发疯了。

可孙保卫没有说出真相的勇气，他胆小，他想用钱来解决，也许刘五只是要钱呢？刘五没有工作，是个街头混混，他就是想趁火打劫，赚几个银子花花，只是，他找的这个人，太穷太穷，几乎没有一点油水。

他开始淘米煮饭。他想着白天算命的话：失意翻成得意时，龙吟虎啸两相宜，青天自有通霄路，许我功名再有期。刘备招亲，化险为夷，路能通到九霄云外，这是不是暗示要我三十六计走为上计，要我远走高飞？

炒了一个西红柿炒鸡蛋，喊荆欢欢吃饭，可老婆在阳台上一动未动。这真是难受，他去拉她，拉到桌前。可老婆哭丧着脸，一副死了亲人的糟相，这家里太压抑，这怎么办？是不是这个家要散的节奏？

老婆硬是水米不进，孙保卫扒拉一碗饭进肚，也就躺床上了。

他背着荆欢欢拿出那颗子弹，子弹在幽暗的光线里闪着寒光。他趁上卫生间的时候，看到吊顶上有松动的铝板缝，往里扒了扒，扒出一些老鼠屎来，将子弹放了进去。想了想，还是将子弹取了出来。

……突然，急促、尖锐、恐怖的警笛声在外面响起，一阵脚步声惊醒了孙保卫，同时听到如雷般的叩门声。没等他开门，门已经被踢开了，立马几个警察站在了他面前。一个警察说："跟我们走！"

"为什么？"孙保卫问。

"你杀了人，这个是你的吗？"

警察扬起一件衣裳，正是那件血迹斑斑的夹克。来不及申辩，一副冰凉的手铐就铐住了他的双手。

他被带出门时，听到了一阵瘆人的笑声，循声一看，是刘五在门缝里。

"我没有杀人，我没有杀人！是他诬陷我的！刘五敲诈我，陷害我！"

孙保卫大声喊叫着，不肯往楼下走。一个警察猛地一推，他滚下楼梯，无穷无尽的楼梯，他像一个皮球往下滚跌着，碰撞得他疼痛难忍，哇哇直叫……

他醒了过来。原来是一个梦。摸摸头上，冷汗直冒。

第二天，在别墅工地上孙保卫埋头干活，听到马龙到处训斥人，这个灰没抹平，那个水泥放少了，那个吊顶不结实。

孙保卫将两捆电线放到三楼，看到有的卧室好像还没有拆干净，他推开了一个门，往里一看，有一个镜框还挂在墙上，就是他捡到的那个女孩的照片，真漂亮，可惜里面一屋蛛网。他正痴痴地看着墙上的照片，背后突然一声吼："你在干什么？"吓得孙保卫差点尿失禁，打了个哆嗦，转过身来，是那个马龙，一张冰冷的面孔。

"我看这个房间的电线怎么走。"孙保卫编着话儿说。

马龙冷笑一声，"嗬，你楼下的活儿还没干完，就想到这儿的电线了，这么急？"

当那个女子出现在孙保卫面前的时候，孙保卫紧张了一下。马龙给那个女孩介绍说这是水电工孙师傅时，那个女子突然死死地盯着他，在她的记忆中这个男人似乎在哪儿出现过，但她可能一时没想起来，加上那个夜晚院子里的灯光并不是很亮。孙保卫一阵寒意，生怕她认出他来，但她还是在孙保卫的身份上发现了端倪。

"你家是哪里的？"

口音在这里，他只好说出家在市区。她发现这个水电工的眼睛躲闪，就突兀地问了一句："你认识一个姓石的吧?”

孙保卫佯装着思考说，他不认识什么姓石的，并问:“是干什么的? 也是水电工吗?”

“哦，不是。”

石仔他真不知道是干什么的，听说他杀人的动机是女孩的父亲不同意女儿与他交往，更不同意女儿嫁给他。这个人是个黑社会头目的儿子，其父早被政府严打了，他游手好闲，没有工作，就一街溜子，就是这样。

收工后，孙保卫走出院子，刘五和他的两个跟班邓杆与万儿靠在树上等他。他们是怎么知道我在这里干活的? 估计早上出门就被他们盯上了。

“你知道我盯了你几年吗，孙保卫? 我家那老浑蛋坐牢十多年，我就盯了你十多年。他托付给我的事我不得不办，我是他的儿子嘛。他说，你家老杂种盯着他不放，终于把他以贪污罪投进了监狱，要我一定要盯紧你。你父亲那王八蛋虽然吃毒蘑菇死了，但一定要找个碴儿把你投进去，顶替你父亲，也让你尝尝坐牢的滋味。机会终于来了，这难道不是报应吗?”

“这不叫报应，这叫报复，刘五，你真卑鄙。你父亲当年贪污是罪有应得，就算我的父亲不检举，也总有人检举的，他是主持正义。”

“我也要主持正义，把一个杀人逃脱犯扭送给人民政府。”

“我没有！法律要讲事实的，不会冤枉一个好人！”

“证据在我手里，铁证如山，你纵然浑身是嘴，也脱不了干系。”

“你跟踪了我这么久，就要这几个钱吗？”孙保卫压抑着愤怒问。

“其实我也不怎么愿意，我们家那老浑蛋，他贪污的钱，全给外面的骚女人了，我和我妈连吃饭都成问题，从来没穿过新衣服，在学校你们净笑话我。可谁叫他是我爹，而你是我爹仇人的儿子呢？不过，我并不想看着你去牢房受罪。虽然，你离牢房很近了。你那件衣裳，我给我们家老浑蛋说了，他催我交给他，他检举你，他就可以将功折罪，减个一年两年的刑。不过，你放心，老同学，我家老浑蛋的死活，我不关心，他的确是罪有应得。我想现在弄几个钱快活快活，我的几个小兄弟也沾点小光，你说呢？钱也不是很多，省得与你周旋，今天我把话挑明算了，最少两万五，我就想做个二百五，钱货两清，事情就一笔勾销了。”

孙保卫说：“那我答应你，我也有个条件。”

“你说。”

他拿出那颗黄灿灿的子弹："也请你给我两万五。"

刘五恼羞成怒，一把揪住孙保卫的衣领道："小子，不领我的情是吧?"他猛地一推，孙保卫就倒在地上，额头磕破了，流出血来，刘五也滑倒了。他爬起来，拍打着身上的灰土，"算是最后通牒，你若报警，你死定了!"

孙保卫摇摇晃晃地站起来，从工具包里迅速拿出扳手，握在手里。

这下刘五有点害怕了："你，你放规矩点，你一个杀人嫌疑犯还敢动手，你多大的胆!"刘五躲在梧桐树后说。

孙保卫挥舞着扳手怒吼道："你们天天恐吓敲诈老子，老子跟你们拼了!"

看着那个女孩和马龙从楼里出来，刘五一挥手，三个人立马不见了。

荆欢欢果真说到做到，回福利院了，谁知道她会跟荆院长和毛爸爸说些什么。屋里冷火愁烟，基本就不算个家了，他多么痛恨刘五，这家伙咋就这么狠呢，他一定是要我家破人亡。

孙保卫找到了一包方便面，拿出来，想找开水泡时，摇摇开水瓶，空的，他也不想烧水，取出来干嚼。

手机响了，是毛助理，只有一句话："你来一下。"

可以说，在福利院，荆院长是慈祥和蔼的，脾气也好，没见她跟那些孤寡老人、孤残儿童说过一次重话，总是笑眯眯的，她被称为"活菩萨"。但毛助理，虽然大家叫他毛爸爸，却是极严肃极古板的，大家都有点怵他，他有时会狠狠地把你数落一顿，弄得你很难受。孙保卫爱上荆欢欢后，毛助理高低不同意，到快结婚时，如果不是荆欢欢大哭了几场，要离开福利院，毛助理还不会同意，最后是荆院长首肯了这桩婚事。在福利院，大小事还是要靠荆院长来决断拍板。

怎么去？肯定得被毛助理轰一顿，额头上还有伤，一看又是惹祸了，去了会有他孙保卫的好吗？

孙保卫还是硬着头皮去了，心想也许可以接荆欢欢回来。到了福利院，他看到妹妹孙小姝估计被毛助理训了一顿，在旁边抹着眼泪站着，老婆荆欢欢在妹妹旁边，毛助理板着脸，咬肌鼓鼓的，眼睛里像有火在闪，瞅了孙保卫一眼，看到他额头上的伤，劈头就唾沫乱飞地质问：

"丢魂啦？干架啦？揣女人的照片决斗啦？……"

孙保卫根本不能回嘴解释，他站在那儿，跟过去在福利院做错了事一样，就那么硬戳戳地站着。他记得，有时候，毛助理会让人站半夜，他不说让你回房间睡觉，你不敢动一步，这绝对是虐待和体罚，虽然没有对孩子们动手，也在吃喝穿着上没有亏待过孤儿们。孤儿是弱者，他们哪敢反抗？这一点，孙保卫有隐隐的怨恨。

“哥哥，你给毛爸爸、荆妈妈说，我确实不知道你借钱是干什么，也不认识那个女的。”妹妹哭着说。

“小妹，用不着你在这儿说。”毛助理指着孙小妹呵斥道。

“我没有借多少钱。”孙保卫说。

他在想这借钱的事，还不是荆欢欢告诉荆院长和毛助理的吗？一个女人这么多嘴，恨不得将两口子的事全说出去，非常讨厌。

“保卫，你说下怎么回事，老毛也没必要这么激动。”荆院长说。

“因为……”

“别扯犊子，你就直接回答。”毛助理打断孙保卫的话。

“我保证没干坏事，我遇到……”

“什么遇到，艳遇吧？男人的那点小心机，咱们都懂，别哄人。”

“我真的什么事也没干，毛爸爸、荆妈妈请相信我。”

“你的头上怎么了？”毛助理咄咄逼人地问。

“我在工地的架梯上走电线，摔了一下。”

“你把欢欢气回来了，你还说你没干什么坏事，信你个鬼！”

荆院长过来拍着毛助理的肩说：“哎，欢欢和保卫不是小孩了，两口子的事，娘家人少掺和。”

“就没有是非了？孙保卫，你配有老婆吗？你配有家庭吗？你配娶到欢欢这么漂亮贤惠的女孩吗？啊？！”

听到这里，在另一边站着的小妹呜咽声更大了，这是表示委屈和抗议，荆欢欢也哭了起来。

“毛爸爸，我为什么不配？……”

“你敢顶嘴？你能了，翅膀硬了？别叫我爸爸，你敢欺负我女儿欢欢，你吃了豹子胆？！”

毛助理面目狰狞，不多的头发爆炸，从头顶往下散落，露出了秃顶，他捋着头发，脸腮抽搐，想要打人的一副横蛮相。孙保卫想一走了之，不跟这种人讲理。你如今还以为我是这里的孤儿吗？我早长大了，但妹妹还在这儿，他不可造次，得继续忍耐。

“保卫呀，一个男人要对家庭负责，不能欺骗对方，这是起码的，有什么难处，双方商量，互相忍耐，共渡难关。”荆院长说。

“就说借钱干什么吧?”毛助理说。

孙保卫说不出口，不知从何处说起，而且这不是能说的，说出来就是火，就是祸。

“我、我请人喝酒，欠了别人酒钱……”

“到处借钱还酒钱?你可真会编呀!”

是的，他灵机一动，编了这个瞎话，但这个瞎话编不下去，他从来不是这样的人，在福利院长大，他是一个节俭的人，没有挥霍的习惯。

“你欠多少钱?”荆欢欢问他。

他突然想起刘五的开价，两万五，这是天价，再怎么他也借不到这么多钱，怎么办?

“你们不用管，我做错了，以后不喝酒了。”

“可你的狐朋狗友不会放过你这头肥猪呀，你怎么这样傻呢?鬼信，这不是实话，你不会这么傻，别骗我们了。”毛助理说。

“让欢欢回家吧，毛爸爸、荆妈妈。”孙保卫向他们求情。

“我不回，那个家不是我的家!”荆欢欢又哭了起来。

荆院长搂着荆欢欢说：“有话好好说，院里是你们的家，你和保卫租的房也是你们的家。”

“不回。”荆欢欢很坚决。

荆院长看劝不了，就对孙保卫说：“保卫，你先回去，让欢欢先消消气。”

孙保卫这才能挪动腿了，不然他还得在那儿站着，妹妹也在那儿陪他站着。

走出福利院，舒了一口气，抬头望着天上的星星，不多，但天很高，空气很新鲜。回过头看到妹妹小姝跟着他，就说：“你跟着我干什么？”

“哥哥，你究竟怎么了？”

“我没批评你就算饶了你，不是你把我找你和孟盆子借钱的事告诉你嫂子，会有这些气怄吗？以后嘴紧一点。”

“我记住了，哥。”

“太气人了，就会羞辱我，什么我不配这，不配那，我怎么不配？不配也与他没有关系，这人太膨胀了！”

“哥，你别听毛助理的，他就是这么个人，你气什么啊。”

“小姝，咱们老爸过去的事，现在还有人记着，这事有点麻烦，回头我再给你说，回去休息吧。”

“不是我闯的祸吧？”

他拍了拍妹妹的脑袋，说：“与你无关，你哥交友不慎……”

后来他想了想，转身叫住了妹妹，说：“你给你嫂子带个信，她要是今晚不回去，她若走，我也走了，都是有腿的人。”

三

孙保卫在那个晚上将屋里的灯开了一整夜，就是盼着老婆能够回来。他起来了几次，看大门开没开过，看客厅有没有人，都没有，荆欢欢没有回来。

孙保卫在床上无法睡着，脑子里想着那支签上的话：青天自有通霄路，许我功名再有期。这话一遍一遍地在他的耳畔响起，提示他冲出刘五的紧掐，这是对毛助理沉默已久的反抗，也是对荆欢欢不原谅他的报复。就算暂时避避风声吧，若真是刘五狗急跳墙，他一定是凶多吉少，刘五找不到他了，看他到哪儿敲诈去。怎么想，他都觉得要外出，要破局。

那就再等下荆欢欢回来，可是回来了，他能说出口吗？她不一样给毛助理讲吗？说出口了，两万五千元他到哪里筹去？抢银行，他不敢；贷款，一辈子还不了；报警，谁知道是什么后果……

他寻出牛仔包，往里面塞了几件衣裳，还加上一件薄棉袄。水电工具包得随身带着。他等待着天亮。

想着荆欢欢的种种好，看着家里的一切，全是温暖的痕迹。可因为自己馋了一顿酒，一切都完蛋了，一切都不复返了。

他喜欢养鸽子，他的鸽子参加过全省七百公里的信鸽锦标赛，获得过名次和两百元的奖励，还参加过外省的比赛。现在，他没有管它们。早晨总是被鸽子的咕咕声吵醒，荆欢欢不喜欢这些清早就叫的鸽子，但时间久了，也就习惯了。

清晨最后一觉时，他梦见自己走进了一片森林，听到了狼叫，他手上拿着一把刀。循着狼叫声，往前走去，看到一只比狗大许多的大狼，夹在一个猎人放的兽夹子里。那狼转过头来，竟然是刘五。刘五夹着一只脚，见孙保卫来了，猛地扯出脚，那脚露出了骨头，血淋淋的，就朝孙保卫扑来。孙保卫扬起手上的一把砍刀，劈向刘五，刘五的一只手被砍断了，嗷嗷叫着跑了……醒过来心里咚咚地跳，像犯了心脏病。他按压着疼痛的心脏，想着梦里的事。刘五干不过自己，这是结局的预兆，但梦在提示我，得到神农山区里去斩刘五？

他脑袋昏沉，起来给鸽子喂食喂水，然后坐在那里愣怔。

不知道往哪里去，再找个临时住处住一下，就摆脱了刘五的纠缠，然后再找份工作。但他好几次做梦梦见自己在一座山里行走，好像还有野人，这不是神农山区吗？他又想起荆欢欢的心事，对于她究竟是从哪里来的耿耿于怀，多次说她好想知道她的亲生父母，或者自己有没有兄弟姐妹。她说到一件事，说她被丢在福利院的前一天，就有人发现有个乡下男人在福利院门口转悠。院里有个老人还过去故意跟那个抱婴儿的男人说话，这老人在神农山区伐过木，他听出抱婴儿的男人就是神农山区的口音，对那儿的磷矿很熟悉，他还记下了男人包婴儿的小棉被。第二天一早，这个女婴就放在了福利院门口。荆欢欢说，她的父母应该是神农山区一带的，还有个磷矿。等荆欢欢说起这个事，想找那个老人再问问情况，老人已经过世了。她几次说过，让孙保卫带她去神农山区寻找她的亲生父母，他答应过，但现在是两人谋生创业的艰苦阶段，没有时间去寻找，得赚了钱，或者有了小孩后再去。

他想着怎么给荆欢欢留话，他认为还是得告诉她大致的意思，特别是刘五这个坏人，不能让他走之后又缠上欢欢。他找出笔纸，想着词儿。

“欢欢，你没有回来，你铁了心，我也不怪你，一切是我的责任。但我要告诉你，有人恐吓我敲诈我。你防着刘五，他是坏人，他想搞事。我们惹不起躲得起。”

他将纸条放在桌上。

他锁上门，这个租住的城中村很乱，许多人都是农民，在城里卖菜的、做小生意的，或是打工的，住的房子是被房主隔开的胶囊房，也没有什么好留恋的。

荆欢欢长得标致，毛助理不同意她嫁给孙保卫是有道理的，孙保卫是在福利院长大的，没有父母的支援，没有工作，就是一个穷光蛋，赤贫户。可荆欢欢说，她宁愿在自行车后笑，也不愿在宝马车里哭，这句话是对的。但结婚后，面对的是实际的生活，柴米油盐，两个福利院长大的孩子，只有靠自己，贫贱夫妻百事哀，没钱，会活得很辛苦，他深有体会，也对荆欢欢愧疚不舍。

他下了楼，在街上想着，去另租一间？可是只要你在这个城里，刘五就像猎狗一样，总能嗅到你的气味找到你，不如远走高飞，去神农山区，找找荆欢欢的父母，这不是一箭双雕的好事吗？但不能给荆欢欢讲，他先躲躲吧。

当孙保卫决定了去向，走到了公墓，好久没给父母扫墓了。他买了些纸钱，在父母墓前烧了，又拂掉父母墓上的树叶，扯掉旁边的杂草，对着父母的遗像深深地鞠了一躬。山林里秋风飒飒，落叶飘飘，他缩缩发酸的鼻子，抬头望着天，喉结滚动着。

经过一处新墓，他无意间瞥见了碑石上的男人是一个似曾相识的中年人。

正是那天晚上向他求救倒在血泊中的男人。他倒抽了一口冷气，那墓碑上冰凉的遗像向他微笑着，可隔着一个世界，彻骨的寒意还是朝他身上袭来。公墓里四处无人，树叶怪响，他更加恐惧，那秋风横行的树丛上空传来了一声声的呼叫："救救我，救救我——"

死去的幽灵突然复活了，他们在质问他、谴责他，追撵到墓地也没放过他。

他看到山坡上有野生的黄菊，他赶快去采，去找……终于采到了一小把，赶快将花放到墓碑前，仿佛是在乞求，让他原谅自己，同时阻止着那摧毁他心灵的东西在体内蔓延。

他这才看到立碑人的名字——女儿：齐羽。这是唯一的名字，表明她是个独生女。

他深深地鞠了一躬，匆匆地走了。以后，每来这儿祭奠一次父母，他的良心就遭受一次折磨，这也许是上天安排的，他的忏悔将没有止境。

孙保卫在外踯躅了一天，再回到家里，还是没有荆欢欢的影子。到了晚上，他才走进长途汽车站。当他买下票，就决定了他要往哪儿去，可他迟迟没有下手。晚上这儿依然人头攒动，乘车大厅里挤得水泄不通。乘夜班车的人不少，而且都是背着双肩包的游客。秋天是旅游旺季，许多旅游团正在组团发往各地的风景区。

"到神农架，到神农架的车！还有五分钟，到神农架风景区去看野人，看红叶，看老虎豹子啊，去漂流啊！……"

拿着旅行社小旗子的，在车门边招呼着一些人上车。一个司乘人员在验票。孙保卫上前问："可以上车买票吗?"那人说可以。他跳上了车，就算旅游吧。

一个胖子手举着一只烧鸡，背着旅行包上车来了，大声喊着："揩油了，揩油了！"人们看到是冒油的烧鸡，避之唯恐不及。胖子一屁股坐到了孙保卫旁边，给他打了招呼，就大快朵颐起来。烧鸡的香味蹿进孙保卫的鼻孔，他忍不住吞着口水，只好把目光移向窗外。

胖子津津有味地吃着，也没忘记说话。他问孙保卫："旅游团的？"

孙保卫说不是，他不想跟他说话。

可胖子依然大着嗓门说："神农山区要多美有多美，我认为是天下最美，秋天更美丽迷人哪，满山都是红叶，满山都是野果，一到秋天，野人也出来了，豹子老熊也出来了，捉到一个野人，交给国家，听说要奖励你一百万。"

几个穿得花红柳绿的大妈插嘴说："真的？那我们这次去，一定要捉一个野人，大赚一笔！"

有的说："真有野人？见到野人了怎么办？野人不吃人吗？"

胖子说："野人很温和的，会笑，它会从背后抱住你，然后哈哈大笑，直到笑晕倒地，不伤害人，如果它抱住你，大笑不止，你就喊：修长城！修长城！野人就会放了你。"

"为啥喊修长城它就会放了你呢？"

"这有说法了，野人，就是秦朝时因修长城避难的人，在深山老林里成了精，听说修长城，吓得魂飞魄散，放开你就往老林扒子里跑。再或者，它拦住你，开口问你：‘长城修完没有？’你就说：‘长城还没有修完。’它听到后，吓得拔腿就跑，逃之夭夭，你就安全了，哈哈哈哈……”

“真有趣，这神农山区太有趣了。”

有一个大妈说：“我不信那些，鬼扯的，哪有什么野人？”

胖子说：“当地有那么多人看到过野人，少说有几千人，不会全部是讲假话吧？千分之一讲真话，那不就是真的了吗？”

另一个大妈问：“听你口音不是神农山区人。”

胖子说：“我是市肉联厂的，我们在那儿有养猪场，全是散养的黑猪，全市卖的黑猪肉，就是我们养殖的。还有与野猪杂交的二代野猪肉，也是我们养殖的，特别好吃，绝对的绿色生态食品，嘿嘿。”

大妈们都说，以后回市里了找他买生态猪肉吃，纷纷加他的微信，孙保卫也扫了一个。胖子的微信名叫“二师兄”。

汽车在高速公路上行驶，兴奋过后的满车人开始靠在椅子上睡觉了，灯也关了。孙保卫的手机设置的是振动，正在闭目打盹儿的他，听到口袋里有振动的感觉，掏出手机一看，是荆欢欢打来的。他没接，直接将手机关机了。

天色大亮后孙保卫才醒来，一看，车窗外全是大山，汽车在一条峡谷里行进，沿着一条汹涌湍急的河流，那河里的水不大，但全是犬牙交错的大石头，山上红了，真美，有雾，更美。山很高，植被很茂密。

路上有许多大车，装着满满的石头，好像是磷矿。他蓦然记起自己来这里的目的，清醒了，揉揉眼睛，拿出水瓶喝了几口水，头脑里的雾被驱散了。应该离神农山区不远了，路上的大货车一辆接一辆。他听到司机在喊：

“有到磷矿的乘客醒醒，要下车了！”

车在一个三岔路口停下，有一条公路通往山上，只有他一个人下车，往磷矿里走，他们就不缺水电工吗？

风景真是美，悬崖峭壁高入云霄，崖上飞瀑流水潺潺，红叶呼呼啦啦，鸟声叽叽喳喳。细看有金黄的树，有通红的树，有浅黄、浅红、橘红，更多有常绿的树，有高大的冷杉，有盛开的金菊，有其他艳丽的红花、白花、黄花、紫花。对在城里长大的孙保卫来说，就像进了百花园，看到了一个从来没有见过的世界，这个世界只在电视里出现过，但他已经身临其境。

他顺坡下去，到飞瀑跟前洗了一把脸，瀑布溅起的水珠落到头上、身上，让人沁凉舒爽，他的心情也莫名晴朗了。再上公路，继续行走。

有不少空车往盘山公路前面开去，再满载出来，他招手拦车，这时，有一辆车停下来，司机问他：“你去哪儿？”

“师傅，我去磷矿，带我一脚吧。”

司机招手让他上去，他打开驾驶室门，爬了上去。

“师傅，这里的磷矿是不是最大的？”

师傅说：“这里有几个磷矿，有国营的，有当地的，也有私人老板承包的小矿。”

“还有多远呀？”

“不远了，也就两三里路。听说这里磷矿快挖完了，现在搞生态保护，政府也不让挖了，所有磷矿马上要转型，要关门了……”

路很烂，很窄，司机在这里开车，赌的是命。有的地方刚好会车。会车时往下看，悬崖就在车轮旁一拃远，稍有闪失，就会车毁人亡。

“师傅，这路，你们开车不容易呀。”

“习惯了就好了，没事的。”

说话间就到了一条小街，有许多房子，还有楼房，有许多店铺。司机让他下车，说到了。孙保卫谢了师傅，下了车。这应该是磷矿的生活区，街上一些小吃店里有不少喝早酒的食客，有许多戴着安全帽的工人在走动，汽车多，人也多。从小吃店飘出的滚滚油烟，伴随着叮当的瓢勺碗筷声，一阵阵辛辣好闻的气味从里面蹿出来，在薄雾蒙蒙的街道上弥漫着。

他吃了一碗面，加一个馒头，吃着吃着就迷糊了，车上没睡着，现在人太困，看到旁边有一家平价客栈，一问，最便宜的也要四十元，他只有登记，想好好睡一觉。

一觉睡到日头西斜，走出客栈，狭窄弯曲的小街上，吃喝的生意火爆，所有店铺都灯火辉煌，人来车往，比白天还热闹。住宿太贵，只好克扣吃饭，吃面不禁饿，况且他一天没吃饭了，得吃上一碗米饭，菜随便，青菜腌菜也行。

客栈不远有一家非常热闹的“猪头西施餐馆”，看到“猪头”二字他就流口水，猪头肉是孙保卫的最爱，“西施”两个字也吸引了他，他想进去看看，便迈上了台阶。餐馆里几张桌子，很杂乱，坐了几桌人，都是一些矿工之类的打工人，脚搁在凳子上，抽烟，吐痰，狗在腿缝中蹿来蹿去。火锅里是猪头肉，煮着一些青菜蘑菇什么的，里面乌烟瘴气的。旁边是厨房，更加杂乱，果然有许多猪头肉。

一个三十多岁的丰满女人迎了上来，递过菜单说：“您想吃点什么？”

孙保卫在看墙上的菜谱，看到有盖浇饭，一份也就十二三元，有素炒干子盖浇饭才十元，竟然有猪头肉盖浇饭，十四元。这太好了，就说：“我要一份猪头肉盖浇饭。”

他在堆放一次性碗筷的角落里找了个位子坐下，自己倒了一杯大瓶泡的绿茶，喝了一口，茶叶真好，有一股板栗的清香，这是当地的高山茶，炒青。他又看着那墙上的菜谱，很有特色。有凉拌猪头肉、松菌猪头肉、蕨菜猪头肉，还有各种火锅，腊猪蹄火锅、腊排骨火锅、野菌火锅、土鸡火锅、炒野菜。门口的新鲜野菜很多，有川芎叶、鸭脚板、马兰头、狗牙菜、野芹菜、芫荽等。

这时有人喊老板娘：“哎，猪头西施，有没有牛鞭啊？”

老板娘对那个穿着肮脏工作服的瘦子叫嚷道：“哥呀，你就是吃虎鞭也补不起来啰。”

瘦子拍着桌子说：“西施妹子我今天非要吃牛鞭，今天有重要任务噻。”

老板娘说：“鬼的重要任务，说出来，我给你找虎鞭。”

“找不到怎么办啊?”另外的工人起哄。

“亲一口，亲一口!”

“你们就图个嘴巴快活，我这里没有牛鞭，只有猪头肉，你们那几个辛苦钱，还是攒着拿回家去吧，别在外寻花问柳抛洒了，何况，拿命拼来的钱，不让你们的老板克扣就是谢天谢地了。”

“猪头西施，你又在说我什么坏话?”

一个夹着仿LV包的老板模样的人，正好走进来，后面跟着三四个人，店子里马上鸦雀无声。

“哟，说啥哩，钱老板，里面包厢请，位子给你留着了。看你手下的工人，都在说你钱老板待他们可好了，要请他们下馆子，顿顿吃肉，餐餐有酒，又不加班，又不克扣他们工钱，都说您哪，爱民如子，待人如父。”

“你看，把我的辈分拔高了，我受得了吗?”钱老板趁机在老板娘腰肢上捏了一把。

老板娘打掉他的手说：“你这个死鬼，往哪儿摸，包房在这里。”

一碗猪头肉盖浇饭端上来了，猪头肉满满的冒尖。老板娘说：“您不来点酒吗？自己泡的药酒，苞谷酒。”

孙保卫问：“一杯多少钱?”

“两块钱一杯。”

“那给我来一杯。”

充满药香味的酒端来了，老板娘对他说：“这是本地的药材泡的，有黄芪、血三七、灵芝、头顶一颗珠、杜仲皮，喝了舒筋活血，养精益气，睡得香甜……您是做生意的还是来旅游的？”

孙保卫随口说道：“来这里玩一玩。”

“我也来加入一个。”

孙保卫一看，这不是同座位的那个肉联厂的胖子吗，他端着菜和酒过来了。

“这里的猪头肉好吃吧？”他对孙保卫说。

“二师兄你也来了？”

“我每次来，都得在猪头西施这儿吃上一盘猪头肉，这家的猪头肉，百吃不厌，是地道的黑猪肉。来，干一杯！”

孙保卫与他碰了杯。

“来这儿做生意？”二师兄问。

“我是瞎逛，二师兄你呢？”孙保卫说。

“你叫我老蒋吧，我们的养猪场就在这里不远，是与当地的一家绿色食品公司合资的。”

正说着，听到一声恐怖的尖叫，他们循声望去，一个中年矿工蜷伏在桌子上，手捂着胸口。

老板娘马上端过去一杯水，对众人说："别动他，别动他……张大哥，怎么啦?"

孙保卫对面的胖子老蒋好像很精通，马上从自己的口袋里掏出一个小药瓶，从里面倒出几颗小药丸，将那人的头抱着，把药放进那人的嘴里，对他说："你不要嚼不要吞，放在舌头下，慢慢含化，明白吗?"

那人朝老蒋看了一眼，点点头，意思说明白。

老板娘找来了一把靠椅，孙保卫将这个矿工小心翼翼地架到靠椅上半躺着，并给他揉着胸口。这个人脸上渐渐平坦起来，病情缓和了。

"张哥有心脏病，劝他不要喝酒，可他就好这口，这病时好时坏。"老板娘对老蒋和孙保卫他们说。

胖子老蒋说："这病呀，不能做重活，也不能喝酒，哪一天就倒下起不来了，老张，你不能拿生命开玩笑啊。"

老张半睁着眼睛，吃力地说："不干活吃啥，不喝点酒，第二天怎么干活?"

老蒋说："恶性循环，恶性循环！唉！"

老张好了一点，站起来，谢了老蒋和孙保卫，摇摇晃晃地离开了。

老板娘搀扶着老张下了台阶，转来嘀咕说："张哥又贪酒，又没钱，今天又没买单。”

想到老张的可怜，孙保卫说：“他的多少钱，我一起付了。”

老板娘说：“他的也就十二块钱，哪能要这位大哥买单哩?”

“没事。”孙保卫拿出钱来交给老板娘。

老蒋在旁边说：“咱们荆河市的人蛮仗义的啊。”

孙保卫觉得头有些沉，与老蒋道别，回了旅店。

窗外，远处夜晚的矿区还在工作着，机器声、汽车的引擎声在黑暗的山里轰响。

他这时才打开手机，一连串的通知来了，有未接电话提示，有微信，有短信。电话有荆欢欢的、妹妹的、孟盆子的、毛助理的、荆院长的，更有刘五的。当孙保卫关机后，一些人着急了。微信、短信有荆欢欢的：“你为什么关机？你在哪里?”妹妹的：“哥哥你去了哪里，赶快给我消息!”……

他放下手机，茫然无措。有野兽在山顶上叫。

孙小妹是在大排档吃夜宵时，接到嫂子荆欢欢电话的，嫂子很急，说你哥的手机关了，回家里去，你哥不见了，工具包也拿走了。孙小妹给她哥打电话，发现是关机状态，让孟盆子打，也是关机状态。

她与孟盆子一起看了个电影，是个爱情片，女主人公得了什么绝症之类的，孟盆子被小姝身上散发出的香味激起了勇气，抓住了她的手。他时不时瞟看小姝，小姝因为剧中情节而感动得泪水涟涟，孟盆子根本没看电影，不关心银幕上的演员表演，可看到小姝抽泣起来，便将一张面巾纸塞到了小姝手里，然后就抓住了她的手。

孟盆子就那么紧紧抓着，一动不敢动，生怕一动那手就飞跑了。小姝的心思完全在银幕上的故事中，没有在意孟盆子抓着她，哭得昏天黑地。孟盆子一直抓着小姝柔软修长的手，走出影院，孟盆子邀请小姝去吃烧烤，孙小姝还沉浸在那个爱情悲剧中，就答应了。点了一些烤串，吃着烤串，孟盆子又一次攥住了小姝的手。小姝这时不干了，抽出手来说："你放手啊，把我捏痛了。"

两个人，说是谈恋爱，又不像；说是没谈恋爱，小姝还是会跟孟盆子一起看个电影，吃个烤串。小姝在福利院不是照顾老人，就是照顾婴儿，每天连轴转，基本没有休息的时间，看个电影还要向毛助理请假。

正在吃着烤串时，嫂子荆欢欢的电话来了，问她看到她哥没有。孙小姝说没看到，荆欢欢问她在干什么，她说刚去超市买东西，问嫂子在哪儿，嫂子说她回家里了，发现孙保卫没在家。

孙小姝与孟盆子都打了电话，确认孙保卫关机了。孙小姝哭了，问孟盆子："我哥就找你借钱，其他的他没说什么吗?"

"我想起来了，他说过刘五好像缠上他了，不知何事。"

"你快把我送到我哥家里去!"

两人骑着电动车，赶到了孙保卫荆欢欢租住的地方。

上楼，进屋，荆欢欢指着那张孙保卫留下的纸条。孟盆子和孙小姝看了。孟盆子说："肯定是被刘五逼走的，他为啥事得罪了刘五呢?"

荆欢欢说："保卫借钱的事，一定与刘五有关。"

孟盆子说："这肯定了，碰上事就跑，这个保卫，跑哪儿去了？要不马上报警?"

荆欢欢说："毛助理说，没弄清情况，暂时不要报警，只要他没有危险。"

"投江啊？自杀呀?"

"孟盆子，你乌鸦嘴不要这么说!"

"我想不会，保卫不会想不开。但这个恐吓和敲诈，刘五吃了豹子胆？我认为还是要报警。"

“哥那天从院里出来时，说过他有点麻烦，交友不慎，没想到被刘五敲诈，哥好单纯。”孙小姝哭着说。

“我认为刘五是厕所里打灯笼——找死，他不晓得现在是什么时代，会怕他个敲诈的人吗?”

“为什么敲诈他呀，保卫有什么可让他敲诈的呀?”荆欢欢也哭了。

“嫂子，我们家与刘五家的恩怨很深，他爸坐牢是与我爸有关的，判了十年，不但没减刑，现在还加了刑……”

“我听你哥说过，但你爸妈死了多少年了，刘五究竟想怎么样?保卫会与他打架去吗?”

“这倒是蛮让我担心的，怕保卫被激怒了，铤而走险，那就要出大事了!”孟盆子说。

“怎么办，盆子?”

孟盆子坐在那里，反复看着那张纸条上的话，说:“他说惹不起躲得起，我认为他不会与刘五直接干架，他说得很清楚，躲，他躲起来了，但是，他能躲到哪里去呢?”孟盆子沉吟着。

“会不会是借口，他跟别的女人私奔了?”荆欢欢说。

“不会的，嫂子，我哥很爱你，他肯定不会的!”

孙小妹跳着脚为哥哥说话。

“小妹，你又不是你哥。他口袋里有一张女人的照片，被我发现了……”

“啊！”孟盆子惊呼，“这事儿麻烦了，男人有可能，脚踩两只船，这山望着那山高，看到妖精女人，家都不要了私奔的，太多太多。”

“孟盆子，你不要拱火，我哥不是这种人，他是你好朋友，你不了解他吗？”孙小妹说。

“你哥虽然老实，但闷头鸡子啄白米，我哪晓得呀，我又不是你哥肚里的蛔虫。”

“滚，孟盆子！你滚！”孙小妹将孟盆子往外推。

荆欢欢对孟盆子说：“你就回吧，今晚小妹陪我，”又对孙小妹说，“我帮你向毛助理请假……”

四

孙保卫早晨去国有磷矿问了一下，那里没有招聘工人的计划，据他们说，现在磷矿不准扩产，只在维持，说不定哪天就会停产。他去猪头西施那里，问了钱老板的电话和矿区办公地址，猪头西施告诉了他。于是他来到钱老板的办公室，开宗明义地说是猪头西施介绍来的。

“我倒是真缺水电工，但你在咱私人的矿里干活，工资不高啊。”

“有饭吃就行啦。”孙保卫说。

“跟你说，我们小矿，干的是国营矿区不想开采的零星尾矿，赚不到钱还提心吊胆怕出事故，死一个咱要赔几十万，还担心当地政府今天来查你安全，明天来查你污染，净找咱的碴儿，随时关闭是咱们的命。还有当地的地痞在这儿吃黑的，咱也要对付，钱不好赚，都是脑袋掖在裤腰带上的。矿里总有安全事故，要是死人了，只能自己负责哟。”

钱老板给了孙保卫一张《安全合同》，孙保卫浏览了一遍，内容很简单：在磷矿上班期间，乙方（工人）如发生伤亡、致残等非正常伤亡事故，以及各种疾病，皆由乙方自行负担，自行解决，甲方概不承担任何责任。

孙保卫看着这样霸道的合同还是第一次，心头一阵寒冷，看着钱老板和他身边的一个光头。

“矿上什么责任都没有？死了棺材都没一口？家属一分钱也拿不到？”他问。

那个光头叫易扯，说：“说是这么说，要是死了，棺材钱和补助总得有的嘛。”

孙保卫瞅着这个光头，说：“那为啥不写清楚咧？”

“合同嘛，就是这样，哪个矿上都有这个东西。”易扯摸着尖削干瘪的光头说。

孙保卫想，咱不能在这儿吃口饭，把命白丢在这里，这是魔窟呀！他背上包决计离开。钱老板说话了：

“要想不签这个，又能在这儿干活吃饭，也有办法。”

“什么办法？”孙保卫问。

“当流氓。”

“流氓，我是个流氓吗？怎么个流氓法，愿听钱老板高见。”

“很简单，跟在我后面，说你的荆河话就完了，你若不习惯，也可以干点儿水电工的活儿。”

“那就是把我留下了？”

“你小子有一股正气，我这里就缺正能量，不少浑蛋都是些下三烂，正气必压邪气，看样子，你是不想当流氓白吃白喝？小子你有种……”

有人来报告说磷矿粉碎机不转了，那儿电路冒火花，又说矿洞下的排风扇不转了。正好，孙保卫说，我去试试，钱老板就让他去了。

孙保卫三下两下就修理好了矿石粉碎机，是电路问题，又解决了冒火花跳闸的问题，再进入矿洞检查排风扇。机械挖掘的矿洞没有想象中的狭窄，但矿洞里阴暗不堪，泥水遍地，浮尘弥漫，十分混乱，跟他上午看到的国有磷矿比，不是差一大截，而是天壤之别。进去后，没有机器掘进，都是矿工用风钻开挖，也没有传送带，而是工人用矿车一车车往外推，这样会省下许多成本。

里面灯光昏暗，但矿工都有头灯，那些灯光横七竖八地照射着，加上人与车的川流不息，整个矿洞如一个魔幻世界，人们的面目不清，浑身裹着灰尘。孙保卫背着架梯躲避着矿车往里头走，一个人拍了拍他的肩膀，把他吓了一大跳，他转过头看拍他的这个人，一脸矿灰，污脏得只剩下两只眼睛。认了半天，才看清是昨晚在猪头西施餐馆里那个心脏病发作的人——老张。

“哦，你在矿洞里?”他对老张说。

“你是在我们矿上工作的?”老张问。他的面前是一车高高的磷矿。

“我刚来，你身体怎么样啊，老哥?”

“我叫张大前，这里好歹有工钱拿，虽然苦点，也没有事的。”

“你得少喝酒了，身体要紧呀，老张。”

找到了不转的排风扇，孙保卫不想关掉总闸，带电修理两个许久没转动的排风扇，这不难。易扯进来了，帮孙保卫扶梯子，这还不错。

易扯给他扶着梯子，问：“能不能修啊？”

孙保卫指着他领来的新排风扇说：“我看看，不能修就换嘛。”

“你带电作业呀？”易扯说。他还懂点电工技术。

孙保卫说：“应该没事吧。”

电路没有问题，那就是排风扇的问题。反正领了两个风扇，干脆换了算了，免得再坏。

易扯给他递上拆开的风扇，孙保卫三下两下就装好了，开关一打开，排风扇就转动起来，矿洞里的灰尘立马少了。

再装另一个，也很快完成，排风扇运转起来，矿工们纷纷向孙保卫拍手叫好。

易扯对孙保卫说：“你还真有两下子，不是假的。”

孙保卫说：“若是假的，那不先把自己给电死了吗？”

又修理了一个风扇，两人走出矿洞，易扯对他说：“晚上你就不要自己吃了，跟着钱老板一起吃。”

“我要求来这里住工棚，易哥能帮我安排一下吗?”

“你搬来就是了，这多大个事。”

孙保卫被易扯安排在一个水电值班室的房间里，虽然地方杂乱，但他单独住一间，这真是太幸运了。

晚上，他随着钱老板和光头易扯一起又去了猪头西施餐馆。在包间里，钱老板很感谢孙保卫，说他把几天没修好的粉碎机给修好了，矿洞里的通风问题也解决了。按照神农山区的喝酒规矩，他要敬孙保卫三杯。其他人也都跟着敬酒。这山区的酒规，敬酒是自己先喝一杯，然后再倒上一杯酒放在你面前。马上他桌前就有了七八杯。

钱老板说:“小孙，我就爱交朋友，我的小兄弟们敬你的酒，这酒你说什么也得喝下去。”

孙保卫突然想到他就是因为喝酒误事，才落到如今这个下场，说什么也不能喝。

“不，我真不会喝酒，我酒精过敏。”

“别装了，你昨天不是喝了一杯猪头西施的养生酒吗?”

孙保卫说不了话，看着一溜儿的杯子，都是别人喝过的，他还真不习惯喝别人的酒杯。再则，他真的不能喝，那会勾起他所有的痛苦，他得克制。

“对不起了，我真的不能喝。”

钱老板端着杯子不依不饶，说：“知道我为什么对你印象不错吗？我爷爷就是从荆河逃荒来到神农山区的。穷奔高山，富奔平原，明白这个道理吗？你可是我老家人。”

“那就谢谢钱老板了，给我拿一瓶啤酒。”

“别整那驴子尿，白的。”

众目睽睽之下，孙保卫无法推辞，一杯杯地往口里倒去……

孙保卫时刻提醒自己保持清醒，不要醉了，跟这些人斗酒不值得，他只是来躲一躲的，没必要将自己醉倒在这里，这陌生的、混乱的地方。但架不住这群人游说神农山区的酒规，什么炮打隔山杯、转杯、催杯、跳杯、赶麻雀、急流水……一百零八种酒规，是一定要喝死人的。苞谷酒辣喉，冲人，在肚里火烧火燎，他干脆将它吐出来，也让那些灌他酒的人死心。

他吐得一塌糊涂。他们还要喝，喊来了老张将他架了回去。

张大前将他放到水电房里，孙保卫吐出来后就好了，喝了一杯水，头有点疼，但人清醒了。张大前说，他有个女儿在荆河打工，问孙保卫结婚没有，孙保卫说结了。张大前说，女儿说挣到钱后，就接他到荆河去看病，女儿两年没回来了，也不知在荆河城里混得怎样……

张大前走了，孙保卫躺在床上，却睡不着，头上的血管突突地跳着。窗外，深秋的一弯冷月挂在山梁上，森林里的秋风尤劲，发出呜呜的嗥叫声，还有野兽在山顶上孤凄的叫声，像凉水往人的心里泼。这里这么早就有了冬天的感觉，而荆河市里，白天还在穿T恤哩。他为什么走到了这么深的山里？这真是奇怪，只要一走，就走这么远。

他在黑暗中摸出手机，开了机。又是一堆信息和未接来电蹦了出来，还是那些人。还是问：你究竟在哪里？

能告诉他们吗？他头痛欲裂地睡着了。一地月光，仿佛是淌下的瀑布。

荆欢欢惴惴不安地等待着孙保卫的消息，这天，在福利院，有人喊她去接电话，是一个陌生男人的声音。原来刘五终于等不及了，自己跳了出来，他在等着孙保卫给钱，探监时，他的父亲催他将孙保卫的血衣交出来，让他去将功折罪。刘五还是希望孙保卫给他一个了结，双方有个台阶下，可是孙保卫却关机失踪了。孟盆子也在找孙保卫，人家装修的别墅，还等着他做水电，原来请的工人生病住院了。刘五在别墅门口候了孙保卫两天，没有出现，这让他有点焦急，于是就试着给荆欢欢打了个电话。

“不认识我了，老同学?”

“你是谁?”

“先让孙保卫接电话，然后我再告诉你我是谁。”

这个恐吓和敲诈自己老公的坏人刘五终于出现了，这不是机会嘛，荆欢欢捂着话筒，让小妹赶快去叫毛助理，自己先把他稳住。

“你找孙保卫干什么?”

“欢欢，咱们男人的一点事你非得要全知道吗?”

荆欢欢说:“他不在。”

“他躲着我? 这小子去哪儿啦，为何关机?”

“你问我，我还想问你哩。”

“哎，欢欢同学，我不说最难听的话，什么一朵鲜花插在牛粪上，我只想问下孙保卫去哪儿了……”

毛助理来了，看到荆欢欢拧着眉头在对电话里的人骂:“刘五，你是狗改不了吃屎……”

“约他见面。”毛助理捂着话筒说。

荆欢欢说:“孙保卫欠你的钱是吧? 多少，你说，我给你……”

“我怎好说，欢欢，我在你面前说钱，是丢人的事，我不说。”

“你要多少？”

“我不能说，因为我爱你，喜欢你，我说了钱，我的形象就完蛋了，我不会说。”

“你不说我怎么准备？是一百，是一千，是一万……”

“看你说的，这事儿事关孙保卫的性命，你说得轻巧……”

荆欢欢停顿了一会儿，说：“我先拿两千来，求你放过孙保卫，好不好？”

“这是孙保卫教你的吗？两千，又是两千，你求我？哎，我可受不起。行吧，我可是认真的，欢欢，你不要诳我呀。”

找了个地方是在江堤上，这里人来人往不会有啥事，离福利院也不远，这事荆欢欢没给荆院长说。

一个有雾的阴天，江面浊浪拍岸，水边芦苇摇曳，堤上的观景台，只有东张西望的刘五在不安地走动。他老远看到荆欢欢一个人来了，这让他心安了，他害怕荆欢欢带着警察来，但空口无凭，她若是报案，他刘五就说是荆欢欢勾引他，钓鱼执法设陷阱。

刘五看着他心中的女神款款走来，马尾辫还是学生时代的样子一飘一扬，标准的、精致的鹅蛋脸依然像玉石一样光洁灿烂，身材精雕细刻，不多不少，不高不矮，不胖不瘦，不宽不窄，该有的有，该没的没，简直就是完美无瑕的荆河第一女神，永远的十八岁，永远的高中生！

刘五将手上提着的珍珠奶茶远远地递过去，可荆欢欢拒绝了没接，说：“不喝。”

“没放毒，好不好。”

刘五离荆欢欢越近，越想入非非，甚至想出了脏事，想立马抱住她，然后进入防浪林……一个人心里有邪念了，魔鬼也挡不住他坠入地狱。

“两千块钱你得打收条呀。”

荆欢欢开门见山地说，并且从包里掏钱。被刘五拦住了。

“先别，先别这样，欢欢，见到你很高兴，咱们也有几年没见面了，你一点儿也没变。”

“是吗？我看你变了，像个街溜子似的。”

“啥话呀，这么不友好。”

“我说的是真话，不行的话，我再送你一面镜子。”

“唉，当初，我们仨不是玩得很好吗？我，你，保卫，可是，你看上了那个告密者的儿子，好在，老天有眼，他父母吃了毒菌一命呜呼……”

“不要咒别人的父母，你父亲不一样在牢里吗?”

“是保卫父亲害的。”

“一个人别人打不倒他，只有自己能打倒自己。还有一句话是‘上帝让其灭亡，必先使其疯狂’。”

“好吧好吧，灭亡的人都是疯狂的人。我就想问一句，咱们还有希望吗?”

“我就想问一句，保卫是怎么欠你钱的?”

“欠得很多，事情很大，咱爷们儿的事没必要都让女人知道。这样，欢欢，我爱你的心没变，如今光棍儿一个，只要你与那个姓孙的离婚，我与他的事一笔勾销。”

“你要说出了什么事。”

“欢欢，你先喝一口!”

刘五将拎着的奶茶再次递过去，却被荆欢欢挡开了。刘五直接行动，去抱荆欢欢，荆欢欢阻拦着刘五，双手推他并往后退:“刘五，你想干什么?”

挣扎了几下，刘五没有近身，只好尴尬地说:“好好好，先把钱给我。”

“收条呀，打!”

荆欢欢将早准备好的笔纸掏出来递给他。

刘五满脸不爽地说:“多少?”

“两千呀，收到钱你就不要纠缠孙保卫了。”

刘五心有不甘，扔下笔纸，又过来猛地抱住了荆欢欢：“欢欢，保卫有什么好的，他就是把你骗到手的，他是个杀人犯，你明白吗?”

他嘬过嘴就要亲她，手在她胸前乱摸，荆欢欢大喊：“你不要耍流氓，刘五，你是个流氓!”

这时，毛助理从堤下林子里冲了出来，一把将刘五揪住，摔到地下，厉声吼道：“臭流氓！光天化日之下，你竟敢耍流氓!”

刘五爬起来，看到是福利院荆欢欢的所谓爸爸，怒目金刚，两个拳头抡着，他打不过，赶快跑了。

毛助理问：“欢欢，没事吧?”

“毛爸爸，没事，让他打了收条就好了。”

“打了吗？钱给他了?”

“都没有，有了收条，咱们就有了一个他敲诈的证据。”

“我上来早了一点，听到你在骂他，我怕你吃亏，所以……”

“刘五这家伙说了一句，说孙保卫是杀人犯。”

“什么？杀人？……”

刘父隔着探视室的铁栅，面对那一堆乌七八糟的食品，对前来看他的儿子刘五大声说道："我要的不是这个。"

他手不敢指，不敢动，在探视时间，他的手必须放在双膝上，这是监狱的规矩。

刘五看着这个被囚禁得快发疯的魂不守舍的老头，光头上有疤，脸上克制着报复社会的敌意，一副苦大仇深的可怜相。刘五故意装作不知道，委屈万分地说："你要什么？"

"衣裳，衣裳！他娘的，你给老子猴子头上插角——装羊！"

"衣裳我不是给你带来了吗？"

刘父面对刘五带来的一包衣裳，只能努着嘴怒吼道："小子，你跟我是外心了？我说的是那件，那件，孙保卫的那件，你的同学的那件，我仇人儿子的那件！"

"你在说什么呀，我听不明白。"刘五说，他用鬼里鬼气的眼睛看着他爹，似乎在内心里并不怕他，何况隔着铁栅。

"你欠揍是怎么？你想让我待在牢里一辈子？"

"我有什么办法，又不是我要你贪污的。"

"我总可以减刑嘛，那衣裳你小子给我说了又不拿来给我，让我空喜欢一场是吧？下次再不给我带来，我拧下你的狗头！”

“我凭什么要把它拿来，让你去害别人？”

“你这个没良心的东西，哎呀，气死我了！小兔崽子，等我出去了看我怎么收拾你这不孝的浑蛋！”

这时狱警在不远处说：“刘三，你嗓门儿不小啊，镇静！”

“嘿嘿，”刘父对狱警一脸的赔笑，说：“我在教育我儿子，要他行正道，孝顺长辈。”然后压低声音咬牙切齿地对刘五说，“记住了没有？！”

刘五走出监狱，吐了一口气，诅咒道：“这个老东西早点死了好！”

邓杆和万儿在门口等他，并且在看他，看他的脸。

“我有什么好看的，不认识？”刘五说，“拿烟来！”

万儿拿出一支烟给他，又给他敬上火。刘五深深吸了一口，问：“你们认为是自己的老头就应该尊敬吗？”

“是，是。”

“别他妈的什么都是了！你家老头假如又玩女人又贪污公款，你会尊敬他？”刘五问万儿。

“尊敬，尊敬，那是他的本事。”

“什么狗屁本事，还不如咱们在街头当流氓好。

承认自己是流氓是要有勇气的，暗地里干男盗女娼的事，咱不做，堂堂正正地在街头当地痞流氓。小子，佩服自己吧。”

“刘哥，我感觉我们迟早也要到这里来。”邓杆指指后头的监狱。

“胡乱说，你这小子乌鸦嘴，欠扁是吧！”

他挥舞着拳头，朝邓杆晃晃，一拳砸向了路旁一棵树。

孙保卫在磷矿里工作了几天，还是没与外界有任何联系。但通过手机上的微信、短信和未接来电，知道了刘五被荆欢欢和毛助理修理了一顿，弄得狼狈不堪。荆欢欢问孙保卫究竟是不是杀了人，如果杀人了，尽快回来投案自首兴许还有救。如果是与女人私奔，回来将事情说清楚，荆欢欢放他一马。他只回了个微信：“没有杀人，刘五诬陷。”又过了一天，打开手机看到荆欢欢的微信：“既然是诬陷，你为何不敢回来面对？”荆欢欢还发了一堆语音，听到了她的哭泣声，他不再听了。这事儿得等几天，等风声过了，刘五没兴趣了再说回家的事，也许刘五狗急跳墙，想把事情捅穿，想把衣裳交给他坐牢的爹，那就看警察怎么行动了，他已经跑出来，只得静观其变，然后再做打算。

对那个有心脏病的老张的亲近感，事后想来，这虽是巧合，也可能是必然，是命运的一种安排吧。

那天傍晚，疲惫不堪、灰土蒙面的矿工们走出矿洞，易扯记着各自的名字，孙保卫一路收拾着各种电线出洞来，就听有人说："张大前好像没出来。"

"你看是不是少了一个工牌，张大前没见着？"矿工们给易扯说。

"他是不是提前下班了，到时扣他的工资。"易扯尖着光头说。

有人说："他是不是在矿洞里犯病了？"

孙保卫听到张大前的名字，明白了什么事，当易扯拿出锁想把矿洞锁上时，孙保卫说："易主任，我进去找找吧。"

易扯叼着烟，没看他，说："孙保卫，你就把电闸关上吧，里面的灯可是钱老板的钱呀。"

矿工们说："如果张大前在里面，灯一关，一锁，老张不就出不来了，空气不流通，那他就完了。"

孙保卫锁上了配电箱，又将易扯的锁取下，进了矿洞，留下话说："生命要紧，等一下。"

他往深处走，里面寂静异常，浮尘依然，灯光昏冥，如入地狱深窟。

“张大前，在吗？张大前！”他喊。

嗡嗡的回声不知是从哪个角落弹过来，让人心里发怵，汗毛倒竖。

正在他向更深的地方走去时，灯突然熄灭了，有人把他的配电箱撬开了，在上面拉了闸，一定是易扯干的。好你小子，有多牛逼！好在他头上的矿灯是亮的，照照洞壁的排风扇，也停止不转了，空气陡然间变得憋闷起来，这是要杀人的节奏啊。

“张大前！张大前在吗？”

他等待回答。终于听见了微弱的呻吟声，张大前真的在里面，如果他不进来，张大前就死定了。他循着呻吟声走去，拐过两个弯道，在一个角落，发现了张大前。

他面前的矿车里，有满满的一车矿石，他靠在矿车旁，手捂着胸前，张着大口喘气。

孙保卫跑过去，蹲下来，揿亮了张大前头上的矿灯，问他：“老张，你哪儿不舒服？你的药呢？”

张大前呼吸微弱，吃力吞咽着说：“我吃过了，好点了。我这是……在哪里？”

“在矿洞里呀，都下班没人了。”

“噢，我好像……做了一个梦，梦到到阎王五爹那儿去了……后来，他们说我寿命没完……又把我送了回来……"

他污脏的脸上，是汗水冲出来的亮迹，真像是从地狱里跑出来的一样。孙保卫问他："老张，好点了吗？如果你感觉好点了，我背你出去。"

张大前摆着头，挣扎着爬起来要自己走，但一个踉跄，孙保卫抱住了他，让他趴到自己肩上。

"小孙，不行！我……自己来，我还有一车矿石要推出去……"

"现在啥时候了，保命要紧，别管矿石了，灯都熄了，咱们快走吧！"

孙保卫背起张大前，张大前非常沉，孙保卫走了一段，感到呼吸困难，他停下来，想：不能放下他，不能停步，必须尽快走出去，否则他自己的性命也不保。易扯呀，你他妈的这么冷酷，是要遭报应的！

"天……好黑……"张大前趴在他背上说。

"马上就出洞了，你坚持一会儿。"

"没一个人……"

"再坚持一下，有我哩。"

"小孙……你是专门……来救我的？"张大前好像在慢慢清醒。

孙保卫没回答，他实在无力了，不是喘气，是吼气。听到了张大前在他肩上的哭泣声，冰凉的泪珠落到他脖子里。

“别哭，快到了，快到了。”

果然，听到前面幻觉似的，人声嘈杂，有人在喊他：“小孙！”

灯光也随之向这边汇聚过来，终于出矿洞了。

他一屁股坐到地上，易扯在讽刺他：“孙师傅，你真能呀，助人为乐。”

配电箱是开着的。孙保卫真想起来朝这个瘦猴样的光头狠狠地砸几拳，他浑身无力，况且他想到自己的处境，他没有勇气去跟他争个高下。再者，跟这些不知天高地厚的土蛤蟆争个输赢，不是他此行的目的，他得忍，忍字头上一把刀。

大家围着张大前说着话，夜风吹来，孙保卫呼吸着清新的空气，看着夜空中出现了星星，很多很多。

水电工病了，顶班的来干了一两天也不辞而别。这让齐羽着急，让马龙再去找好的水电工。当问到那个水电工怎么不来了，马龙说他也不知道，见他在门口与几个街头流氓争吵，这个姓孙的估计也不是个正经人。

齐羽在做出重大决策之前，想到她父母的墓地祭奠一下，告知她的想法。她在墓园旁的一家花店，买了一大束康乃馨，又夹了几朵菊花。

到了父母墓前，她看到了一束已经枯萎了的野菊，端端正正放在父母的遗像前。噫，这是谁放的？她拿起那把野花，想在上面找出点蛛丝马迹来，然而没有。

她扫着墓地上的落叶，望着父母的遗像，一阵伤心。她坐了一会儿，擦了泪痕，起身离去。在车上，她给马龙打了个电话问："马主任，这段时间你去过我父母墓地吗？"

马龙说："没有，怎么？"

"噢，"齐羽说，"没什么。对了，你马上到公司办公室来，我爸原来的办公室，让保洁员打扫一下。"

马龙说："好的，不过我早就打扫得干干净净了。"

这是江边一栋很气派的写字楼，在第二十八层，马龙跟着齐羽，进了门上标有"董事长"的办公室。所有的陈设都跟齐羽父亲生前时一样，没有任何改变，这是齐羽要求的。

"收拾得很干净啊。"

"过去你父亲在这儿办公，我就是这么收拾的。"

父亲的遗像放在桌子上，微笑着，西服领带，风度翩翩，父亲生前是个大帅哥。齐羽在桌前站了片刻，坐到转椅上，对马龙说："装修进展如何？"

"我正要说这事，很顺利，可以发布出租信息了，这是出租的文字合同，你过目一下。"

马龙呈上一个文件夹，打开，放到齐羽面前。

齐羽看了一眼，说："这个先搁下，我正要告诉你，从现在起，立即更改装修设计，整栋楼都要按照幼儿园的设计方案调整，你迅速与装修公司沟通，拿出新装修方案。"

"齐总，你怎么突然更改，想办幼儿园？"

"对呀。"

"来不及了，装修到现在这样，一直是写字楼标准。"

"实话告诉你，马龙，我想把这栋房子送给福利院，让孤儿们住。"

马龙眨着眼睛，看着眼前的这个女子，他差点没晕过去，这是啥骚操作？

"你说什么？我是不是听错了？"

"没错，捐给福利院。"

马龙觉得要对她大声喊话，把她从梦游中唤醒，她现在的想法不可理喻。

"齐总，我劝你深思熟虑。这可不是你让我去给福利院送玩具衣服、米面肉鱼，这可是一栋别墅，现在市值至少是一千五百万吧，你要说出个道理。”

“没什么道理，我高兴。”

“我跟了原来的齐总即你父亲九年，现在你们家占有的三家上市公司的股份，都是凭你父亲的人格魅力和打拼精神，积少成多，聚沙成塔，兴家创业，一点点累积的，是你们家的保障和底气，来路清白，你没有权利拱手送人。当慈善家，从事慈善事业，总得有个基金会吧。”

“不要拦我，我做行善之事，还不行吗?”

“没说不行，齐总，这不是行善，是对你父亲劳动成果的轻视和不尊重，你父亲的在天之灵也不会答应的。”

“算了吧，所有的都是过眼云烟，人终归一坨灰，有什么不能舍弃的?”

“你还在悲痛中没有拔出来，你的情绪很不正常，我只请求你冷静，过一两年或者三五年再说，那时你的想法肯定会不一样。”

“我父亲挣下的我三辈子也花不完，一套房子值多少钱?我就想把所有财产都捐了，背上一个背包，满世界去流浪。”

“气话，文青话，没过脑子的话。你会后悔的。我反复说，你没有权利捐掉你父亲的家产。作为这个公司九年的员工，我倒是很想念老齐总了。”他眼圈发红，望着齐羽父亲的照片说。

齐羽一时语塞。

“你说说看，说说我父亲有什么吸引你的地方。”

“你父亲齐总是一个胆大心细、经营有方、生活俭朴、老练持重、尊重下属、能倾听别人意见的商界奇才。在他生前，唯一一件遗憾的事，是没有尊重他女儿的选择，最终酿成大祸。而责任并不在他，他的女儿是一个美丽、任性、叛逆、我行我素、不计后果的女孩……”

“我很自责，所以我要捐。”齐羽也拿起纸巾擦眼泪。

“不过就是看人不准，让后果……不说了，世上没有后悔药。重要的是面对现实，不要感情用事，意气用事……”

齐羽打断他的话问：“我问过几遍了，能找到那个姓孙的水电工再来装修吗?”

“我已经请了新的师傅，你不必操心。再说，那个人关机了，找不到。”

“哦，关机？为啥关机？我就是突然想到那个人，那个水电工，似曾相识，我回忆，那天晚上，我爸和我，都向院子里的一个人求救过，但没见伸出相助之手，我怀疑就是他，他离开和关机，是不是与这事有关？”

“你确定是他？”

“他的轮廓我记得很清楚。”

“你的意思是说，他是跟石仔一伙的？”

“应该是吧。”

“也不排除你老记着这事这人，看谁都像……所以，在许多问题没弄清之前，贸然将房子赠予他人是轻率的，不负责任的。对你家的财产，我没有任何觊觎之心，我只想尽你父亲的助理之责。”

“要是我零元出租给福利院呢？”

“齐总，你总是福利院，福利院，你的心全在福利院，与其这样，不如把琪琪接回来找两个阿姨带。”

“胡说，我不想看到她，她太像那个杀人犯，那会让我天天做噩梦的！”她翻脸了，眼睛喷着火，好看的嘴巴也扭曲了，“你先出去。”她示意他。

马龙迈着沉重的步子痛苦地离开了，走时没忘了带上办公室的门。

齐羽被他提起的事弄得急火攻心，她打开抽屉又关上，拿起电话又放下。她环视着这个办公室，突然感到异常陌生。她走到窗户前，拉开窗帘，远处是烟波浩渺的长江，长江上行驶或停泊的许多大船，还有对岸的滩渚、村庄。

她拉上窗帘，环顾了办公室，然后背上包，带上门。马龙还站在走廊里。

“还有什么不清楚的吗？我再说一遍：一、迅速修改装修方案；二、起草零元出租合同。”

马龙像树桩一样回答：“都清楚了。”然后离去。

齐羽望着他消失在走廊拐角处，忽然感到异常失落和孤独。

五

“如果保卫还不回来，刘五那边又没什么动静，我们得想办法把保卫找回来，如果他胡搞，在外面找女人，我们就向公安局报案，通过公安把他逮回来，就是走到天涯海角，都会找到他，跑不了的。”毛助理拧着眉头，对荆院长和荆欢欢说。

“我怕对保卫不利，要小心。”荆院长说。

“如果他以被敲诈这个为借口，跟哪个臭娘们儿跑了，那他就是咎由自取。”

“我想他不会的，毛爸爸、荆妈妈，谢谢你们。”

荆欢欢说。

“有时男人会有点歪心思，可以理解。”荆院长说。

“好像在批评我？”毛助理说。

“我们是在谈孙保卫的事儿，别自作多情扯上你这种老男人，好吗？”荆院长说。

“行行，我说欢欢，你不要拉黑刘五，要让他联系你，看他有什么动静，随时跟我们通气。”毛助理说。

“我明白了毛爸爸，但是现在刘五肯定很警惕，不会轻易与我联系。”

荆欢欢心神恍惚，白天在福利院帮院里打理着日常工作，晚上一个人回到自己租住的家里，希望奇迹出现，孙保卫回来，但奇迹始终没有发生。

她给孙保卫发微信，看他的朋友圈也没有更新，更没有回音。她去阳台给鸽子喂食，那只参加过信鸽比赛的“白雪”跳到了她手上，与她亲昵，她抚摸着“白雪”的羽毛，忽然想出了一个浪漫的主意，找出一个布条，在上面用水芯笔写下：“孙保卫，你在哪儿，快回来！”然后，将布条绑在“白雪”腿上。

“白雪呀白雪，你当年参加信鸽比赛，从青岛飞回来也没迷路，这次，你帮我去找找孙保卫，给我捎个信回来好吗?”她对鸽子说着话，“找孙保卫，听明白了没有?”

她一遍遍重复着，然后，将鸽子放飞。噫！那鸽子好像听懂了她的话，嗖地飞走了，往西北方向的天空飞去，留下了悠悠的尖锐的鸽哨声……

矿里终于出事了，上面来检查安全生产的几个人拉了电闸，封了矿洞。工人们不能干活，就在工棚里打牌喝酒。孙保卫不参与，也没事干，就想到不远的景区，有个神农垭子，他在电视里看过，趁着没活干去逛逛。于是搭了个便车，到了神农垭。垭子上全是奇峰怪石，云雾腾腾，有步行线路，这样就避开了更多游客。步行的背包客不少，十里步道，一路上，群峰万仞似笋，溪流奔湍如雷。松杉黑郁，危岩高悬，山谷幽深，迂回似隧道；一步一景，如入桃花源。

正在一个人往深处走时，几个红男绿女在那儿大声说笑照相，听声音是荆河市来的游客。荆河太大，他也没在意，绕过他们便是。可经过时，一个女的面对他发出惊奇的招呼：“你不是保卫大哥吗?”

孙保卫去看与他打招呼的人，似曾相识，戴着耐克帽，穿着冲锋衣，背着大背包。

“你不是欢欢的老公吗?”那女子又问。

孙保卫陡然记起，这应该是荆欢欢的一个闺密，咋在这儿遇见了熟人，世界真是太小了。他不能承认，于是否认道：“哦，我不认识你。”

“你是孙保卫。”

“呵呵，不是。”

“好像哦。”

孙保卫赶快走过去，几乎是一路小跑，甩开了他们。

孙保卫做梦也没想到在这个大山深处，碰上了熟人，谁知道她回去会不会给荆欢欢讲呢。

孙保卫回到矿上，已是傍晚，他接到猪头西施凤姐的电话，说她餐馆里有人等他吃晚饭，请他喝酒。孙保卫问是谁，猪头西施凤姐说你来了就知道了。

到了餐馆，进门就有人抓住他的膀子，一看，是张大前。张大前说：“我在这儿等你半天，让凤姐帮我打的电话。”

“你等我干什么？”

“请你喝一杯，谢你这个救命恩人。”

孙保卫摆手婉拒说：“不用谢，要谢，就谢你命大，神农老祖保佑你。我是水电工，肯定要清理了人以后才能拉电闸呀。今天你就别喝了，老张，你不能喝酒，听我一句。”

张大前还是生拉硬扯让孙保卫坐下了，他给孙保卫敬了一支烟，又连忙倒酒，说："酒是忘忧水，喝点心里美。来，我先敬你一杯，咱们这儿的规矩，先喝为敬。"

他不顾孙保卫劝阻，将自己的一杯喝了，斟满，将杯子递了过来。

孙保卫知道了这儿的酒规，也没嫌弃，接过他递来的酒杯，喝了下去。

"就这一杯，行了，老张，你是真的不能喝，别拿生命开玩笑。"

孙保卫按住了张大前的手，坚决不让他倒酒。

"我请你喝，我自己不喝，像什么话！"

老板娘凤姐端菜过来，见状说："小孙呀，你救了张大哥一命，我都听他说了，敬两杯是应该的，就两杯够了。"

"那我不还差一杯嘛?"

孙保卫将他的杯子又拿过来，说："我代你喝了。"说完便将酒杯抽了个底朝天。

"这这这不行，这不好，我喝一杯，再敬你一杯。"

没办法拉住他，他倒满酒，喝了，再斟满，给孙保卫。

凤姐在一旁收去了张大前的酒杯："少喝一杯，

多活一年。”

“哎哎，凤姐，你别劝，今天说什么我也得跟小孙喝两杯。”

“听凤姐的。”孙保卫站起来摁住张大前的手说。

“为什么?”

“我若是跟你这么喝，那不是又把你往阎王爷那儿推吗？你这个身体，甭说喝白酒，就是喝黄酒啤酒，也得留个心眼，千万不可大意。”

“小孙，你这话就不中听了，我不是好好的吗?”

“你现在虽说是好好的，病还是在身上。唉，你若在城里，若拿一份工资，有医保，你早就病休了，还用在磷矿干这种苦力活吗?”

“我们山里的农民，就这个命了。”

凤姐过来说：“在钱老板矿里打工的，都是苦命，张大哥，看我给你做了点什么。”她从旁边端上来一碗菜，“这是黄芪猪心汤，补心的，你就以汤代酒吧，看这汤怎么样?”

张大前望着那碗猪心汤，有几根黄芪也炖烂了，他端起碗，看看孙保卫，又看看凤姐，泪水簌簌地流下来：“我怎么感谢你呢，大妹子，你们都是好人。”

凤姐走后，张大前喝了一口汤，贪婪地、夸张地咂咂舌头，感慨道：“好喝，好喝。这样的女人会疼人。”

“你老婆呢？”

“唉，走了。”

“去哪儿了？”

“见阎王爷了呗，没享福的命呀！我有个女儿，在荆河市打工，我给她说了，要么在城里找个男朋友，要么回来找人，把亲成了，都二十四岁了，咱们这山里，女娃子到这个年龄，再不寻婆家，就会让人笑话叫‘吃老米’。可我女儿太孝顺懂事，坚决不找，说要多挣钱把我的心脏病治好，她才考虑自己的事。唉！苦了我女儿。”

张大前端起汤来，和孙保卫碰杯，说：“不知小孙是否成家？若没有，我那女儿如果跟了你这样的好人，我就放心了。就怕我们是乡下人，你瞧不上。不过，不是我这做父亲的吹，我女儿的模样，没有人不说标致的，神农山区出不了金银财宝，出美人。”

“张师傅，你怎么知道她没在城里找男朋友呢？她可能还没给你说。再说，我成家了，我之所以出来，一是喜欢这里的风景，想边打工边把这里的风景看完；二是实不相瞒，我跟老婆有点小摩擦，赌气跑出来了。”

“你就是瞧不起咱们乡下人。”

"张师傅，我不骗你。"

孙保卫为了证实他的话，从内衣口袋里拿出装身份证和钱的皮夹子，打开后递给张大前。

是一张他与荆欢欢合影的照片。张大前在昏暗的电灯下看着，看着，先是愣着，眼睛睖着，嘴巴扭曲颤抖，后来就笑了，盯着孙保卫：

"你、你、你是我女婿！……"

"你说啥？"

"原来你跟我张霞我家小欢结婚了？！"他举起照片，激动地从板凳上站起来。

"你说什么啊，张师傅，哪个张霞，小欢？……你喝醉了？"

张大前摇着头，再一次细看那照片，揉着眼睛，又看，翻来覆去地看，"小孙，你是不是在装呀，你们偷偷地结婚，不让我知道，或是张霞怕我不同意，先没给我讲，她让你到这里来帮你老丈人的？"

孙保卫脑子里忽然想到荆欢欢说到的事，难道有这么巧吗？这是不是上天的安排，让我躲藏到这里找到了她的亲生父亲？会有这么巧这么好的事吗？

"张师傅，你再想想，你女儿叫张霞，是吧？"

"你老婆咧？"

孙保卫陡然提醒自己，不能说，现在不能说透，那会有麻烦的。

“不是啊，不对，反正我不认识张霞，你可能是太想念自己的女儿了，看谁都像你女儿，长得很像的人现在很多。来来来，别说那个了，喝酒，喝酒！……”

是多长时间荆欢欢的闺密把事情告诉了她，大约二十天后吧。孙保卫以为这事过去了，那位记不起名字的欢欢好友也把这事忘了，他外出的事，想必欢欢不会满世界去说，家丑不可外扬嘛。哪知，有一天荆欢欢在街上碰到了这位闺密，她问起荆欢欢是不是去神农山区游玩了，荆欢欢说没有呀，闺密说我好像在神农景区里看到一个人很像你老公。荆欢欢追问大约是什么时候，是不是认错了。闺密说我哪会认错，他一个人去那儿干什么？荆欢欢问，他身边没有同伴吗？闺密确认说没有，就他一个人。荆欢欢又惊喜又揪心，喜的是有人看到了孙保卫，而且是一个人，没有其他女人。揪心的是他在神农山区做什么？那么远，他为什么总是不跟她联系没有回音，他究竟有什么难言之隐？

一阵熟悉的鸽子的叫声吸引了她。她到阳台上一看，看到了“白雪”落在栏杆上。

“白雪回来啦！”她放下手中的活，打开阳台，白雪用一双红眼睛望着她。

“你给我捎信回来了吗？快，让我看看！”

鸽子温顺地让她查看脚上的布条，她看到，依然是她绑的布条，上面的字迹已经模糊。心想自己很搞笑，信鸽只记得从远方回来的路，它不可能去满世界找人，她呵呵地嘲笑着自己。好在，闺密告诉了她线索，那地方是她给孙保卫说过的，也许是她朦胧的老家，亲生父母生活的地方。而且他总在说，等夏天有时间，带她去那儿游玩，也顺便查查她的亲生父母，他往那儿跑，一是地方远，外人发现不了；二是帮她找父母。这极有可能！

“我要去神农山区找他回来！”

这个想法一蹦出来，她立即去了福利院，便将闺密告诉她的向荆院长和毛助理做了汇报。

毛助理听后说：“有消息就好，这小子跑得了和尚跑不了庙。会跑啊，到神农山区观景，那里的风景天下少有，我当年下乡就是在那儿的。如果他还不回来，我去把他找回来。”

“需不需要我告诉他，我们发现了他在哪儿。”

“不要打草惊蛇。”毛助理说。

荆院长说：“暂时没必要亲自去那儿，又远又没有具体目标。我看欢欢可以跟他讲，劝他赶快回家，刘五我们一起来对付他。”

荆欢欢答应回家想好了给他发微信。

“只有一个目的，让他尽快回家，要吓唬他一下。”荆院长说。

“那就说……让他回来接受警察调查，否则将要坐牢。”

“这么吓唬，他会跑得更远，这就叫打草惊蛇，还不如暂时不惊动他，由他去，只要他没干犯法的事，他游荡一段时间，自然会回来；他若不准备回来，你派八匹骡子也拉他不回。”荆院长说。

“对，对，欢欢你就让他快快回家便行了，不卑不亢，”毛助理最后对荆欢欢说，“你可不要轻举妄动呀，好好在家待着。”

荆欢欢想好了话，给孙保卫发了一个微信，明确告诉他：有人看到你在神农山区，希望你快回来，没有事的。

孙保卫总算有回音了：“我该回的时候会回。”

荆河的入江口，一个沙洲半岛上，是荆河市最贵的别墅区“半岛一品”，秋天的野鸭像是落叶一样在水面上飞飞歇歇。第一批候鸟像是到了，各种水禽的叫声此起彼伏，一浪一浪，大群的白鹭出没在芦苇荡中，像是一簇簇云彩。

临水的一栋别墅，是齐羽的父亲为她买下的，这里的装修更加豪华和时尚，巨大的院子里有喷泉，有花坛，有假山、流水和红鲤，当然更有精致的生活。

齐羽在车库里停好车，家里的阿姨王姐候着她，把一打衣服交给她，说："齐总，都已经洗烫好了。"

齐羽说："王姐，你为什么没放到我房间里？"

王姐说："齐总你不是说你房间的东西不许别人动吗？"

"你不是别人，你只管进去，再说我那房间不是你给我收拾的嘛，怎么突然不敢进去了，弄得我心里好不舒服。"

王姐说："不不不，是马主任来过交代了我，让我没事少往楼上走。"

"他在这里教训指挥你？嗬，这还多出一个事来了，王姐，从今天起，你别听他的，还要给他说，齐总让你少到半岛一品来。"

她进了卧室，坐在沙发上，看着落地窗外的湿地，漫无际涯的芦苇、逶迤延伸的沙洲、雾霭蒙蒙的水波。她起身从抽屉的深处抠出一个精制的相框来，是一张婴儿的照片。这个婴儿向她张着没牙的嘴笑着。她似乎听到了那女婴的笑声，她端详了两三秒，强迫自己将相框放进抽屉，她对这个女婴又爱又怕……

王姐上来喊她说，马主任来了。是齐羽要他来的，因为修改方案没有出来，白楼别墅装修得很慢，这是第几次催促了，马龙才迟迟地将方案送过来。

在二楼的大露台上，王姐给他们倒了茶。齐羽翻着方案，问马龙："你可是我父亲非常赏识的人才，做事效率很高，这次怎么这样拖沓？"

"齐总，我上月在荆河里游泳后抽筋，脑子进了水，与这个有关。"马龙指着自己的脑袋说。

齐羽一口茶笑得喷了出来："哈哈哈……你脑子进了多少水？"

马龙也干笑着说："估计不轻。"

"你写的是无偿租借，为期十年？"

"对。这个脑子没进水。"

"你很清醒，很会算计。"

"小齐总，你捐得已经不少了。如果你是因为琪琪，而让一个福利院的孤儿全体受益，让他们几十号人陪伴她，你要做的事就多了，你不仅要让他们住别墅豪宅，吃海鲜大餐，还要让他们穿时尚衣服，玩进口玩具，以后，还要让他们个个上私立学校，读清华北大。"

“讽刺我，教训我？”

“哪敢。哎……小齐总，这个是我的一个报告，不知今天交给你，合不合适。”

他从提包里抽出一张纸，放到齐羽面前，齐羽一看，是《辞职报告》。她没有细看，将这个报告推到马龙面前。

“什么意思？你是不是故意来气我的？”

“我想我还是走的好……”

“我不想说重话，”齐羽擦着眼角的泪水，“先给我去一趟荆河福利院，把车上的衣服送去，还有这现金两万元，让院里给孤儿们添置用品，改善生活……”

她把钱装进一个大信封，交给了马龙，并从包里掏出车钥匙给他，说：“你辞职的事，看在我父亲的分儿上，请慎重决定。另外，你去把这些捐赠给他们后，不要惊动他们，顺便拍几张琪琪的照片发我，谢谢了。”

马龙开车去了荆河福利院，他不是第一次来到这儿，应该说，琪琪就是他放在福利院门口的。先前已经与院里有联系，但这家神秘公司从天而降的捐赠，还是让荆院长他们非常惊讶。全是孩子们急需的御寒衣物，真是雪中送炭，还有两万元捐款，并且希望是匿名捐赠，不用公开报道。

“那些孤儿，我们老总想拍几张照片给她，不知行不行。”

“那有什么不行的？”荆院长说。

“小姝，带马总去看一下孩子们。”毛助理对孙小姝说。

孙小姝带着马龙去了孤儿住的大楼。马龙问孙小姝：“你是被招聘到院里的，还是这儿的孤儿？”

“我是孤儿。”孙小姝说。

“不像啊。”马龙打量着她。

孙小姝被人看了个大红脸，问：“为啥不像？”

“就不像是在福利院长大的孩子，一脸的幸福啊。”

“福利院不幸福吗？我们福利院在荆妈妈和毛爸爸的领导下，跟一家人一样，这样的一个大家庭才幸福呢，有政府的关照，还有你们这些企业家的爱心，我们都能健康成长，非常开心非常幸福，不是吗？”

马龙对孙小姝露出仰慕之情，说：“小孙你真会说话，有公司老总的气质呀。”

“过奖，过奖，马总在取笑我。”

“真的不是，你口齿伶俐，漂亮大方，难得难得。”

“呵，会恭维人啊马总。”

“我不是说了吗，我不是老总，是代公司老总来的，我是个打工的。”

“你这个样子也不像个打工仔呀。”

“穿什么也就是个打工仔。”

马龙总是拍那个琪琪，边拍边说：“这个小女婴好可爱，有几个月了？”

“快要会走路了。”

“是你带的吗？”

“对呀，琪琪主要是我带的。”

“她吃的是什么奶粉？”

孙小妹从柜子里拿出奶粉给他看：“国内最好的。”

“噢。”

看着白白胖胖的琪琪，他不停地用手机拍照，还让孙小妹抱着琪琪照了一张，他自己也抱着琪琪照了一张。

“小孙，我能不能加你个微信，以后，你将琪琪的生活照经常发我一点儿。”

“只要她的吗？”

“因为她最小嘛，我们老总交代我了，对最小的女婴，要格外照顾，如果有什么困难，尽管跟我说，我来转告我们老总。”

“那太好了！谢谢马总。”

“就叫小马吧，马哥也行。”

“谢谢马哥。”

齐羽在手机上翻看着马龙发来的琪琪的照片，既想看又不愿看。她放大着照片的脸，但立马又拉小，婴儿穿着的上衣、裤子和鞋子，她都细细地看了一遍，最后满意地点点头。听说琪琪喝的是国产奶粉，她立马在盒马鲜生买了几罐新西兰奶粉，让马龙送了过去。

父亲始终不同意她与石仔结合，甚至不允许她与石仔在一起。但一个从小叛逆的女孩，哪能被父亲阻止？母亲在时，他们的感情并不好，父亲有自己的事业，母亲也想创业，但终归失败，尔后基本没管她，母亲爱上了麻将室的日夜鏖战，与一些富婆在宾馆里豪赌，一夜输掉几十万，后来脑溢血死在牌桌上。父亲因为工作，对齐羽疏于管教，齐羽常常在夜店鬼混，夜不归宿，终于与石仔住在了一起。后来，得知她怀上了石仔的孩子，父亲一定让她打掉。齐羽不干，坚决不从，一直挨到快七个月，不能成为既成事实，父亲给齐羽做工作，打掉了，再明媒正娶，再生。在医院的产房里，忍受了两天的疼痛，胎儿是打下来了，却依然是活的，这个大难不死的胎儿就是琪琪。

早产婴儿只能放在保温箱里养着。这婴儿就跟一只小猫差不多，会哭，而且哭声也像小猫一样，太可怜了。这孩子，命不该绝。怎么办？齐父坚决要求丢掉，说这是那个姓石的小流氓的，不配活在他家，是个冤孽。出保温箱后的一个月，在老齐总的坚决坚持下，家人商议着将孩子送出去，究竟是放在医院门口还是福利院。最后决定说福利院好一些，放到医院门口，假如一个捡破烂儿的老头把她捡走了，那不是让她受一辈子罪吗？王姐说，你们若怕这孩子受罪，那就留下她，交给我来带，我喜欢这孩子，咱们这么大个别墅，还容不下一个小孩吗？老齐总痛吼王姐说，不是养不起，是我不愿意看到她，这是我们家的冤孽！以后怎么能让我们全家抬起头来？养十个一百个我也养得起，就是不要养她！看到她，不是拿刀子天天割我的肉吗？

老齐总这么坚决，没人敢拦。他们选择了口碑很好、名气很大的荆河福利院，因为荆院长是“感动荆河”的先进人物……

山区的冬天来得太早，清晨起来，风吹得人直打哆嗦，整个矿区都是霜迹，树叶跟着风打旋，往悬崖下刮去，因为落叶，树木显得衣衫褴褛，山冈露出萧瑟寂然。

孙保卫背上工具包准备去上工，张大前喊住他：“小孙，你等一下。”

孙保卫站住了，风挟带着浮尘，吹得他睁不开眼。

“我真的不认识你女儿。”

张大前拿着一件衣服过来，是一件厚绒衣，有些陈旧，给他说：“是要你加件衣裳，洞里好阴冷的。”

“那你呢?”

“我有棉衣，快穿上。”

孙保卫只好把它穿上，感觉暖和多了。

“张师傅，谢谢你。”

张大前说：“我电话问了我女儿张霞，她说她的确没有谈男朋友，不认识你，是我看走了眼，因为太想我女儿了。”

“噢……你告诉我张霞上班的地方，我回去后去找找她。”

“好，好，那就好，你是大哥，她还得你照顾呀。”

“没事的。”

孙保卫走近矿洞门口，看到钱老板和易扯他们在那儿站着。走近后，又看到两个穿着供电站工作服的人在那儿。

刚到洞口，易扯便指着孙保卫对两个供电站的人说："他是我们水电工。"

那两个人指着撬开的配电箱问他："你偷电啊！"

孙保卫一头雾水："我干吗要偷电？"

"事实俱在，你还说啥哩。这是犯罪，晓得吗，谁指使你干的？"

钱老板和易扯往那边靠着，没朝孙保卫看。

"我说了我没有偷电，我偷电干什么？这电费我又没承包，电费多少与我有什么关系？"

"可你是电工，我们哪儿知道。"易扯过来摊着手说。

"偷电是犯罪，跟我们走一趟。"那两个人说。

不由分说，孙保卫就被他们给塞进了一辆施工的面包车。他回过头时，看到了钱老板和易扯他们得意的鬼笑。

"我又没偷电，我偷电有什么用？你们为啥找我，你们应该找钱老板！"

供电站里，孙保卫被关进一间小屋子。半天，他隔着窗子望着外头，没人给他送水送东西吃。不过他最害怕的是他们会叫派出所的来，这样他想躲藏的企图就完了，家里就全知道了。

他又冷又饿，坐在里面，想着这儿也危机四伏，此地不可久留。钱老板偷电，让他当了替罪羊，这他妈太不地道了。这些靠喝工人血的私矿老板，心狠手辣，没有善主，但怎么才能证明自己的清白？在这里举目无亲，只能任人宰割。不，不能束手就擒。他想着办法，钱老板是心虚的，他们必定经常偷电，只有将计就计，以其人之道，还治其人之身。便给他发了一个短信：

“钱老板，谁干的谁清楚，你是大老板，要有起码的担当。如果你们非要嫁祸于我一个打工人，我就承认矿上偷了十万度电，全是钱老板指使我干的。特告。”

马上就有了回音。钱老板的电话来了，对孙保卫称兄道弟，说千万不要冲动，我正在与他们交涉，你什么都别承认。孙保卫说，那我听你的，我从来就听你的，不要把事情闹大，你懂的。

孙保卫的这一招狠，到了下午，门开了，钱老板招手对他说：“走，走。”

孙保卫上了一辆别克车，开出了供电站。

车上，孙保卫对钱老板说：“赶快吃饭，我肚子饿瘪了，快昏倒了。”

钱老板在一家路边餐馆停下，给孙保卫点了一盘农家小炒肉，一杯苞谷酒。酒没喝，肉全吃了。钱老板问："你在供电站里没有说什么吧？"

孙保卫说："做人要有底线，我小孙是有底线的，没有底线不是人。我没有出卖你，没有出卖任何人。"钱老板向他翘起两个大拇指："你够意思，你不愧是咱们老家人，讲义气。"

"江湖上就是'义气'二字嘛。"

"我说个良心话，你没干是对的，干了也是对的。咱们挣几个钱不容易，这里的电费太贵，不然你用不起。哪知道易扯干，干砸了，嗐！"

"是易扯陷害我？"

"算了算了，不说了，小孙，你够朋友，哪天你要是看易扯不顺眼，你敲他一顿，我绝不阻拦。那个瘦猴，你两根手指就够了，戳死了我买棺材。"

孙保卫看着后视镜里的他说："打伤了呢？"

"医药费算我的，不过，这小子忒狠，咱们矿上有失踪的矿工，估计是他干的。"

孙保卫心想，这钱老板吓唬我哩，也不是个善茬儿，行了吧，易扯这种货，不可与他争一时高下，我就饶了你吧。我要回家了，给荆欢欢承诺了，也应该回去了。

六

第一次坐这种夜行的长途客车，荆欢欢既新奇又恐惧，在黑暗里睁大眼睛，不敢打盹，紧紧抱着自己的包。她不停地打着哈欠，眼皮也直往下垂，刚一眯着，又被警惕心给惊醒了。瞅瞅车厢，都是睡着并打鼾的乘客，也有个别在黑暗中浏览手机的人。

清晨有昼光出现时，荆欢欢还是睡着了，她直接在车站下车，要再进入闺密说的那个景区，或者在周围问问。但她还是给孙保卫发了短信：我已经来了神农山区，准备住在镇上，你究竟在哪里？咱们一起回去。

她不知道白天孙保卫不打开手机，只是到了晚上才打开看看。荆欢欢下车到了镇上，她先在网上搜索了酒店，一般的客栈一天也要八十，这哪住得起，这还是最便宜的。在车站下车，随着人流到了街上，这是一条典型的山里小镇街道，卖东西的占领着人行道，各种汽车争先恐后地穿梭，背后是连绵不断的大山，整个小镇在一条狭窄的峡谷里。拿着“住宿”“拼车”“散客”牌子的拉客男女，在行人中游弋。

“喂，美女，你住不住宿，就在车站后面，不包食宿七十，包食宿一百……”

“哎，美女，明天散客拼团，七座车、九座车都有，一人一百，不包门票，坐满即走……”

“哎，美女，我这里的住宿便宜舒适，标间八十，单间一百……”

荆欢欢虽然内心恐惧不安，但她抱定了主意要自己慢慢寻找，先吃点东西，在车上因为晕车，晚上吃的全吐了，现在肚子因为饥饿隐隐作痛。

她在一个小吃店里，点了一碗素面，一个馒头，先把肚子填饱再说。

吃饱了，她在镇上到处寻找，看哪儿有工地，看街头能不能正好撞上孙保卫。手机上的短信没有孙保卫的，有电话铃声，一接，不是贷款就是买房。她好烦，想干脆关机，又怕孙保卫给她回信，或是来电话。

她到处逛，到处找，全是陌生人，没有孙保卫的影子。到哪儿找去？神农山区那么大，离闺密见到孙保卫有二十多天了，孙保卫不会老在那儿。他说不定为躲避刘五，满世界游玩去了，但他也回信说该回的时候会回。

她便问当地的人，这里离磷矿有多远。有人就告诉了她，让坐什么班车，有二十里地，叫一下司机中途下车，司机会提示到磷矿了，让她也交代下司机，说到了磷矿帮忙停一下。

问好了。为什么要到磷矿？因为听说丢弃她的一个男人说到了磷矿，而口音是神农山区的。孙保卫说过几次，等挣了钱带她到神农山区的磷矿寻找她的亲生父母。他如果在这里出现，肯定是利用躲藏的机会，来磷矿帮她找亲人了。孙保卫，我感谢你！你还是爱我的，我一定要找到你一起回家，也要找到我的父母！

头脑一热，她就买票上了一辆班车，并给司机说，到了磷矿喊她一声，司机说好的。

听到有人喊“磷矿到了”，有两个人在前面下车，荆欢欢也背上包赶快下了车。

这哪里是路，路上坑坑洼洼，磷矿车来，搅起灰土，往路边让过，朝下一看，我的妈呀，底下云雾蒸腾，万丈深渊。磷矿车又高又大，随时都会倒下来似的。

看到悬崖边的半山坳那儿有许多房子，那儿应该是矿区吧。这地方乱糟糟的，我到哪儿找孙保卫去？他到这里来干什么？他会来吗？她心里打着退堂鼓，脚步迟疑。

不过她还是机械地迈动步子朝前面走，矿区大道灰尘浮动的样子让她双眼茫然。来到了小镇中心，她找到一家有人出入的当街旅店，价格最低，但房间有霉气，卫生间有臭气，好歹住下了，有个地方躺着，开始思考怎么行动。只有在街上碰碰运气，或是去各个矿点寻找。她不爱说话，又怕受骗，很少外出，没有对付坏人坏事的经验。

这镇上没有亲切感，不像她渴望寻找的出生地。莫非她是出生在这个矿上？如果她亲生父亲在这个矿上做工，她也无法去打听这个人，不知他姓甚名谁，这无异于大海捞针。找孙保卫，也是大海捞针。在四壁水渍、门窗破烂、床铺污脏的小旅店里，她好后悔自己的贸然之举。打算明天早上天亮后就赶快离开。

接到毛助理的电话，毛助理问她在哪儿，她连忙说是与闺密一起到乡下来玩了，过一天就回。毛助理不相信，问她，该不是去找保卫了吧？她连连否认。毛助理在电话里说，如今社会好复杂，你从来没出过远门，千万不要到处乱跑！荆欢欢说她知道的。

她下楼向旅店老板大致问了下情况，才知这里无论国有还是民营的磷矿都得在年底关闭。老板说，他都要卷铺盖回家了，这里没人来，现在生态保护，不准开矿，这条街都得拆了。老板骂骂咧咧地抱怨，荆欢欢就走了，她在仅有一条街的小镇上想转悠一下，到处看人，看能不能见到孙保卫，但没几步就走到了头，就是大山和悬崖峭壁，就是公路。

她在一家路边店吃了一碗面，面不错，味道辣。已是傍晚，街上的人多了起来，都是一些矿工，乌眉皂眼，三三两两，朝她打量着，她有些慌乱，再一想，说不定能看到保卫哩，就在一个小超市门口朝走过的人搜寻着。到了天黑，没有看到孙保卫，山风一浸，身上发凉，赶快回到旅店，关上房门。灯昏暗，房空旷，她突然感到孤单惶然，忍不住哭了起来，心里泣血般地呼唤着丈夫的名字："保卫，孙保卫，你个死鬼在哪里，你究竟在哪里？……"

这个晚上，孙保卫心里老像有事一样忐忑不安，以为天气冷了，想回家的想法让他也静不下心来，于是穿上带来的棉袄到猪头西施凤姐那里喝一杯啤酒去烦。

他没有点菜，让凤姐拍了个黄瓜，加一碗清汤面。可凤姐却给他送来了一碟花生米，孙保卫不好意思，要付钱，凤姐不要，还拿来了一瓶啤酒，按当地的风俗，先喝了一杯，再敬孙保卫一杯。

易扯一直在旁边看着，这时过来了，抱着酒杯，红着眼睛，问凤姐："凤姐陪谁在喝尿啊？"

他把一只手搭在凤姐的肩上，凤姐将他的手不轻不重扫了下去，道："易扯，警告你，不要没大没小。"

易扯流里流气地说："你说你大多少，就是姐弟恋，也没啥了不得的，我就不能爱你？别人爱得我易扯也爱得！"

"我，爱你？"凤姐轻蔑地说，"哈哈，你爱我？那也不对，滚，一边去！"

易扯手上的酒被凤姐推得泼出来了，表情尴尬，加上许多人在看着他，嘲笑声都喷出来了，他很不好受，没台阶下，就看着孙保卫。

"就这山外来的小子，你迷上了？"他问凤姐。

"我说易扯，你就是胡扯，想哪儿去了！我一两个娃子的寡妇，没这个心思。阿庆嫂说的，来的都是客，全凭嘴一张，相逢开口笑，过后不思量，人一走，茶就凉，是不是？哈哈哈哈……"她爽朗地大笑着，同时拍了下易扯的脑袋，见易扯怨气未消，又说，"看，这么多人都照顾我的生意，我是感激不尽，自打我老公在矿里出事后，猪头西施凤姐身边就没断过食客，你易扯兄弟也算一个嘛，天天吃我的肉，我的肉都让你们啃光啦，这身上呀，哪还有肉，唐僧肉，个个想啃，啃成光骨头啦。”她扯扯自己肉滚滚的胳膊，“哼，谁真的想吃我这身滚刀肉，老娘身上随时带着杀猪刀！哈哈哈……”

店里的食客都笑了起来，笑得前仰后合，酒杯碗筷敲得叮当响，笑得易扯下不了台。只见他脸色越变越紫，越来越难看，无肉的脸腮一阵阵抽搐。他招了招手，过来了两个跟班，这让他壮了几分胆子，说：“凤姐，别给我扯这些没用的，啥也别说了，跟别人喝酒，我可是老朋友，你也得陪我喝一杯吧。”

哪知凤姐非常爽快地应允了：“一杯可以，不干第二杯，我要炒菜。”

易扯先喝了三杯，然后，将三个杯子斟满，放到凤姐面前：“不陪一瓶，三杯就行。”

凤姐喝了一杯，摇头拒绝。

易扯将另两个杯子推过去：“你瞧不起我易扯老弟？”

“易扯兄弟，你喝多了，别闹了。”

“我喝多了没买单吗？我现在就要求你喝半杯，条件是，我在哪儿喝，你在哪儿喝。”他指指杯沿。

易扯喝下了半杯，还拿舌头在杯沿上舔了舔，指着那地方让凤姐喝。这不是羞辱人调戏人吗？这么恶心，凤姐如何能喝得下去？

“喝呀，喝呀！”两个跟班起哄。

凤姐僵在那里，好像没辙了。

“易扯兄弟，我哪儿得罪了你？”

“哈哈哈，不就是玩儿吗？你可是我姐哩。喝嘛！”易扯点着杯沿。

事是孙保卫惹的，他实在是看不下去了。这伙人咋这么嚣张，一屋子的人都不敢说一句话。这做派使孙保卫想到那个刘五，还有石仔一伙，那些社会渣滓，孙保卫突然好后悔认识那些街溜子、混混，让自己陷入了困境，到这里又碰上了易扯这种浑蛋，真的不想忍了。他站了起来，笑着对易扯道：“易扯老弟，过分了，何必为难人家老板娘咧？”

易扯不屑地对孙保卫说：“我跟老板娘认识五六年了，在这个矿上，没你说话的位子，一边去，关你啥事！”

“不就喝个酒吗？我想，钱老板若在这里，也不会同意你这么喝吧？”

“钱老板？你搬出钱老板？钱老板也不会同意你这个陌生人在这儿管闲事。”

易扯的那两个跟班吴大和郑老幺慢慢围上了孙保卫，就在这时，从暗处跑出来一个人，是张大前，他横在了他们中间，径直拿起那个被易扯喝了一半的酒杯，一口喝下了，再拿起倒满的酒杯，也倾倒进口里。

“好了吧，易扯，我代凤姐喝了，大家一起做事的，都是朋友，喝个酒何必弄得这么不高兴？来来来，你的单我买了。”说着从口袋里搜着钱，拿出给凤姐。

凤姐摆手说：“不用，不用，张大哥，易扯的单我免了，你的单也免了，小孙兄弟的单也免了。”

孙保卫掏出一张百元钞票，拍到桌子上，说：“咱从不吃白食！”

他将钱掏出来时，一个东西也顺势掉落到地上，发出铛的一声，眼尖的易扯看到了，是一颗黄灿灿的子弹，周围的人几乎都看到了。易扯抢过去将子弹捡了起来，退了一步，举着子弹对大家说：“看哪，看姓孙的私藏枪支弹药呀！这是要坐牢杀头的呀！”

孙保卫马上过去与易扯抢那颗子弹：“给我，给我！”

易扯的两个跟班吴大和郑老幺上前护住了易扯，易扯已经将子弹揣进了口袋：“这由不得你了，姓孙的，我交给派出所……”

“交去，我在你屋里捡的，是你的，大伙儿听着，我在易扯的屋里捡的。”

“好啊，让你小子给警察去说清楚。”

孙保卫一番争夺，夺回了子弹，迅速离开了猪头西施餐馆，在黑暗中走着，心乱如麻。听到后头有人喊他，他应声后站住了，是张大前，呼呼地喘着气，从后面赶上对他说：“小孙，你那子弹是咋回事？”

“没有什么事，张师傅，你不要担心，我真是捡的。”

“易扯他们心狠手辣，我刚才听到他们在报警，要抓你的，你赶快回去收拾东西离开，躲一下警察……”

孙保卫沉默着没有回答，张大前又急切地推了他一把：“快呀，你不要大意，惹上易扯就危险，惹上警察，没有好果子吃，快快……”

张大前拉着孙保卫就跑，两人到了工棚，孙保卫迅速收拾了工具包。张大前给了他一个小电筒，指引他说：“从这条路下山，再往右拐。”

孙保卫赶快跳下岩，他听到了警笛的呜呜声。

易扯报警后发现孙保卫早跑了，心里想着是谁走漏了风声，谁给他通风报信？

早上和吴大、郑老幺在小镇上喝了点早酒（这里有喝早酒的习惯)，晃悠着回矿上，却看到路上出现了一个年轻的女子，也往矿区的方向走。以为那个女子只是路过，却见她向他们走来，并问道：

“几位大哥，我想问问你们这里有没有一个做水电工的姓孙的人?”

姓孙的刚跑，这里就有个女子找他，这不是奇怪吗？易扯一双贼眼朝这女子上下打量了一番，这么漂亮，口音也是荆河市的，断定这女子找的人是姓孙的小子。

“小孙是你什么人?”易扯问。

“是我的家人哪，怎么，果然他在你们这里，大哥，你能不能叫一下他，他在哪里做事?”

好嘛，姓孙的，是你老婆，她落在了我手里，这不是送上门来让老子用刀剐嘛。易扯许是毒火攻心，邪魔附身，贼眼一转，说：“孙师傅在那边矿洞里接电，吴大、郑老幺，还不快带这位大姐去老矿找孙师傅!”易扯挥手让他们过来，暗中使了个眼色。

吴大和郑老幺从矿洞边各骑来了一辆电动车，吴大招呼荆欢欢坐在他的身后。荆欢欢警惕地问：“这是上哪儿?”

易扯挤着夸张的笑脸说：“就在那边，你不是找孙师傅吗？上车吧。”

荆欢欢对于在陌生的地方坐陌生人的车，是有戒心的，何况在这么偏僻混乱的地方。她摇头，不动，抱着包说："不用，我给他打个电话让他来。"

易扯马上说："上班这里不准打电话，也不准脱岗，你不用打了，你还是坐车去找他吧。"

荆欢欢望着神情诡异的光头易扯，有些踯躅，说："那就在这里等等，他下班了会过来的，麻烦你们转告他一声。"

易扯见荆欢欢死活不上车，贼眼又转了几圈道："这是矿上的安全员吴师傅和郑师傅，他们刚好到那边矿洞去进行安全巡查，顺路带你一程，还怕他们是坏人不成！"

郑老幺便将荆欢欢拉到吴大的后座上，荆欢欢被连拉带拽地弄上了车，她单边横坐，有事随时可跳下车。

坐在吴大后面，骑车人没有说话，电动车在矿区土路上拐了几个弯，越来越难行，颠得荆欢欢前仰后合。不一会儿车停下来了，荆欢欢下了车，她看到情况不对，这儿确有矿洞，可荒草丛生，杂物乱弃，工棚东倒西歪，没有一个工人也没有机械的响动。

"你们带我到哪儿来了？"荆欢欢惊恐地问。

"前面的工棚，孙师傅在配电室那儿。"吴大指着不远的地方说。

荆欢欢越来越感到不对，她拔腿就往回跑。吴大和郑老幺愣了一下，马上开动电动车去追荆欢欢。

荆欢欢看到后头他们的车追来了，就往另一条小路上跑去。她往上爬着，料想他们的车开不上来。她抓着葛藤往上爬，没命地跑。车到了陡坡边，那两个人停下了车，喊道："你这娘们儿往哪儿跑？回来！"吴大丢下车，对郑老幺说："快去抓，跑了可就麻烦了，到时候咱们吃不了兜着走，快！"

荆欢欢慌乱之中朝上攀爬，头顶的土石哗哗往下掉。她回过头朝下一看，那两个男人离自己越来越近。她继续往上爬，朝下一看，这是到了绝壁，底下是云雾缥缈的悬崖，不知有多深。没路了。

两个家伙快要拉到她的裤腿了，她大喊："不要过来！不要过来！"

两个家伙也发现了这是条绝路，底下是万丈深渊。

"哎，你下来，跟我们走！"

"你们再过来我就跳了！"

"何必咧美女，你跟我们走吃香喝辣，千万不要跳，跳就没命了！……"

在吴大拉住了她的鞋子时，她狠狠蹬了一脚，看到吴大跌倒在岩缝里。另一个家伙郑老幺又上来，吼叫着："给老子下来！找死呀！"

那两个人又往上爬着，荆欢欢被逼得无路可逃，看也没看，闭上眼睛，松开手，朝崖下跳了下去，随即隐入云雾之中。

吴大和郑老幺朝下看了一眼，吴大贴在石壁上，颤抖着腿说："完了，人没了。"

山风呜呜地吹上来，把他们要掳走一样。崖底无声无息，只有风掀着他们。

郑老幺说："这太好了，太好了！"

"人死了，怎么太好了？"吴大说。

"人死了咋不好，就等于没有事了。不出一天，这女的就会被野兽啃得只剩一把骨头，从此在这个地球上消失，到哪儿找人去！"

"那也是呀……"吴大嘀咕说，"只是可惜了，好标致的娘们儿……"

七

孙保卫惊魂未定逃回荆河市，深夜下车后即赶快回家。打开大门，没有灯，没有人，连鸽子的咕咕声也没有了。

头发蓬乱、满脸疲惫的孙保卫垂着手坐在荆院长对面，听着她的训斥。

“你不负责任地跑了，欢欢找你去了，没有音信，毛爸爸又去找她去了……全都乱了套。现在，荆欢欢的电话打不通。她的电话不通，意味着什么？不敢想，要出大事了，孙保卫！你想想，当初，毛爸爸死活不同意你们这桩婚事，我从中不知说了多少好话，我说，要尊重欢欢的选择，要相信她没有看错人。现在呢，是看对了还是看错了？”

孙保卫说：“我马上回去找他们，告诉我毛爸爸现在在哪儿。”

“哪儿，不是神农山区吗？”

这时，妹妹小妹抱着琪琪过来，没有一点好脸色，跺着脚教训她哥孙保卫说：“你，你还回来！你回来干什么，你害人不浅！”

孙保卫只是低着头，不还嘴。

“你有脸回来？！”

孙保卫站起来对荆院长说：“我走了，我去了。”

福利院待不下去，他要赶快找荆欢欢。

又是大半天的长途汽车，又颠得骨头散架，马不停蹄地赶往矿区。但他依然害怕警察会来找他，也不能让易扯一伙人认出他。为此，他戴上了一个老头乐帽子，还用粗笔画了些胡子，把脸弄脏。又下起了小雨，这让他更高兴，买了件一次性雨衣，与毛助理联系上后，找到了毛助理住的旅社。毛助理因为心脏不好，躺在潮湿的床上，连晚饭也没吃。见孙保卫来了，毛助理把一肚子气全出在他身上："跑到这个鬼地方，你说你是不是中了邪，欢欢丢了，你说你是不是罪该万死！"

他告诉孙保卫，什么消息也没有，他将全镇旮旯都走遍了，问了，没有人见到欢欢。电话打了，打不通，情况很不乐观。

"都怨我，您先休息，我去找。"

孙保卫先去了猪头西施餐馆，还没到喝夜酒的时候，加上秋风冷雨，餐馆里食客不多，孙保卫观察之后，进了餐馆，拉开雨衣，凤姐见是他，吃惊地问："不是说警察在抓你吗，出来了？"

"没有，我老婆来矿上找我，人不见了，你看到过这个人没有？"

他拿出老婆荆欢欢的照片给凤姐看。凤姐在灯光处瞅着，喃喃地说："真漂亮呀，好像在哪儿见过……"

她想着，大眼珠子转动着，似是而非地咬着嘴摇着头，但她也突然说出一件事，说昨天晚上在这里喝酒的人问吴大他们，你跟郑老幺的电动车上驮了个漂亮妞儿，是哪个有这么好的艳福呀。吴大一口否认他们驮了个女孩子。那个矿工说，看你们往废矿洞骑车去的，是个按摩小姐吧？……凤姐说，她只听到这些，好像有在说那个女孩没有回来，他们回来了。而这两个家伙今天也没见到人，好像不在矿上了。孙保卫问："是哪个看到的？"凤姐说，说这话的是谁忘了，那时候一堆人。孙保卫又问："当时张师傅在不在？"凤姐说不在，张师傅犯病了，回家了，也是怕易扯他们说他给你透风把你放走了。

孙保卫找凤姐要了一个手电筒，赶快往废矿洞跑去。

雨雾浓稠，罩在山谷里，孙保卫在荒草漫漫的简易公路上猛跑，来到废弃的矿洞和工棚，他一间间搜索，一间间呼喊："欢欢，荆欢欢，你在哪里？回答我！我是保卫！……"

工棚里什么也没有，偶尔一只野鸡扑棱棱飞起来。他打开手电筒，朝矿洞里一步步走去。里面全是黑暗和寂静，有歪在洞里的矿车、铁桶、塑料纸。他握着一把断了的铁锹，四处照射，同时喊着："欢欢，荆欢欢，你在吗？在就回答我！我是保卫！我是孙保卫！……”

回音嗡嗡直响，惊动了在洞里的野兽，哗哗地往洞深处蹿去，不知是野羊还是狐狸，或是狼和熊。

他一路喊着，敲打着洞壁，喊得哭了起来。他仔细听着洞里传来的声响，看着地上的印迹，似乎没有人进来过。

一阵阵恐惧袭来，他不能往里走了，矿洞像血盆大口，要把他生生地吞下，洞口像是要闭拢了。他转身往外跑，继续喊着荆欢欢的名字。

出了矿洞，他喘了一口气，洞外依然雨雾腾腾，天地混沌一片。他又打了荆欢欢的手机，却是“您呼叫的用户已经关机”的应声。

得找到吴大和郑老幺，这两个混混要是跑出了矿区，那可就真麻烦了。孙保卫记得他们晚上爱玩的地方是两个网吧，于是再去网吧试试运气，逮住一个就行。

终于在网吧一个乌烟瘴气的角落里，找到了郑老幺。这家伙蜷在皮椅里，正聚精会神地打《魔兽争霸》，电脑桌上，放着红牛、香烟和槟榔。他嚼着槟榔，脸上流着油汗，盯着屏幕在看，双手在键盘上狠狠地敲击着。当孙保卫出现在他面前，他认了半天，熬夜后通红的眼睛认出了孙保卫，一双比他更红的冒着熊熊大火的愤怒的眼睛，直对着他。

“你想干、干、干什么?”郑老幺从皮椅里弹起来，像看到一头老熊一样，缩着脑袋问孙保卫。

“你们带到废矿的一个女的在哪里?”

“不是我，我没带，是吴大带上车的!”

郑老幺吓得大叫，这时网吧的一些人伸出头来朝他们看着。

“小声点，那女的你们弄到哪里去了?”

“我不知道，我真的不知道，是易扯让吴大驮去的……”

郑老幺赶忙递烟上火，孙保卫没理，继续追问:“吴大呢，在哪里?”

“我真的不、不知道。”郑老幺竟向孙保卫作起揖来。

郑老幺这儿榨不出什么，只好迅速去找易扯。

易扯做梦也没想到还能看到孙保卫，当易扯从热被窝里给提溜出来，一个眼如铜铃、满脸铁青的人——孙保卫，手里拿着一根胳膊粗的榆木棒。

易扯那身坯哪还有重量，就一臭流氓，靠吃黑混生活，你真给他以牙还牙吃横，他立马像一摊水化了，骨头变成了面条。来不及喊，就被孙保卫拖到工棚外，先一顿杀威棒雨点般地落到他身上，易扯在地上嗷嗷地翻滚着，声嘶力竭地号叫，打服了，再拎起来，让其跪着。易扯已经头没力了腿没力了，孙保卫命令他：“别喊，再喊再打！一条性命，你弄哪儿去了？说，不说打死你个狗杂种！”

“别打了，是吴大弄走的，他不见了，我还找他哩，找到他看我不杀了他。孙师傅，对不起，我说了对不起啦……”

易扯蜷在地上，垂着头，一个劲儿地给孙保卫赔礼道歉。

跑过来的是钱老板，他披着衣，手拿矿灯，往地上一照，是易扯，打他的是孙保卫。

“小孙，发生了啥事？”

孙保卫说：“跟你说不清楚，钱老板，但愿这事不牵扯到你，易扯把来找我的我老婆让吴大弄没了。”

“啊！”钱老板大叫，踢了易扯一脚，“丢人！易扯，你狗改不了吃屎，坐牢去吧！小孙，还不报案！……”

警察抓到吴大是在第三天，在他交代的地方，武警战士吊绳下去拉网式寻找，在悬崖下找到了荆欢欢的包，里面有手机、身份证、衣物，人却没找到。生不见人，死不见尸。

毛助理不死心，一定要找到荆欢欢的线索。两个人在荆欢欢跳崖的地方争吵，毛助理痛骂孙保卫："你这害人精，害死我女儿欢欢，你就是凶手，欢欢死在你手里！"

孙保卫被骂得狗血喷头，抬不起头来，到了最后，对毛助理说："您是不是逼我也跳下去？"

毛助理拉住他说："我是要你与我一起找欢欢！"

"武警有一个排的人从这里下去搜索了。"

"我不管，如果我的欢欢真有个三长两短，我是不会饶过你的，你可记住了，孙保卫！"毛助理哭着咆哮。

毛助理执意要下崖去找，孙保卫拉着他不让下，这悬崖绝壁，掉下去哪还有命呀？孙保卫心里想，欢欢一定是没命了，山里的野兽很多，早把她吃了，这个想法不能跟毛助理讲。

"你今天若是拦着我，我就不客气了。"

"毛爸爸！"

他跪在了毛助理面前，死死扯着他。什么护身的东西都没有，得有条绳子吧，这么下去，就算安全，碰上野兽了可咋办？可毛助理已经往下去了，这不是送死吗？孙保卫只好先他一步，找到旁边的一些树，在前面引导他往崖下慢慢踩在踏实处往下蹚。万一他没抓紧，孙保卫可以托他一把。

他们抓葛藤野草、踩石头树根，冒着随时摔下去的生命危险，进入崖畔密匝匝的灌木丛。崖畔的兽道上，有一堆堆野兽粪便，有小兽的骨头和鸟的羽毛。他们在这些东西里翻寻有没有人的骨头和遗物，有没有哪怕一丁点儿线索。

有一个岩洞，孙保卫看到有野兽活动的痕迹，好像有窝巢，也不知是什么动物做的或者采药人搭的，也许是老鹰和野人的，但就是没有找到有人来过的痕迹。

“往里面看看。”毛助理说。

孙保卫不敢往里钻，在矿区还有野猪老熊活动哩，这里肯定有野兽。可毛助理已经往里钻了。兀然有吼吼的声音从洞里传来，一个大黑影从他们面前闪电一样蹿出，他们赶快贴着石壁，那黑影蹿出了岩洞，孙保卫一看，是一头狗熊，虽然不大，也有一两百斤，正在洞口回过头望着他们。

野兽是怕人的，但也不能招惹它们，它们发起怒来，让你非死即伤。孙保卫立马对毛助理说：“别动！”

那狗熊与他们对峙了片刻，就往下面悬崖的森林里跑了。孙保卫被吓出一身冷汗，再看毛助理，头上大汗滚滚，脸色煞白，手上拿着一块石头，瘫坐在地上。

“我们等老熊走远了再出去。”孙保卫说。

“你这小子，害人不浅哪，莫非今天咱们也要被野兽吃掉？千里迢迢来，就是为了投野兽一口肉？”

崖畔的树有的红了，有的还绿着。有松鼠在树上看着他们，鼯鼠向他们张着棕色的蹼膜。怪石嶙峋，刺架蓬茸，两个人的衣裳被划得稀烂，活像两个野人。

等老熊走了，没有声息了，他们出来。毛助理说：“这里危险，咋办？”

探到崖底不现实，林子里不知是武警搜索过还是野兽蹚过，印迹零乱，如果这里是一条兽道，保不住还有老虎豹子过来。

武警战士们在哪个地方找到的荆欢欢的包？如果有人，通过这包的掉落方向往周围搜寻，应该会有新的线索和发现。

两个人在那儿惊魂未定地犹豫观望，这时，毛助理忽然说：

“保卫，你看，那是什么？”

毛助理吊在一棵杜鹃树上，探头指着崖下的一个东西，黄色的。他喊来孙保卫看。可树枝挡住了视线，云雾时浓时淡地飘过。

“是不是一只黄麂子?”

“哪有不跑的麂子，你一吼，早跑了。”

“那我下去看看。”

孙保卫像一只蜥蜴，趴在石头上往下溜去，心里在想，欢欢应该没有黄衣服。如果是欢欢，武警和搜山的队员早发现了。可他还是想下去看个究竟。

等他站定，又似乎没看见那东西了。

“那儿，在那儿，你看见没有?……”

孙保卫揉着眼睛，慢慢靠近头顶毛助理指的方向，仔细看着，什么也没看到。

“你再往下呀，站着能看到什么?”

“您再指指……”

“那儿，那儿，你眼睛瞎了!”

毛助理将脑袋和身子再往下探，哪知他抓着的树枝承受不住，咔嚓一声断了，石头也崩塌了，他连同石块树枝哗啦地滚落下来，砸在石头上。孙保卫听到一声“哎呀”，又听到哗哗的声音，往头上一看，没有了毛助理，岩石崩掉了一大块，树枝折断了半边。听到脚底下不远的草丛里有呻吟声传来。谢天谢地，毛助理没有一摔到底，被茂密的灌木托住了。

“毛爸爸!”

“哎哟！哎哟！……”

孙保卫循着声音去找他，下到十几米的一个岩坑里，毛助理双手抓着树枝，他的身边，就是一扇绝壁，再歪落一尺，他的性命就没了。

找到毛助理，他脸上被石头和刺架划得鲜血直流，倒在草丛里大声哼哼着，说：“我的左胳膊断了！”

这可如何是好。得将他背上崖。这怪谁呢，是他自己硬要下来寻找的。

背他上去，孙保卫紧抓着他的一只好胳膊，往上攀爬，两个人的重量，就像背一座山。两个人爬了足足半天，才终于上了崖顶。

然后，孙保卫扶着毛助理，去了街上，叫了一辆电三轮，将毛助理送到了镇上的医院。拍片后，诊断为左胳膊肘桡骨轻微骨折，肌腱撕裂。

在医院里，毛助理胳膊缠着绷带躺在病床上，当地的警察来到他的病房向他们通报，三天搜寻没有结果，有可能是被野兽吃了，也有可能坠落到岩缝，还有可能活下来了，他们会继续寻找。

“活要见人，死要见尸，这是我们唯一的要求……”毛助理对警察说。

“我们这儿是三省交界，高山峡谷地带，天坑也多，地形复杂，深山老林，猛兽不少，在这一带找到一个失踪的人很不容易。我们已向三省周边地区发出了协查通报……”

荆欢欢依然杳无音信，荆院长整天郁郁寡欢，经常失眠，好在毛助理虽然胳膊受了伤，绑着左手，但无碍大事，承担了院内的工作。这一天，常年捐赠的齐氏创投有限公司的马龙主任来到福利院。他没像往常一样带来一车孩子们的生活和学习用品，而是告诉荆院长一件大事，也是喜事：他代表公司董事长齐羽，想将一栋闲置的别墅，无偿地租借给荆河福利院，主要让孩子们住，让他们有一个设施齐全的、比较宽敞的地方休息和玩耍。

“这是真的，马主任？”荆院长不敢相信。

“当然是真的。”

“为什么齐总对我们福利院这么好？”

“我们齐总和她的父亲一直热衷于公益事业，而且是默默地做事，不喜欢大张旗鼓，不进行宣传报道。现在就带你们去看看房子。”

“无偿租给我们？是多少年呀？”

马龙从包里拿出一份合同，说：“这上面写了，十年。”

"分文不收吗?"

"合同上有。"

毛助理在一旁听了，悄声对荆院长说："这是什么讲究?"

"先去看看再说，合同你先瞄瞄……"

到了白楼门口，他们总算看到了那位齐总，她终于现身了，短发，素颜，耳朵没打孔，穿着简单宽松的棉麻套装，脚上是一双年轻人爱穿的帆布鞋，胸前挂着一个羊脂玉如来佛吊坠。

"这是齐总。"马龙向荆院长和毛助理介绍说。

"荆院长，欢迎你们!"

"没想到你这么年轻又漂亮啊，齐总。"荆院长与她握手。

孙小妹看着这位大老板，真的漂亮，但有一双威武的剑眉，有男儿气，这种气质连她喜欢的孟盆子都没有，这是不是叫财大气粗呢?

"我听马主任说，你们的福利院房子有点挤，特别是孤残儿童们活动和生活的地方比较窄，我们这个房子在闲置中，我们装修了一下，想借给你们福利院，让孤残儿童们住，争取给他们一点点帮助，让他们有一个比较幸福快乐的童年和少年。"

荆院长他们在这栋白楼的院子里看到了游泳池、

滑梯、荡船、蹦蹦床、跷跷板等，室外设施一应俱全，色彩斑斓，令人赏心悦目。这一看，就像是一个高档幼儿园。

齐羽和马龙带着他们从一楼开始参观。整个装修非常专业，是整体参照幼儿园的规格和风格打造的，里面有电梯。

一楼主要是孩子们的宿舍，里面的床、桌椅、被子都是新的，鞋柜、衣帽柜、电视柜、毛巾水杯格，整整齐齐。

二楼三楼是孩子们游玩和上课的地方，黑板、识字板、少儿书籍、益智玩具应有尽有，令人眼花缭乱。

荆院长、毛助理和孙小妹互递眼色，十分满意，时不时发出小声的赞叹。

“这儿的条件跟我们福利院比起来，一个是天上，一个是地下。”荆院长兴奋地说。

“你们满意我们就高兴了。”齐羽说。

“我看到有些孤残儿童和少年，为了创收，你们也让他们扎拖把什么的，都可以搬到这儿来做。”马龙说。

“我们把扎拖把的活儿也搬过来？”毛助理问。

齐羽说：“孩子们还是以玩乐和学习为主，你们不必让他们扎拖把了，以后有什么困难，告诉我们，我们会尽量帮助你们的。”

“啊，那就谢谢齐总了。”荆院长说。

双方在合同上签了字，荆院长还是不敢相信地摇着头，心里想着这里面有没有猫腻，这位老总咋这么好呢？要是有什么麻烦让福利院卷进去，以后她可担待不起，便问：“齐总，我们福利院突然有这么好的房子可以用，跟做梦一样的。你若将它租出去，一年的租金怕得几十万呀，你为什么要免费给我们的孩子住？……”

“没有为什么，荆院长，你别说了。”

在回去的路上，大家还是不敢相信，觉得这事太蹊跷。在他们过去的捐助名单中，从来没有这家创投公司，现在，它们突然成了最大的捐助方。

“不知我的感觉和猜想对不对，我们可能沾了一个人的光。”毛助理说。

“谁？”荆院长问。

“琪琪！”孙小姝脱口而出。

毛助理看着孙小姝：“对，很对。”

荆院长问：“琪琪？她吗？”

“我敢肯定，琪琪一定与齐总有关，你看，小名琪琪，齐和琪琪，同音嘛。”

“我今天仔细看了齐总，琪琪很像她。”孙小妹说。

“英雄所见略同，我盯着齐总看了几次，琪琪应该与她有关联，应该是她的女儿。”荆院长说。

“那……她为什么要将自己的亲生骨肉放到福利院呢？她这么有钱，养不起吗？自己不想养，请几个保姆带也行呀。放在福利院她会放心？”

“这事是有点奇怪……如果是真的，恐怕齐总有难言之隐。家家有本难念的经，每一个弃婴，背后都有一个心酸的故事，每个弃婴都是一个谜。”荆院长说，“再说了，我们对她的了解非常有限，以后，会慢慢弄明白的。这事嘛，只是猜想，谁都不能说，小妹，听见了吗？”

“听见了，我不会说的，但我会把琪琪带得更好，以感谢齐总对我们的捐助。”

毛助理说：“说得很好嘛！小妹，你比你哥懂事。”

“这都是荆妈妈和毛爸爸教育的结果。”

荆院长摸了摸孙小妹的头，“丫头很会说话呀！”

八

孙保卫在福利院做了一天的水电活儿，还被毛助理骂了一通，低着头出了大院，在路肩上走着走着，却被从树林中蹿出的人猛地撞了一下，吧嗒一声，一副墨镜摔到地上，成了碎片。孙保卫第一反应是有人“撞猴子”碰瓷，定睛一看，撞他的是刘五，还有万儿和邓杆从一个墙角里闪出来。

躲脱不是祸，是祸躲不脱。心想，刘五应该也知道了荆欢欢失踪的事，这样兴许良心发现，会饶过他，没想到，这家伙是条蚂蟥，粘上他就甩不下来了。

“冤家总是路窄，哥们儿缘分未尽。我也知道你没多少油水，但挽救你，也算是荆欢欢托付给我的。”刘五说。

“你说什么？你知道欢欢的下落？”孙保卫一把抓住他的领口。

“哎哎哎……别激动，我是说，欢欢若是死了，死后也要保护你，不让我再纠缠你找你呗。”

“你果真放不过我？！”

“想拼命？”面对咄咄逼人的孙保卫，刘五后退着，有点心虚。

孙保卫用脚踩着那副摔碎的墨镜残骸，涨紫着脸说：“我他妈总是欠你的，现在又欠你一副墨镜是吧？这种把戏你玩得太没有水平了，刘五，你让我看轻你！”

“嘀，咋啦？到神农山区一趟，口气都大了，就好像……你拜了个警察干爹？”

孙保卫抓住他还是没放：“你给老子交出欢欢，去警察那里交代她是怎么托付你的，她一定是被你杀了！”

“你、你、你信口雌黄胡说八道，我、我、我什么时候杀、杀、杀了她？”

“她将我托付给你，这是你亲口说的，邓杆、万儿，你们都听见了，到了派出所你们可不要做伪证，做伪证罪加一等！”

他死死拉着刘五不放，腾出一只手来，拨打110：“喂，是110吗？”

刘五将孙保卫的手机扒开并抢夺，两个人扭打起来。万儿、邓杆拉住刘五，没有动手，这给了孙保卫勇气，加上在磷矿与易扯斗过，有了敢斗的底气，勇气加底气，出手就狠，反正老子跟你刘五一样一无所有了，就是个癞皮狗穷光蛋，赤脚不怕光脚的，叫花子容不下讨米汉。一拳一拳，见肉就砸，见血就砸，砸得刘五口鼻流血，血水四溅。

“万儿、邓杆，你们上呀，警察来了你们逃得了？狗还帮主人咧！”

邓杆、万儿看样子不想参与，但刘五强迫他们参战，只得上去朝孙保卫一顿乱打。三个对一个，自然刘五他们占了上风。孙保卫被打得趴在地上，为躲避拳脚，不停地翻滚喊叫，手中紧紧抓着手机。

一个中年男人从天而降，手臂上还吊着绷带，可另一只好手正好是右手，握紧了右拳，大喝一声："畜生！流氓！"

上来就在刘五头上揍了两拳，只两拳，便把刘五打倒在地，邓杆、万儿吓得躲到老远。刘五想站起来，蒙然不辨东西，望着打他的男人。

"你，你是……"刘五捂着脑袋想问个明白。

"小流氓，老子是谁，先问问荆河市的老大石老泡，不问他，问他儿子石仔好了。老子在外头混的时候，你们他妈的还是一坨臭鼻涕在你爹的屌里。不认识也好，你只认识这个就行了，滚！"

毛助理晃着大拳头。三个混混吓得狼狈狂逃。

"不要再给我发琪琪的照片，我说了不要再发，为什么要折磨我？我不会打开和下载的，给我删了，把你手机的照片全删了！"齐羽在微信里看着马龙发给她的照片留言道。

没有等到马龙的回话。

过了半天，马龙才回话："不是你当初要我发给你的吗？"

"我恨你们！"

荆河与长江交汇的"岸边·水夜场"，是荆河市一家老牌夜店，大厅里是一组梦幻似的喷泉，环境和设备高档奢华，浪漫梦幻，前卫时尚，迪拜风情，所谓享受，就是醉生梦死吧。汹涌刺人的音乐，加上迷离的灯光和舞者，一起制造着时间匆匆而逝的废墟。

齐羽想在这里，在一个没有罪恶感和时间感的恍惚的角落里，打开一张照片看一下。滑着旱冰过来的酒保问她要点什么，她先来了三瓶Taseroom茉莉花酸啤，眼神有些恍惚，拿出手机，在里面翻寻着没有删完的照片，打开，是琪琪坐在婴儿车里傻笑着的照片。她把手机啪地摔在桌子上，又抱住酒瓶喝着。

在狂疾嚣张的音乐声中，舞池里的人群魔乱舞，沉醉疯狂。有人在一旁指着齐羽议论：

"那个齐羽好久没来了，她的男友石仔不是把她父亲杀了吗？"

"石仔从来就不是好惹的，一个街溜子，这个白富美怎么爱上了他，这世上的事情好奇怪！"

"那有啥奇怪的，好汉无好妻，赖汉娶花枝。好女嫁歹汉，驴子吃牡丹。"

“她在哭，孤儿哩，可怜哩，交错了朋友，后悔了……”

从议论堆里走来一个剃着狗啃式刘海发型的男人，晃晃悠悠地出现在齐羽桌前，握着空杯，朝齐羽用身体动作打了个招呼，便将她瓶子拿起来，将啤酒倒入自己的酒杯，然后，再倒入她的酒杯。他仰着猪一样的厚脖子喝了个精光，然后用手示意让齐羽也喝下去。齐羽露出笑容，却没有喝。那男人随着舞池的音乐扭了起来，并邀她入池。齐羽还是没喝，没离座，只是随他的动作晃动着，幅度不大，但身体内野性的记忆似乎被唤起。她醉眼蒙眬，没朝那男的看一眼，或者说眼里对这种男人不屑一顾，只是按照自己内心的音乐晃动，自我陶醉。

那狗啃式刘海发型的男人，依然在她面前，似乎是邀请，似乎也是自我陶醉，在那儿摇晃，节奏很准，小幅的舞姿也很见功夫，牛仔裤、限量版的爱马仕运动鞋。脸上好像还正派，还干净，没有石仔的那股流气和邪气，但比马龙的那种卑怯耐看。齐羽体内的东西在逐渐唤醒，她站起来，一个摆髋，把那狗啃式刘海发型的男人弄了个趔趄，然后，扭动臀部进了舞池。

狗啃式刘海发型的男人暗自笑了，也跟了过去，两个人髋髋相撞对舞起来。齐羽的舞姿非常狂野，节奏有力，身体每一个骨骼都在舞动，韵味英气别致，而那个狗啃式刘海发型的男人也了得，见齐羽跳什么，他就应和什么，与齐羽配合得天衣无缝，两人就像是配合了几十年的舞伴。齐羽眼睛似睁非睁，似闭非闭，还是没有正眼看他，她已经忘掉了一切，沉浸在音乐的世界中……

就在这时，狗啃式刘海发型的男人给不远处的另一个板寸头男人示意，狗啃式刘海发型的男人用身体完全挡住了齐羽的视线，逗引她与他狂舞，板寸头男人悄悄溜向齐羽的座位，提走了她的LV包，板寸头男人迅速向门口溜去。

板寸头男人以为得逞了，没想到在门口遇到一个绊子，立马嘴啃泥，脸重重地摩擦到瓷砖，牙齿都磕掉了。那LV包就到了马龙的手里。

马龙夹着包，蹲下，将那板寸头脸腮扯着，让他抬起头，扬起一拳，打向他的眼睛，那家伙眼就花了。

“你是让我报警，还是让我再打三拳?”

板寸头伸出三根指头。马龙就再次出击，连打了他三拳，板寸头脸歪向了一边，像是死了。

马龙依然蹲着扒拉他，齐羽醉醺醺地过来，看到了她的包，一把夺走道：“你拿我包干什么？”

马龙指着地上的小偷，说：“是他偷走了。”

“小偷？”她飞起一脚就踢向板寸头的脑袋，踢了一脚，那脑袋就像颗泄了气的皮球，软了。

马龙拉着她就往外走。

回到家，他把齐羽扶进客厅，对王姐说：“她喝醉了，弄一杯茶来，温热的就行。”

王姐赶忙倒茶，端过来，问：“这是怎么回事啊，她怎么又喝这么多酒啊？”

“还差一点，包都被别人拎走了。”

“齐总，你喝水。”王姐抱起她的头说。

“不，我喝酒，我要跳舞，我要跳舞……”

“她真的醉了，这种情况好久没发生了。”

他们看着烂醉如泥的齐羽，打出了鼾声，就这么坐着，无言地陪伴着她。远处的江声哗啦响着，拍打着石岸，很有节奏，像是一个老人沉重滞缓的呼吸。

白楼别墅的院子里，搭建了一个蓝瓦的工棚，作为一个加工拖把的工房。孩子们利用周六和周日作业做完后的时间，扎一个拖把，可以拿到两元钱，作为勤工俭学的报酬，有的孩子一天可以扎几个。

孙保卫开着电动三轮车进院，让孩子们将拖把搬出来，毛助理和孙保卫捆绑整理。

毛助理让孙保卫搬上车，对他说：“你的头发，你的衣裳，只怕有半个月没洗了吧？”

孙保卫挠着乱蓬蓬的头。

“刘五后来又找你没有？”毛助理问。

“您那拳脚功夫让他们怕了。”

“他们还会找你的，因为他爹没有出来，恨你的依然会恨你，爱你的依然会爱你。不过，保卫，你这个样子确实很糟糕啊。”

孙保卫叹了一口气，将拖把全搬上了车，说：“我走了。”

孙保卫送完货，回到家，一身臭汗，想洗个澡，却懒得动，照照镜子看自己的头发和胡须，又脏又乱又长，有时候连脸都没洗，就上床躺下。他知道自己的精神快垮了，如果再没有荆欢欢的音信，就可以基本判定她死了，跳那么高的崖，谁能活下来？要是活下来，咋连根头发都没见着？

他焦躁恐惧地来到厨房，接了几口自来水喝，情绪越来越坏。

洗衣机旁，堆了一堆脏衣服，心想，过去换上一件，欢欢就会拿去放入洗衣机里洗，或者，一件短裤一双袜子，就用手搓洗了，然后晾干，叠得方方正正放入该放的地方……

生锈的锅、发霉的厨柜，想起欢欢在家里会给他卤猪头，卤干子，然后切好，放入蒜子、生姜、酱油、醋、豆瓣酱，就是一盘干子，也能喝上二两小酒，吃上一大碗饭。欢欢还会做她最拿手的排骨藕汤。怕藕汤清淡，就会买一根筒子骨，先在煤火上煨六个小时，煨出筒子骨里的骨髓，再煨藕，那汤就会浓酽酽的，漂着一层骨髓油……

他拿起从来没拿过的菜刀（菜刀是欢欢专用的），朝砧板剁去，凄然地唤道："欢欢你怎么这么傻啊，这不是孟姜女千里寻夫，有去无回吗？怪我呀！怪我错了一步，就会错十步百步啊！"他举着刀，突然大喊，"刘五，老子要杀了你！"

他挥刀欲冲出去，可理智又使他站住了。他慢慢冷静下来，杀人能解决问题吗？这事儿，一切都是杀人引起的……他颓然坐地。

他打通了刘五的手机，却不想说话，只是气得咬牙切齿。

"我知道是你，小子，主动联系我，是钱准备好了吧？"

"把那衣裳还给我！欢欢要是真死了，老子也不会活了，第一个要杀的就是你！"

“啊噻，怎么回事？电话要结束我的生命，老同学，那是求之不得的大好事，你可帮了我的大忙。你说，保卫，像我们这样的人，活着又有什么意思？要钱没钱，要老婆没老婆，我们活着还叫人吗，跟猪狗没什么两样，我他妈早就活得不耐烦了，谢谢你结束我的生命，我等着，什么时候来呀保卫？”

“先把衣裳给我！”

“我没说不行，但总得给我一碗狗食吧。我费了那么大的心思，你总得补助我几双草鞋钱。我那个价再降降，一万，好吧？”

“去你妈的！”孙保卫挂断了电话。

想了一夜，孙保卫决定振作起来，要找工作，有钱了才能去神农山区找欢欢。他想起手机微信里有那个在汽车上同座的胖子，二师兄，应该是姓蒋，搜索了一下，标注为蒋总，头像是头可爱的神农黑猪。于是给他发了个微笑的表情，告知他自己姓孙，是在汽车上和磷矿里见过的，问他的肉联厂有没有水电工的事可做。老蒋不一会儿就回信了，说他现在在冷库，可以先来看看。

看什么呢？这蒋胖子讲了个模棱两可的话，但回音及时，证明此人尚可交。他还想起老蒋说的他们与神农山区联合在山里建现代化的养猪场，饲养生态黑猪，就是鄂西猪，能不能要求他帮忙，让自己去神农山区养猪场，这样可以一边工作赚钱一边找欢欢。先去看一下吧。

在离市区较远的一片丘陵地，靠近乡村。坐公交车到了冷库那儿，正好有一站。那儿人声鼎沸，各种车辆进进出出，带着一股冷气。巨大的仓库，裹得严严实实，冷藏车也是密封的，在这儿购买和配送的车辆各种各样，横七竖八。孙保卫找到了老蒋，办公室写的是主任室。嗬，还真是个领导。

进去后，老蒋没认出他来，问："你有什么事?"

孙保卫说："我是与您同车去神农山区的小孙。"

"喔，小孙，你坐，有什么事?"

孙保卫说："我在微信里跟您讲了，我想在您这里找个活儿干。"

"你会什么?"

"我会水电呀。"

"哦，你说了，对对，我这里不缺水电工，再说，冷库的控制室不是一般水电工能干的。难得咱们一路同行，这样，你可以帮冷库配送冷冻食品，你有小货车吗?"

"没有。"

“电三轮也行。”

“我……也没有。”

“去买一辆，千把块钱就能买到，咱们这里主要是给各学校、超市、餐馆和酒店送货，本来嘛，不用你们，但有些偏僻的地方，路不好的地方，需要电动三轮或者小货车，给你个位子，没有工作可不行，要吃饭呀。你去买个电三轮，然后就可以送货了。”

孙保卫谢了蒋主任，一路走一路想，哪有钱买电三轮呢？只有找妹妹借，找孟盆子借，家里的钱，不知荆欢欢带走了还是存着了，但武警将荆欢欢的物品交给他们时，并没有存折，也不知道家里究竟有没有钱。加上刘五的敲诈，就算是有存款荆欢欢也不会给孙保卫的。他当时想筹钱给刘五算了，舍财免灾，但刘五要两万五，太贪得无厌。唉，当时如果筹了钱给刘五，欢欢也不会去神农山区丢了性命。虽然孙保卫不想朝这个方向想，但事实上，欢欢估计活下来的概率十分渺茫了。狗杂种刘五，这笔血债是一定得还的！

孙保卫走到福利院，准备找妹妹孙小姝借钱，可看到了院里他经常开的电动三轮车，宗申的，也不贵，但好用，没有坏过，正在充电。看到毛助理走来，灵机一动，说：“毛爸爸，我借三轮车用一下。”

毛助理一挥手，就答应了。没想到这么容易借到，正好充了电，就骑上去了冷库。

蒋主任见他骑来了电三轮，说："你有电三轮呀。"孙保卫说："我找朋友借的，先熟悉下路，准备再去买。"

蒋主任带着他进了冷库，一股冷气从冷库大门往外冲，冷气蒸腾着，回旋着。里面像是一个超巨大工厂，标有保鲜冷库、冷藏库、低温冷库、超低温冷库、速冻冷库等。无边无际的堆砌的冷冻猪牛羊肉。还有纸箱高高码着的冷冻排骨、海鲜、鱼丸、猪脚、猪肠、鸡翅、鸡脯、鸡爪、鸭肠、鸭脖、鸭头等。

办好手续，签了合同，复印身份证，交了押金。蒋主任说："小孙，你就跑远点的路，伙计，近的没有了。"

蒋主任交代后走了，立马有人交给他货单，他车上就有人搬来鸡脯、鸡爪、鸭、排骨和猪脚……

他送的地段在郊区的老工厂那儿，路上坑坑洼洼，汽车不能进来，还净是上坡，几次下车推上去，这鬼地方，只有靠电动三轮送了。这些厂房都改造成了餐馆，如今外面的生活是怎样的，孙保卫一概不知，原来城中心吃饭的人都跑到这里来了，这里僻静，有些请客在这里没人能看到。虽然外观还是厂房，但装修很讲究，而且都是吃饭和麻将在一起。食客盈门，麻将声声，好多人有钱又有闲，完全是在享受生活，而他却在为简陋的生活奔波，世界真的不平等啊。他在微信上看到一段话：你若不能改变世界，那就改变自己。是呀，是对的，一个小老百姓，能改变什么呢？只能改变自己，从今天开始，我会天天努力！

收货，签字，再去第二家、第三家、第四家……

日近中午时，他将货终于送完了，骑着空车，人就轻松了许多。

在路边买了一个盒饭，蹲在地上吃了，喝了一碗免费神仙汤，肚子饱了，小摊的油不好，吃完后会反胃，屡试不爽，咽几口水也就挺过去了。算了算，这一趟可以挣个三十块钱。还没吃完盒饭，手机就响了，是毛助理。

“你把我的三轮弄哪儿去了？你快还回来，我要急用。”

“哦，好，好。”

丢了饭盒，赶快去还车，再找妹妹借钱。

毛助理抱着膀子在白楼门口等着，见了他冷冷的，没说话。

“对不起，毛爸爸，我回来迟了。”孙保卫道歉。

“我看你只怕又要将什么东西弄丢。”毛助理说。

“我是……我是给冷库送货去了。”

“冷库?”

“我找了个送货的活。”

“那你也不能用院里的车呀，这不是公车私用吗?”

“是，是。”

他交了车，将妹妹小姝叫出来，孙保卫直接将他的事说了。

“哥，你的意思，是要用我的钱?”小姝说。

“是借。”

孙保卫没看妹妹，埋着头抽烟。

“哥，你别抽了，你说话呀。你说一千块钱，我也就一两千块钱，这都是我办嫁妆的钱，靠你靠不了，我只有靠自己……哥，你要工作，我支持你，也是应该的……”

孙保卫听见妹妹抽泣起来，他也想哭。他说：“小姝，算了，逗你的，我会有办法的，你嫂子可能将钱放在家里哪个地方了，我想起来了，我再去找找。”

他赶快走了。

回到家，他翻箱倒柜，在衣裳里、夹缝里、床铺上下……正在他绝望之时，手伸进欢欢装首饰的抽屉，在屉子上方，有一个包，被放在一个小网兜夹层里。他把东西掏出来，是一个存折和一个信封，打开信封，有一沓钱。他数了数，是一千八百元。天哪，这是个天文数字！

她一分钱都没有带走，她平时积积攒攒，还攒到了这么多钱。孙保卫眼睛湿了，想大哭。

车我不买了，我赚钱干什么，老婆都没了，我要钱干什么！我要去找她，要找到她！失去后，他才知欢欢的宝贵。

“欢欢，就是把神农山区挖地三尺，我也要找到你的下落！”他内心里喊。

九

他带着印制的三百份“寻人启事”，又坐上了去深山的车。

这一次，他中途就下了车，离磷矿至少还有十多公里，他在农家的墙壁上，在树上，在石头上，在桥上贴着“寻人启事”……

虽然公路两旁的树林如火如荼地红着、黄着，更远的山上是更红的树林，秋天的景色让人陶醉，但孙保卫没有任何心思欣赏。他一路贴着寻人启事，一路打听谁见过启事上的这位女子没有，都说没见过这个女子。

傍晚，他走到了一个前不着村后不着店的地方，见有一个石桥洞，在水边洗了个脸，确实太累了，钻进桥洞里，里面有一堆牧牛人放在洞中的干茅草，就是这几捆干草，让他睡意袭来。他解开了两捆草，铺开，人钻了进去，茅草是山里的一种丝茅草，非常柔软，像钻进了被窝，他又解开一捆盖在身上，竟然一下子睡着了。

洞口有扒拉的响动，还有粗粗的呼吸声，不知怎的惊醒了孙保卫。一阵彻骨的寒冷蹿进全身，有一种失温的感觉。他赶快坐起来，听着有东西在往桥洞上爬。桥洞离地面还有一米多的距离，如果不是老虎和豹子，是比较难爬上来的。他手在地上到处摸着，摸到了一块石头，攥着。他又想到野兽是怕火的，立马掏出打火机，在离他躺下的旁边点燃了一堆茅草，火借着风，烧了起来，世界一下子亮堂了，一下子暖和了，可不明的野兽还在桥下扒拉聚集。是野狗吧？他往下一看，有几只狗样的东西东颠西蹿，像狗非狗，露着怪齿，麻色斑点，夹着鼠尾，一只只跟狗一般大小。在火光中那些白森森的牙齿，让孙保卫突生恐惧，他陡然想到，这该不是矿工们说的“扒狗子”吧？

这扒狗子是神农山区森林里的怪物，长得跟魔鬼似的，成群结队，专门干掏肛扒屁眼的活儿，所有动物都怕它们，不论是老虎豹子，狗熊野猪还是家畜牛羊猪马都怕它们。只要遇上，它们绝对不会放过，将你的肛门扒了，拖出肠子，再钻入肚子里，将其吃空出来，被吃者只剩一张皮囊，轰然倒地。也有传说过去有人被它们逮住掏肛吃空的。

孙保卫看着这些阴森的怪物，它们走马灯一样在下面来回穿梭，因不会攀爬，加上有大火，它们不敢上来，孙保卫庆幸醒得早，否则它们偷袭，他一定凶多吉少。孙保卫想着怎么击退它们，想了想，点燃茅草就往下丢，一团团的火扔下去，落在它们背上，烫得它们哇哇叫。有的更加疯狂地欲往上爬，孙保卫就加快点火往下扔，底下的茅草越扔越多，火越烧越旺，有的扒狗子身上点着了，到处乱跑，打滚灭火。扒狗子们怕了，哀叫着，夹着鼠尾逃跑了。

孙保卫一番操作，累出一身汗，也吓出一身冷汗，为了消除心中的恐惧，他对着桥洞外一通大喊：“嗷嗷——嗷嗷——”

他怕火熄了，继续朝火里添着草，身上的汗被风吹干，心脏还怦怦跳着。

山区的秋夜辽远荒静，好久，洞外没有了声音，他把身子钻进茅草中，有些困了，闭上了眼睛。

“孙保卫！孙保卫！”他听到有人在外面的公路上喊他。

他睁开眼睛，朝下一看，竟然是荆欢欢，出现在晨光微照的桥洞口。

“欢欢，你是欢欢吗？”

但见欢欢衣衫不整，头发凌乱，神情惊慌，对他说：“快快，救救我，拉我上去，有人在追我！”

“欢欢，你怎么知道我在这里？”

“我问了看到你贴寻人启事的人，说你可能在这桥洞里休息……快，有人快追上来了！”

孙保卫伸出手去拉欢欢，欢欢太沉了。还没有将欢欢全部拉上来，后面果真追上来一个人，一把拽住了欢欢的脚，喊道：“哈哈，看你往哪儿跑！快跟我回去！”

孙保卫细看，是易扯。

“易扯，你不是被逮进去了吗？”孙保卫问。

“胡说！”

“原来是你把荆欢欢藏起来了，老子饶不了你！”

“是她愿意的，她做了我的老婆。”

孙保卫不顾一切地跳下桥洞，将易扯压倒在地。易扯挣扎着爬起来，一把将孙保卫推入河中。孙保卫在水中挣扎，好冷好冷，他听见欢欢在岸上喊他：“保卫，保卫，我来拉你了！”

可易扯抓着欢欢就跑，像拎着一只小兔。荆欢欢在易扯手里喊叫着：“保卫，救救我！救救我！……”

孙保卫水淋淋地爬上岸来，去追欢欢，哪里追得到？易扯背着欢欢像武打片里的镜头离开地面飞一般而去……

孙保卫醒过来，是个梦。真的很冷，夜晚温差太大。火熄了，他抱着膀子，瑟瑟发抖，瞅着东方正在发白。

天大亮后，看看周围没有了扒狗子的影子，公路上有车经过，他才离开桥洞，去河边洗脸。可他发觉身子打飘，站立不稳，头疼，身上火烧火燎。一摸额头，烫手，他知道自己感冒了。

他继续边走边贴着寻人启事。贴着走着，渐感心慌气短，体力不支，后来，一阵眩晕，倒在了路旁，什么都不知道了……

不远处两个养路工正在路上工作，过来，看到一个昏倒的人，连忙将孙保卫扶起，一触到他身体，滚烫发热像一团火，知道他是高烧昏厥了，便用他们的三轮车将他拉到养路站，给他喂了水喝，物理降温，又找来布洛芬，给他吃下了。

孙保卫醒过之后，养路工指着寻人启事上的照片问是他什么人，孙保卫说是他老婆，在这里走亲戚从磷矿山上失踪的。养路工又给孙保卫下了一碗面吃，孙保卫觉得好多了，烧也退了，养路站的工人们让他多休息一会儿。他谢了他们，继续赶路贴寻人启事，一直贴到磷矿的小街上。

在旅社里昏昏沉沉，头痛欲裂，咳嗽，喉咙里像吞了刀片一样疼，咽口水都难受极了，更不消说吃东西。这感冒重呀，不该碰上扒狗子，不是桥洞高，肯定没有好果子吃。扒狗子在当地叫鬼兽，等于晚上见了鬼。

他在床上下不来地，心脏跳得咚咚响，摸着脉搏，一分钟有一百五十多下。他想，快死了，我他妈死在这地方，连同老婆，一起葬送在这里，这地方是个啥地方呀，不是地狱？就叫女服务员，问她："你认不认识猪头西施餐馆的凤姐？"

女服务员说："认识。"

"你能不能帮我叫一下她，说是一个姓孙的找她。"

女服务员就去喊了，一会儿，凤姐敲门，进来一看，是他，看到他满脸烧得通红，魂儿不在身上了，又听到他剧烈咳嗽，问：“噢，小孙，你感冒了？”

凤姐坐在他床前，用手试他的额角，说：“高烧啊。”

“给我买点退烧止咳和消炎的药来，谢谢你了。”

凤姐就出去帮孙保卫弄来了他要的药，一大塑料袋，又给他倒水让他吃药。

“你什么时候来的？”

“早上。”

孙保卫说话困难，声音嘶哑，一副受难相。凤姐又说：“我给你弄点稀饭来吃。”

孙保卫说：“不要，凤姐，我吃不下，不想吃。”

凤姐走了，不一会儿，就端来了稀饭。

“来来来，好歹吃一点，我放了鸡蛋和蜂蜜，蜂蜜止咳还消炎。”

她把孙保卫扶坐起来，一勺一勺地喂他。孙保卫吞咽困难，不能吃。凤姐放下稀饭问：“那你能吃点啥呀？”

“吃了难受，谢谢你了凤姐。”

得知他又是来找老婆的，凤姐叹着气，说：“那个易扯害了你，我看到钱老板在我餐馆里把他狠狠揍了一顿，打得他爬不起来。易扯在看守所里，若是你老婆真找不到，我听说他和吴大、郑老幺都得判重罪，绑架、故意杀人……只是害苦了你，你病成这样，在这里可不行，还得花钱，搬到我那儿去吧。”

孙保卫害怕看她那双火辣辣的眼睛，把目光移向窗外，摇了摇头。

“哎呀小孙，我不会吃了你的，等你病好了，到我餐馆里帮忙，我雇请你，发你工资，你边干活边找。”

“凤姐，你生意还好吗?”孙保卫把话题拉开了。

“再怎么不好，也不会少发你一分钱的工资。小孙，你不知道，自打我老公走了，我撑到如今，好难呀，你在这里，正好帮我一把。”她好像在抽咽，“你对你老婆这样深情，这种男人不多了，可我也听他们议论，你老婆那么高摔下去，即使有奇迹发生，不被野兽吃掉，活下来，估计也是个残疾。在咱们这山区，深山老林，虎豹豺狼，就是个外地大男人，也不能活下去……我的意思是，你的心是好的，令人钦佩，但也要面对现实……”

“活要见人，死要见尸，就是几块骨头也行。我相信，我一定能找到她的！……”

凤姐照顾了他两天，给他送鸡汤，烧退了，咽喉好点之后，他去了当地派出所。负责此案的警察给孙保卫说，他们发布协查通报后，收到各地不少的回音，通过进一步调查、甄别，所有发现的女性都与孙保卫的老婆情况不符。警察还告诉他，通过这些协查通报，还帮一名智障女找到了父母，解救了一个陕西被拐妇女。在磷矿周围访查了诸多人，没有任何有用的信息，如果有了消息，会及时通知他的。

警察将他的寻人启事拍照后，发到各地派出所和各个相关工作群里，让他耐心等待。但警察也说，跳崖后存活的概率不容乐观，也希望他有这方面的心理准备。

孙保卫留下了不少寻人启事，走出派出所。

他决定回家，决定买电动三轮，决定不再冲动，耐心等待派出所的通知。这一趟，各方面的信息都告诉他，希望不大了，剩下的，就是奇迹发生。

傍晚的江边，孙保卫坐在大排档里吃面喝酒。他从神农山区带回的苞谷酒，便宜，但好喝。一瓶苞谷酒已经喝了一半，够了，他克制自己，不能颓废，不可破罐子破摔，不能被这操蛋的命运打倒。

一只鸽子飞到了他的面前，落在他的桌子上，是他的“白雪”。“啊，白雪，来来，坐坐，正好我缺个酒伴，你来得真是时候啊，来，我敬你一杯！”

他用酒瓶盖倒了一点酒，递到鸽子的喙嘴前，鸽子还真的碰了碰那酒。

“嘿，好，够朋友！痛快！痛快！可是我不能喝了，我不能成为酒鬼，你也别喝了，我喂你面条吃……”

他正在给鸽子喂面条，鸽子突然受惊，扑棱棱飞跑了。孙保卫从醉眼里看去，有一双脚站在他面前，紧靠着那瓶酒。顺着腿往上看，是个人，是孟盆子，还有妹妹孙小姝也站在旁边。

孟盆子将桌上的酒瓶缴过去，看也没看是什么酒，便把那瓶子远远地扔进了江中。

“哎，盆子……”

“喝好没？喝尽兴没？酒鬼啊酒鬼，为你感到羞耻，你这个样子，欢欢会爱你吗？你这么糟蹋自己，还找欢欢干啥哩，不如一头扎进江里流到东海爽快些。”盆子叉着腰，舞动手在那儿指责他，那声音，是要让全荆河市的人都听见似的。

“这、这是好、好酒……不打头，纯苞谷酒……比茅台还好喝，入口……绵滑清冽，回味、味……悠、悠长……你甩掉我的酒干什么？”孙保卫指着孟盆子的鼻子说。

“醉生梦死的家伙，你打算就这样过一生吗？”

“我明天就去买电三轮，为冷库送货，怎么啦？”孙保卫看看他们两个，“管我，我是你什么人，盆子？指望我会同意你做我妹夫？你想得美！你有钱吗？”

“我没有钱，但我没有不良嗜好，不会跟流氓地痞街溜子搅在一块，不会老婆不见了……没有钱，也分好人坏人。”

“好，好，好，我是坏人，你可别娶坏人的妹妹，你这种穷鬼，就算不烟不酒不嫖不赌，活着有啥意思？还是一辈子受穷。明天，我不会找你们借钱，买了电三轮就去冷库上班了，我就能挣钱了，怎么样？”

“你有钱咋样？能把欢欢找到吗？”

提起孙保卫的伤心事，他酒劲上来了，愤怒地说：“别提这事，小心我揍你！”

两人正在吵着，听见江边有人喊：“快救人！江里出事了！”

他们往夕阳西下的江上看，一个人正在水中挣扎。到了秋天，是游泳还是落水？当然，荆河市冬泳的人不少，秋天有人游泳也不奇怪。

孙保卫看到那个人，就跑着脱衣服，跳入江中。他有好水性，冷水一浸，人也清醒了，游向那个人。那人看不清面目，头发在水中一漂一沉，好像没劲了，随时要没顶，正往下游冲去。

孙保卫用的是蛙泳，这样快速地接近了那个人。他一下子抓住了那团黑影，先把人顶起来，让他换气，当抓到这人时，发现是个女的，胸脯鼓鼓的。他把她往岸边拖着，那女的还有意识，抓住了他，是乱抓，好在孙保卫救溺水者有经验，是从背后抱住她的，防备溺水者一把抱住你让你不能动弹，因为你是他生命的最后一根稻草。孙保卫将她顶出水面，那女子总算缓过一口气了，不再乱抓乱挠。

可是孙保卫喝了不少的酒，加上重感冒刚好，体力不支，顶着女子往下沉。那女的好像恢复了一些体力，也会游泳，并没有胡乱地抓他，也没有胡乱地挣扎，这样孙保卫才一手抱着她一手往岸边游。

游着游着，那女子吐了，一股酒味冲进孙保卫的鼻子，原来这是个女酒鬼。

孙保卫闭着气浮在水面，等她吐完。他在水面休息了片刻，再咬牙划着水，将女子拖拽到了岸边。等候在岸上的孟盆子和小妹，将他们拉上岸。上了岸一看，那女子好生面熟，是齐羽！

齐羽终于睁开了眼睛。

“齐总，是你？！”孙小妹惊唤着。

齐羽认出了是福利院的孙小妹，又看到救她的人也熟悉，不就是那个水电工吗？

孟盆子热心地问她："你是咋的啦……"

"我游泳呀，我在江中游泳，我有点晕……"她有气无力地说，"谢谢啦。"

齐羽艰难地站起来，歪歪欲倒。孙小妹上去扶住她，被她谢绝了。他们目送着她走到停车场，上了一辆蓝色的保时捷跑车，迅速地开进了防浪林。

半夜就听到呼呼的风拍打着窗户，接着是闪电和雷声，再接着是倾盆而下的大雨，把阳台的鸽子笼打得啪啪地响，鸽子在笼子里惊叫走蹿。闹钟上了，但一夜没睡，想着这雨，想着那个溺水的齐总，是什么原因呢？想不开吗？有钱人也有想不开的时候？又想到这样的雨，若是欢欢在野外，没有遮挡，天气又冷，她能承受吗？一个女人在大雨的深山里行走，没有任何躲避的地方，荒山野岭，她是躲不过这样的天气的。早晨迷糊了一会儿，梦见欢欢在磷矿的公路上，树叶遮身，冻得蜷成一团……

起来，喝了一杯凉开水，往窗外一看，暴雨如注，雨雾蒸腾，整个城市在风雨飘摇之中。他洗漱过后，披上雨衣，下楼，在车棚里发动了刚买的电动三轮，车还不错，虽然只有一千多块钱。他算了算，不到三个月就会挣回车钱，然后就全是赚了。

风声雨声混响的街头，到处是积水，到处是闪电，蓝光瘆人，雷声惊骇。冷库在雨中显出一种更加混乱、热烈的脉动。

蒋主任拿来了许多防雨的塑料布，交代大家盖好货物，小心纸箱淋湿了有人退货。

他看到孙保卫开着一辆新的电动三轮，跟他说，这三轮小了些，装货不要贪，多送几趟。

孙保卫还是想多拉点，装好了货，盖好纸箱，开车进入了风雨中。

郊区的路，排水不畅，加上地势低洼，积水已经很深。到了一个涵洞，水已经有至少五六十公分深。孙保卫量了量三轮的高度，这开过去一怕熄火，二怕淹了货物，但这水啥时候能退呢？一天不退，他的冷冻肉岂不要全部解冻坏掉了？

他先是将涵洞走了一遍，想冒个险冲过去，他开动三轮，还没到中间，熄火了。估计哪里进水短路了。他在水里推着三轮往前走，推出涵洞，全身都湿了，雨没有小的征候。他再启动三轮，谢天谢地，车还是好的，还可以开。到了一个大斜坡，许是超载，车爬不上去，下来推，有准备好的绳子，套在肩上，又拽又拉。

雨箭射得人睁不开眼睛，斜坡上一片雨雾，天已大亮。到了那个工厂改建的美食村，有的收货立马就签字，还感谢他冒这么大的雨送来，还给他吃的。有的却找他的碴儿，一家“谷鸭菜馆”的收货员，没接他递上的黄鹤楼满天星香烟，自己拿出来的是华子，有一箱的确破损和化冻了，对他说，不仅纸箱破损，还缺斤少两，一箱鸭子坚决不要。可车上没有了替换的东西，这拖回去不知是不是该自己赔，他哪儿赔得起？

“我不能收。”那人坚持说。那人脸上全是黑斑。

“求求你，收了吧，没想到今天这么大的雨，又解冻得很快，相信我没有弄丢一只鸭子，不可能把鸭子砍半边我吃了。”孙保卫求情说，他得装孙子，谁叫他姓孙呢。

黑斑收货人叼着华子不吭声。

“我帮你搬进去。”

孙保卫想来个先斩后奏，搬进去了他就不好再搬出来，再死皮赖脸地求他签字。于是他抱着几乎散了的纸箱往后面的厨房通道里跑。哪知他又累又慌张，那通道是瓷砖，又加上雨水打湿了，脚下一滑，踩到虚处，失去重心，一个屁股蹲儿，腰杆子都快摔断了，纸箱摔散，冷冻鸭子四散飞落。肘子只怕磕断了，当即疼得他浑身要爆炸一样。

他在地上挣扎着爬起来，这时一个女服务员见状，上来搀扶他。他站了起来，那女服务员又忙帮他捡拾地上的鸭子。

那个黑斑收货员也闻声来了，见状说：“这下，更不能收了。”

“求求你们了，老板，我一个打工的，赔不起呀。”孙保卫龇牙咧嘴地揉着腰说。

“换嘛。”“黑斑”冷冷地说。

“真的没有了。”

“那就少一箱。”

孙保卫强忍着伤心，去地上捡拾冻鸭，那女服务员也帮他找来了一个好纸箱，将鸭子装进箱子里，再拖回去。

孙保卫浑身精湿地回到冷库，脸色发青，嘴唇发白，身上发抖，告知他路上发生的一切。蒋主任说：“我知道那个涵洞，淹死过人，你今天命大，这箱鸭子再换个箱子进冷库，你不会少鸭子的，我相信你。不罚你款了，看你冻得像鬼，赶快回家换衣服去吧。”

走的时候，蒋主任还给他领了一个盒饭。

十

孙保卫在冷库送货一个月，收入不错，将领到的工资还了孟盆子两千块钱。这一天，他接到张大前的电话，告知他私营的磷矿都关停了，他只好投靠女儿到荆河市来了，在沿河菜市场卖菜。张大前就是荆欢欢的亲生父亲，是他的老丈人，现在来投靠荆欢欢的孪生妹妹张霞了。城市虽然不大，但也不小。因为寻找欢欢，孙保卫把这些都搁到一边，心想等欢欢回家，就与她一起去找这个妹妹，认老丈人。

这天他加送了一趟，正好路过沿河菜市场，想了想，还是得见下张大前。乱糟糟、臭烘烘的集贸市场里，张大前正在菜摊前给人称秤，装好菜，收了钱，整理着菜堆。一个人过来问："你这西红柿多少钱一斤？"

张大前说："四块五。"他拿起秤让人挑选，抬头一看，是孙保卫，"啊，小孙，是你！"张大前惊喜地握住他的手，"走走，等我收拾了去一个地方吃饭。"

张大前将剩余的蔬菜一股脑儿装进蛇皮袋子里，放进自己的三轮车。孙保卫跟着他走，说："今天说好了我请你吃饭，在荆河市你是客人，我是主人，我尽地主之谊。”

“放心，不要你请，不要我请，会有人请咱们吃饭。”

“谁呀?”

“去了你自然就知道了，那人要我一定请到你。”

他们走到不远的张大前租住屋，也是城中村，张大前让孙保卫在楼下等，说：“我将菜背上去，里面很乱，你就在门口站一会儿。”

“你女儿呢?”孙保卫问。

“她上晚班，现在肯定在睡觉哩。”

等张大前下楼，张大前带着孙保卫走进一条小巷。行了不远，张大前停了下来，手一指，孙保卫看到了店名：猪头西施餐馆。

他有些吃惊，凤姐出现在他们面前，热情地说：“来来来，小孙，里面坐!”

“凤姐，你怎么也来了?”

“磷矿关门了，那条街上没一家店一个人了，就来到城里找饭吃呀。”

餐馆很简陋，很逼仄，几张桌子，一个服务员，还是卖猪头肉，食客还不少，进进出出的，除了吃饭点菜，门口还卖卤猪头，卖神农山区的“地封子苞谷酒”。

酒和菜马上上来了，香喷喷的猪头肉，香喷喷的苞谷酒。

“今天我请客，就不要客气了，我敬你们一杯，你们喝，我还得炒菜招呼客人。”

凤姐将一杯酒喝了，孙保卫和张大前也喝了。孙保卫有些激动，语无伦次地说：“又喝到这么好的地封子苞谷酒，这么好的猪头肉，太高兴了……太好喝了！以后，你们有需要我帮忙的，我一定尽力……”

凤姐说：“你还敢推辞吗？我和张大哥不找你找谁？”

孙保卫与张大前两人喝了一会儿，凤姐又来了，说：“现在不忙了，我再敬你们一杯。”

三人一起将酒喝下了，孙保卫想到老婆荆欢欢，一阵伤心，哽咽说：“凤姐、张师傅，认识你们是我最高兴的事，神农山区的人很真诚、很善良，我虽然没有找到老婆，但我认识了你们这些朋友，来，我今天借花献佛，敬你们一杯，我喝三杯。”

他将酒倒进自己杯子里，喝下了第一杯，又喝下一杯，就被凤姐按下了，说：“苞谷酒有的是，小孙兄弟你慢慢喝。再说，张大哥有心脏病，不能喝，咱们来日方长，一辈子的朋友，不在一杯两杯，懂我的意思没有?”

张大前说:“没事的，喝酒可以扩张血管，我不过量，没事。平常，在菜市场摆摊卖菜，闺女上班，我中餐就俩馍馍加咸菜，今天，凤姐让我像过年哩。”

“哪里哪里，随菜便饭。”凤姐说，“我说张大哥，你就别拼命了，你女儿能养活你嘛。”

“唉，我还得挣钱给自己治病呀，我这个病，听说只要到城里医院治，就要十万二十万，在乡里县里能报一半就不错了，到市里医院只能报销百分之三十，农民生病太难了……”

“那还是得治，生命最重要。”凤姐转头问孙保卫，“小孙兄弟，你媳妇就没一点音信吗?”

“完全没有。”

“那个狗杂种易扯，枪毙了才解恨啊。”张大前愤愤地说。

凤姐劝孙保卫说:“就别伤心了，这里失去了，那里就会得到，你信吗?”

孙保卫看了看她，眼里有幽闪的柔情。

临走时，凤姐拉着他的手舍不得放开，说:“再来啊，我有你的电话，没敢打，让张大哥打的。你来了就好，以后多来，我的电话没变……”

孙保卫在送货时摔伤的腰一直在疼，他在一家药店买了一盒伤湿止痛膏贴上了，揉着，手机响了，竟然是齐羽的电话，表示要感谢他救了她的命，请他吃饭。

“消个夜嘛，另外，我家的水龙头坏了，能帮我修下吗？”

“我找时间给你修就行了，消夜不必啦。”

“哎哎，我是诚心谢你，不然让人说我没有感恩之心，这件事，搁在心里，总要做的，我想今天了结。”

“……还有谁？”

“有谁没谁，你都不要有其他想法，这件事，我必须今日了啦。”

听说是海鲜城，孙保卫很喜欢吃海鲜，只是没有这个条件，他只记得跟孟盆子一起吃过一次炒花甲之类便宜的海鲜，但也够他记住很久。

孙保卫进了海鲜城，看到齐羽提着一只大龙虾在过秤。龙虾已经买了，她见孙保卫走过来，提着那只挣扎的大龙虾微笑着。

齐羽找到位子示意孙保卫坐下，问他道：“除了一只龙虾，你还要点什么？”

“我也不知道。”孙保卫说。

“你不用客气，我就是想感谢一下你，这个环节是不能少的。”

“现在就可以帮你修水龙头。”

“何必这么着急。吃了龙虾再修不迟。”

蒜蓉龙虾端上来了，没有酒。她说：“今天不喝酒，那天就是喝酒出事，我点了两杯绿茶。”

绿茶送过来了。茶解酒，在凤姐那儿喝的酒还没醒，这茶正好。喝急了，烫着了他的舌头，他吐出茶叶说：“嗯，好茶，不过我喝凉水喝惯了。”

“慢慢品，别急，这是碧螺春，你看它在开水里，卷成的螺状，慢慢伸展开了，像不像一个古代江南女子伸懒腰？噢……真香，滋味鲜醇甘厚，汤色碧绿清澈，叶底嫩绿明亮，要说喝什么都不如喝茶好，喝酒是最坏事的，喝酒的人容易干坏事……你吃呀，这是澳洲龙虾，这一只一千六百块钱……”

“你何必这么浪费钱呢？吃一盘虾球不比这好吗？”

“我也想在江边的大排档吃虾球，但请救命恩人不可以……听说你也是福利院长大的孩子，我对福利院长大的孩子很好奇。对了，我很喜欢你妹妹，你妹妹是个大美人，你要管好她，女孩子在这个年纪会很叛逆……"

"她不会，在福利院长大的孩子无论男女，都不会叛逆的，他们在院长的调教下会循规蹈矩。"

"噢，是吗？……你吃呀。"她搛了一大块龙虾肉放在他碗里，"喝茶不习惯？跟我一样，现在我想过一种喝茶的生活，这是磨性子的。过去我只喝可乐和酒。我父亲生前兴趣广泛，武汉大学的高才生，后来辞职下海了。他既爱酒，也爱茶，长得一表人才，事业小有成就，但他过早走了，让我也成了孤儿……"

她的眼睛像钉子一样看着他。

"……来，喝茶！我父亲生前只喝碧螺春。他说，碧螺春之所以味道醇厚，养气颐神，让人清爽，是因为采茶女用会唱歌的嘴把茶树上的嫩芽含下来，姑娘的元气都凝聚在茶叶上。采茶前要净身，采茶不用篮子装，塞在怀里，就会带来淡淡的乳香……每到春天，家里总是有很多碧螺春，后来我才知道，他有一个喜欢的女人就在苏州……我知道他的秘密后，开始叛逆，因为我的叛逆，使他遭受了灭顶之灾……我也恨过他，从小不管我，让我事实上像个孤儿。在他创业的阶段，他很辛苦，很早出去，很晚回家，有时候彻夜不归，回来就是一身酒气，说是因为生意要应酬。他完全没有顾及我，没有照顾我，将一个几岁的女孩子丢在家里，不知道我对夜晚有多么的恐惧和害怕，一个小孩在别墅里，只能在一楼看电视做作业，二楼三楼四楼的任何一点响动都要将我的苦胆吓破。我盼着他回来，盼着他开门，我只有哭，哭干了眼泪，昏昏沉沉地睡去，醒来父亲还没有回来，空旷的别墅里只有我一个人。他对我说，爸爸这样辛苦，是要赚很多钱，来保证你以后过得幸福，他并不知道我不需要钱，我要的是父亲在漆黑寂静的夜晚陪伴我，给我做吃的，不让我吃餐馆和速食。我要的是父爱，不是金钱；要的是温暖，不是恐惧；要的是热闹，不是孤独。可他似乎都不懂，他认为我生活在糖罐子里，幸福无比……”

他看见她的眼泪在往下淌，像瀑布一样。

“我于是很小就结交了一些不三不四的朋友，都是些游手好闲的有钱人家的孩子，他们跟我一样，不爱读书，无人管束，成天在游戏机房和夜店生活，他们出手阔绰，奇装异服，只穿名牌，有时髦的玩起了同性恋，有的吸毒，有的滥交，得了艾滋病……我庆幸没染上毒瘾、没有成为婊子。但也没有是非分辨能力，爱上了像石仔这种烂人，觉得他够义气，有排场，很大方，会保护女人，给我带来久违的父爱般的温暖和关怀。他虽然没钱，但对我不错，百依百顺，为维护我敢与人拼刀子。可是，我的父亲坚决不同意，认为他就是个街头混混，不学无术，技校毕业，没有文化，档次太低，今后无法保护我，无法在事业上帮助我，就是个低贱的臭流氓、街溜子，门不当户不对，我们这样的家庭他根本不配。事实证明石仔这种人的确是烂仔，他一冲动竟然对我唯一的亲人父亲下手，枪毙他是活该，应该千刀万剐……”

孙保卫抱着茶杯，没有喝，心想她是不是认出我来了？

齐羽笑了笑，说：“不好意思，我今天讲多了，这些话，我从来不会跟人讲，我从不会与人倾诉，我习惯了让自己扛下。你吃呀……”

“我已经吃饱了。”孙保卫说。

他的电话响了。看清了是谁，他到角落里接。

“保卫，艳福不浅呀，你小子走桃花运。欢欢不见没几天，就耐不住寂寞，你这穷鬼是怎么被石仔的女人看上了？石仔死了，他的魂能放过你？”刘五在电话里说。

“滚！”孙保卫气得只一个字。

“你出来嘛，凶巴巴的干吗，你小子玩女人很有手段哟。”

“滚！”他就这一个字。

“不要这么绝情嘛，我看到刚才你是不是在向那位富婆借钱，准备买回你的那件宝物?”

“滚!”

“老同学，我都好久没看我老爸了，我在耐心等着你的回话，我可是当真的哟。”

“我说了，滚!”

“这世上最好的交易是周瑜打黄盖，一个愿打，一个愿挨。现在街上时兴跳楼价、大甩卖，你现在傍上了富婆，我说个一口价，咱们完结，两万……”

孙保卫气得脸色发紫，说:“滚吧，没见过你这种死皮赖脸、伤天害理的家伙!”

“保卫保卫，两万你只要跟富婆开口，就跟咱们的两元似的，毛毛雨。我可以打赌，你就是跟那个富婆上床，你也没个狗胆给她说那天晚上的事，非得要我把那天晚上的事捅给她?”

“你去说，不说是我孙子！哪个女的，哪个富婆?你他妈有病，又来讹诈!”

“哪个富婆？黑社会未婚先孕的老婆，杀人犯的事实妻子，还是荆河福利院一个弃婴的妈……”

“你说什么？你他妈胡说!”

这么说，那个琪琪是齐羽的孩子，是她跟石仔的，她不要了，因为这孩子是未婚先孕，是杀人犯的种……难怪齐羽成了福利院最大的捐助者，这都是因为琪琪，琪琪现在由妹妹小姝带着……一切真相大白。可刘五的敲诈又升级到两万，以为我真傍上了富婆，我电三轮的钱还没赚回来，还得一车一车地送货。我就喝了一杯茶，咋就让刘五知道了呢?

他不好跟毛助理说，当然，更不可能跟齐羽说。人家只是感谢他救了她，但她说到她的身世，她童年和少年时的阴影，也是她如今成为孤儿的重要原因吧，一切都是有因果的，但她的叛逆让她付出了惨重的代价。

他在送货的一天天里想着怎么与刘五了断。这天，在冷库装货的时候，突然停电了。一干人急得像热锅上的蚂蚁，因为冷库停电意味着巨大的损失。蒋主任赶快安排电工查看，得到的消息是：不是拉闸限电，而是冷库跳闸了。蒋主任迅速指挥检修，孙保卫也跟随着他们去了配电室。可年轻的电工鼓捣着，在配电柜里里外外检查，冒着汗却查不出问题。

孙保卫判断是漏电问题，他没说话，上前去检查，手上拿着试电笔和起子，在配电柜里密密麻麻的内线中检查，一看就是个内行，蒋主任吩咐年轻的电工在一旁给孙保卫递工具。

是漏电跳闸，漏电导致热瓷脱扣器脱了扣。但问题在哪儿呢？他观察到配电室内刚换了一些空气开关，电线的接头许多没有拧紧，心里就有数了。他先是找到了一个烧坏的继电器，卸下来，问电工说：“这个还有吗？”

电工说：“有的有的。”

继电器找来了，孙保卫安装上去，再检查那些接头。拧紧了十多个松了的接头，差不多了，空气开关一推，电来了，不跳闸了，冷库又开始冷冻了！大家释然，一片欢呼。

蒋主任紧紧握着孙保卫的手说：“你可帮了我的大忙！”他这时将年轻电工的工具包拿过来，交给孙保卫说，“你别送货了，你到后勤组做水电工。”

哪知那个年轻电工一脸哭相，这不是将他的工作给扒了吗？孙保卫感同身受，拒绝了那电工的工具包，说：“蒋主任，我还是送货吧，水电工的事，以后我帮着做就行了，有事你叫我。”人家一个年轻人有个工作不容易，何必抢他的饭碗。

蒋主任殷勤地给孙保卫拿来了肥皂，两人洗着手时，蒋主任一巴掌拍过来，把他的肩膀拍得一歪，说：“你小子今天立了大功，今天我非请你不可。”

孙保卫怎么推都没用，他想起了凤姐，蒋主任跟她也是熟人，便说："蒋主任，你还记得猪头西施餐馆吧？"

蒋主任说："那还能不记得，凤姐呀。"

"那里的磷矿全关了，凤姐把餐馆搬到这里了。"

"怎么不早说，到她那儿去吃！"

正在厨房切菜的凤姐，发现有人轻拍她的背，转头一看，是蒋主任。

"嚯，蒋哥，你怎么来了？"

"我就不能来吗？猪头西施，世界上就没有第二个，凤姐也没有第二个，你这凤姐，可比《红楼梦》里面的王熙凤那凤姐漂亮哟！给我上猪头肉火锅，来一斤苞谷酒！"他把孙保卫拉过来，"你来了告诉小孙，就不告诉我，嫌我长得胖、长得丑？"

"哪里呀，问小孙，是不是我告诉他的，我一山里的中年大妈，到城里来讨口饭吃，哪敢打搅你们公家的人，我才怕你们嫌弃呀！坐坐坐！"

服务员上来了茶，是神农山区的毛尖茶，泡出浓郁的板栗香味，蒋主任陶醉地说："凤姐，还是高山茶好喝。"

"这酒是九年的地封子苞谷酒，我只带了几瓶来城里，今天打开请蒋主任和小孙品尝。"

酒斟了，更是满室生香。蒋主任迫不及待地品了一口，摇晃着头说：“好酒，好酒！凤姐你真是好人，人美心灵美，人好心肠好！”他竖起了大拇指。

香菌猪头火锅上来了，腊肉炒蕨菜上来了，酢广椒炒肥肠上来了，凉拌折耳根上来了。

“呀，这菜绝了，凤姐，说好了我买单，你若是不同意，免单啥的，莫怪我永远不来了。”

凤姐说：“行的，行的，听蒋哥的。”

孙保卫与蒋主任推杯换盏，加上凤姐敬了两杯，菜又是地道的神农山区风味，吃得蒋主任满脸冒油，当问到凤姐的猪头进价，立马邀她到他们冷库进货，比在批发市场价格低百分之二十。

酒足饭饱后，蒋主任和孙保卫出来，两人东倒西歪，称兄道弟。蒋主任说：“今天我买单也才一百多块，凤姐便宜了不少，你今天救了我的冷库，我顺路带你去洗个脚。”

孙保卫以为他要带自己去那些脏地方，说不去。蒋主任说：“人家是正规的足浴，有什么了不得的，我看你很纯洁，带不坏你的，放心小孙，咱不就挂个眼科吗……”

孙保卫想着神农山区的养猪场，想开口时，总是被多话的蒋主任打断。在路上，他就吞吞吐吐地说出了能不能介绍他去神农山区他们的养猪场做活，也是想顺便在那儿寻找他失踪的老婆。哪知老蒋说，那个项目停止了，养猪也是破坏生态，基本处于停工状态，等以后复工了再说，这让孙保卫心里凉了半截。

走着走着，醉眼蒙眬的孙保卫就看到了闪亮的“乡妹子足浴中心”的字样。上了楼，站在电梯口的引导小姐穿得也还紧实，旗袍，大开衩，身材修长，面貌姣好。问了几位之后，带他们来到一个包房，并且上来了茶、瓜子和水果。

墙上的电视正在放武打片，演员在飞檐走壁，腾云驾雾，男人佩刀，老头白须飘飘，见面就是刀枪铮鸣。进来的女子问他们：“两位有特别的要求吗？”

蒋主任说：“点八号技师小王。”

“另外一个呢？”

“随便。”

当八号技师进来时，孙保卫以为出现了幻觉，喝酒喝多了。他定神看了几眼，目光像剜肉似的盯着那个个子适中、白净大眼的八号技师，嘴巴张得大大的。

“蒋总好，你来照顾生意啦？”

进来的女孩跟蒋主任很熟的样子。

“小王，来来来，今天不为我服务，为我的小兄弟孙总服务，你可知道，我与孙总是在你们家乡认识的哟。”

他将八号技师介绍给了孙保卫：“孙总，这是小王，我专门指定她为你服务的。”

“喔，孙总好。”八号技师小王放下她的足疗工具箱。

这不是欢欢吗？就是，完全是，孙保卫一时失去了理智，说：“你是荆欢欢，不是小王，欢欢，你原来在这里！”他坐起来，拉住女子的手，“我真以为你到磷矿去了，原来你躲在这里上班，我不要你上班，我能养活你，你快跟我回去！”

那女子呆若木鸡地看着他，退缩到了墙角，挡开他说：“孙总，你等等，你是不是喝多了，什么欢欢？”

“欢欢，你别装了，跟我回去！”

蒋主任正在滑看手机微信，听明白了孙保卫和小王的争论，十分好奇地坐正说：“怎么回事？小王，小孙孙总，你们在争什么？”

“孙总认错人了，我不是他说的人，”小王说，“你说的欢欢是谁？”

“我老婆。”

“她是鄂西北人吗？说神农山区话吗？大哥，大哥你开玩笑吧……”

孙保卫酒意稍醒，是呀，声音不对，欢欢不会说那里的话。

“这……那你是？……”

蒋主任弄明白了，笑了，说：“哈哈，孙总，你刚才说的欢欢是你老婆吧，但人家小王叫王婷，对吧，小王？”

孙保卫清醒了不少，他蓦然想起张大前说的他那个女儿，张霞，欢欢的孪生妹妹，她应该是的，太像了，简直一模一样。

“就算我看错了，你也不叫王婷。”

“我是叫王婷。”

“不，你叫张霞……”

那女子遽然间脸变红了，接着又白了，慌乱地说：“孙总，你看错了，我不是什么张霞，我是王婷。”

“我前几天还跟你爸喝了酒的，在猪头西施餐馆里……”

“啊！你说什么呀，我听不明白。哎哟！”她捂着肚子，“您等等，我出去一下。”她说着就提着工具箱离开了。

“咋回事，我还是没听明白。”蒋主任欠过身来说。

孙保卫僵愣在那里，世界太小太小了，咋就碰上了欢欢的妹妹！

又有一个技师进来了，躬着身子对孙保卫说：“对不起，我们的八号技师身体不太好，我来顶班，不知您有什么要求？”

孙保卫却说：“蒋主任，我休息一下，就不做足疗了。”

“哎，你又是张霞又是欢欢，你究竟把人家小王当成谁了？”

“没有呀，我就是问问。”

“算了，我们走了，我一个人做也不好意思让你陪在这里呀，你酒没喝多少，有点糊涂了，回去早点休息……”

蒋主任与他在门口分别后，他找出一支烟抽着，坐在马路牙子上，想着今日的事。

孙小姝一直用的是个老手机，可这天她用微信给她哥孙保卫发了几张别墅的照片，还有琪琪的照片，像素很大，很清晰，有10MB。这肯定是她用新手机拍的，显摆。他给她打电话，问她是不是发财了，妹妹小姝说没有呀，不是什么好手机，小米的，一千多块。

“肯定是孟盆子那小子给你买的，他肯定没安好心。小姝，我劝你不要轻易接受男人的东西，新手机对你意味着什么你知道吗?”

“意味着什么，哥?”

“意味着你把自己贱卖了!”

“哥，你好势利啊，你是要我去傍大款?”

“我不是这个意思，哥希望你幸福。老话说，贫贱夫妻百事哀，所以千万不要跟穷人结婚，人穷，心穷，精神穷，眼界狭窄，三观不正，我就是典型，你嫂子跟着我只有倒霉，最后还丢了性命。不要说平时的一日三餐，更不要说过养尊处优的好日子，好日子从来就轮不到穷人。贫穷只能消耗你，不能成全你、提升你。何况这个世界对穷人越来越不友好，你穷也就算了，还有些讨饭的容不下讨米的，人穷了还要被别人敲诈，这不荒唐吗?可现实就是这样……”

“不会的，哥，盆子是有理想有雄心的，他准备投资办编织厂，比上班强多了，然后再扩大……”

“做梦吧，我不信。”

“那你就等着瞧哦。”

可事实上，孟盆子是要孙小姝别告诉她哥的，他办厂的事想保密。可当孙小姝要将小米手机还给他时，讲了她哥的担心，这下激怒了孟盆子，他说：

“你哥嫌贫爱富，我马上就去买编织机，你当董事长，我当厂长。我要赚钱，让你有钱买香奈儿香水，穿巴宝莉衣服，背LV包，有钱了给你买苹果手机，每天去美容院……”

“盆子哥，你醒醒好不好?”

“你等着，我若不挣到二十万，决不娶你!”

“盆子哥，你冷静，不要头脑发热。”

“君子一言，驷马难追！你哥太小看我了……”

十一

听说孟盆子要办厂，这等于是铁定了要娶小妹，孙保卫要阻止他的行为，别以办厂的名义，把小妹拉下水。还听说孟盆子要小妹离开福利院，怂恿她跳槽，说福利院待遇太低，整天带孩子，跟个保姆似的，什么也学不到，等于与社会脱节了，这一辈子不就是个保姆了吗？说得对，但孟盆子到哪儿搞什么编织厂呢?

孙保卫去福利院找妹妹，说请假出去了，估计是跟孟盆子鼓捣什么厂的事去了，就决定去孟盆子家看一看。

孟盆子那个老房子，一片热闹，孟盆子和妹妹小妹，加上孟盆子的母亲，正在搬运机器。房子歪歪斜斜，还放什么机器，但机器一来，就是真要办厂了，这小子还真是说干就干，不像他孙保卫举棋不定、优柔寡断。

“保卫，你来得正好，快帮忙抬抬。”孟盆子见了他，喊他。

一台小型的手套编织机，还是二手货。孟盆子的妈过去是手套编织厂的，也就是把手套厂开到了家里，家庭作坊。这能赚钱吗？保卫虽然这么想，但还是佩服孟盆子的决心，而且他有钱来买机器了，可孙保卫没挣到钱却还要被流氓敲诈，自己造的孽自己受，心里不是滋味。

放好了机器，孟盆子和孙保卫坐到门口的板凳上。孟盆子问：“你咋知道我买机器了？”

“路过，”孙保卫说，“你不上班了？”

“辞了，切断后路，背水一战。你今天来了，我问下你，你愿不愿意入股？”

“嗬，就这台机器，套现来了？”

“啥意思？”

“见你的鬼吧，你这过家家的玩意儿，骗小姑娘的感情吧？孟盆子，我警告你，小妹找男人现在还早了点，别用什么破手机破机器哄她。你有什么能耐？你若是有能耐，找我提亲，长兄当父，别使这种小心眼。没能力，趁早离开她！”

孙保卫起身，踢倒了板凳，大喊：“小妹，还不回去上班！”

孙小妹在里面与孟盆子的妈说着话，说：“哥，我今天休息，给孟妈帮个忙不行吗？”

“小妹，回去吧回去吧。”孟盆子没扶孙保卫踢翻的板凳，“告诉你吧保卫，我这机器的确买错了，干不了几天，今天我才听说，这儿划了红线区，马上要拆迁了。”他没看孙保卫，故意轻描淡写地说。

咋？炫耀？穷得叮当响的孟盆子摇身一变，就将成为拆二代？他看了看房子，破旧，但有两层，还有个暗三层，后面还有小菜地，这得补偿多少钱？他还奋斗个屎呀？政府还建的话，至少得还他家三四套，他住一套，他母亲住一套，两套出租，就靠收租子，他也可以天天吃红烧甲鱼。就算拆迁给补偿款，他这个房子至少得补六七百万甚至更多。什么人人生而平等，到哪儿找平等去？人生来就是不平等的，刚才还是平等的，一眨眼，矮矬穷的孟盆子就成了腰缠万贯的高富帅，哪儿说理去！

“行啊，啊嚯，好嘛……”孙保卫说。

送了一天的货，回到租住屋的楼下，抬头看到每天黑洞洞的自家的窗户，竟然亮起了灯光。厨房里好像飘出了油烟，有锅碗瓢盆的声音。这不是做梦吧？他锁好电动三轮车，几乎是百米冲刺向楼上跑去。

“欢欢，欢欢！你回来了！”

他转动钥匙，打开门，厨房里是妹妹小姝。

“怎么是你，小姝？”

他泄气了，坐在沙发上。

“哥，你不是给了我一把钥匙吗？”

“噢。”

唉，空喜欢了一场！妹妹小姝将饭菜端上桌，孙保卫对桌上的食物没了兴趣，他太失望了。

“哥，你吃呀，我们那儿新开张了一家卤菜店，有好吃的酱板鸭，我买了一只给你尝尝。”

“你吃吧小姝。”

“哥，你还在生我的气吗，就说孟盆子，我不会轻易成为别人的猎物，就算他有一千万拆迁款，我听哥的，我不是个拜金女。”

“你回来是有什么事跟我说吧？”孙保卫问。

“哥，孟盆子不是搞了两台机器吗，他说他忙不过来，要我给他去跑外勤和管财务，给的工资比福利院高很多，哥你说我是去呢还是不去？”

“你自己决定吧，”孙保卫说，“果然，防不胜防啊，穷人还剩下什么？就剩下一张花言巧语哄鬼的嘴。你说防他，却还是被他的所谓高薪给迷住了，小妹，我只是提醒你，他哪有什么高薪，他自己都跟鸡似的，扒一口吃一口，哪来的钱给你？”

“他说……以后这个编织厂全都是我的。”

“看看看看，幼稚，幼稚！孙小妹，只怕他那儿分文没有，福利院的工作也要失去，咱兄妹俩都上了失业人员登记名单，喝西北风！”

“哥，你总是不信人能改变命运，说不定他就能翻身哩。你不入股也就算了，我观察，这几天生产的手套全交货了，一天的毛利至少有五百元。”

“我问你，盆子说的他们家拆迁的事，是真的吗？”

“是真的，有人在他们家拉了皮尺算了面积，房子上都刷了‘拆’字。”

“有的地方刷‘拆’字、画红线几年没消息，那也是个画的饼……”

这时小妹的手机响了，孙保卫隐隐听到是一个男人的声音。

“……我已经在吃饭了，改日吧。”

等小妹挂了电话，孙保卫问：“谁呀？盆子？”

“不是，我一个同学，哥，我走了，你吃饭吧。”

“小妹，你现在还小，不要结交社会上不三不四的人，安心做你的保育员吧。”

“知道了，哥……”

其实，打电话的是马龙，请孙小妹吃饭，已经打过三次电话了。马龙自从让孙小妹给他传琪琪的照片和生活情况后，就经常给她发一些问候的图片、表情，带有爱慕的暗示，孙小妹假装不懂，没理他。她若有点什么情窦初开的感觉，全在孟盆子身上，毕竟是她哥的朋友，待人实诚，人也老实，她喜欢这样的男人。那个马龙，她不了解，没接触，似乎藏在背后，也不知道要那么多琪琪的照片是为何，难道齐总要，非得经过他吗？这种不阳光的男人，让孙小妹心生警惕。

小妹在回白楼的路上，孟盆子催魂似的电话打来了：“喂，小妹，我跟你说的事，想好了没有？”

“你的编织厂才开始，能不能过一段时间再说？”

“我现在需要你，小妹！不然我的厂无法运转。”

“你怎么不跟我哥说说呢？我的事他做主。”

“他？那个冥顽不化的小老头，生怕我把你吃了，我才不跟他说，他就是你我之间的王母娘娘，要在我们中间划一道银河，把我们分隔成牛郎织女永不能见面。”

“哈哈，有你这么比喻的吗？我又不是你老婆，就是一个朋友。你缺了我就不行？你可以在网上招聘呀。”

“你真的不想跟我一起创业，小妹？你突然改变态度，是不是你哥使坏？还是那个马龙从中插了一杠子？”

“都没有，盆子哥你不要乱想，我把你当哥哥，没有其他想法。再说，我做保育员，也没有其他本事，如果你的编织厂垮了，我到哪儿上班去？我不想冒这个险……”

“那……”

“我还你手机。”她关了机。

孙小妹到了白楼，看到孟盆子倚在电动车旁焦急地等着她，估计孙小妹关机后他就骑车来了。

“小妹！”

“给你。”孙小妹把手机递了过去。

“你这是什么意思嘛？”盆子不接，“我又不是来要手机的。”

“免得你妈说我要你的东西，我不想要你的东西。”孙小妹说。

“我妈又没说什么，她很喜欢你你又不是不知道。”

“你去招聘一个人。”

“我妈说非你不要。”

“是你妈看中了我，喃，盆子哥，我真的很糟糕，初中毕业，我能干什么呀，陪你睡觉?”

“你说这么难听!”

正好大门口毛助理喊:“小妹快来，琪琪好像在发烧。”

孙小妹趁机跑进院子。

琪琪面色通红地躺在床上，时不时地抽搐着，喃喃自语，她本来就还没学会说话，咿咿呀呀地说着胡话。荆院长和毛助理在床前，给她用冷毛巾敷额头，抚摸着她的脸蛋。孙小妹去试了一下额头，滚烫如火，她喊:“琪琪，琪琪!”

琪琪没有反应，眼睛闭着，长长的睫毛上挂着痛苦的泪珠。

“这孩子不是足月产的，免疫功能很差，这次烧到了39℃，必须迅速送去医院！小妹，把琪琪需要的东西收拾好！马上去!”

他们将琪琪包裹得严严实实，毛助理的电动三轮车将她送到市儿童医院，在医院琪琪出现了惊厥，医生要求立马住院。办好了住院手续迅速挂水。

孙小姝拍了几张琪琪打针的照片，想着发不发给马龙。按约定，琪琪有什么事一定要报告给他。但近来马龙似乎对孙小姝有点越界的意思，她真的不喜欢他。但生病这是大事，孩子住院了，她必须通报，于是发了一张琪琪在病床上的图片。

天色已晚，孙小姝照看着琪琪，马龙出现在病房外。他像往常一样，买来了一些零食，有的琪琪根本不能吃，她还小，就是给孙小姝吃的。

“琪琪怎么了？好点没有？”他进来问。

“退烧了，情况好多了。”孙小姝说。

“我担心，齐总也担心，她让我来的。”他拿出来一千元钱，“如果住院费用不够的话，请告诉我，我来转告。”

孙小姝看着那沓钱，想，这个齐总，不是嫌弃她吗？又那么关心她，是什么意思？人的想法真不可捉摸。她把钱塞给了马龙，说：“钱不能要，我们会好好照顾琪琪的。”

马龙有些尴尬，说：“拿着吧，住院要钱，福利院有多少钱呢？这是我的代理人让我拿来的。”但孙小妹死活不要，马龙将钱放在床头柜上，说："你性格有点怪哟。"

孙小妹说："我不能收钱，等毛助理来了你给他，行不行？"

"好吧，我等等。"他瞅了瞅门外，低声问，"先前邀你出来吃个饭，你也拒绝啊？"

"不是琪琪病了吗？"

"噢。"话不投机，他如坐针毡，寻找着词儿看着孙小妹说，"你抱着琪琪的样子使我想起一幅画《圣母玛利亚》。"

"什么圣母？什么玛利亚？"

"呃……是一幅画，外国的油画，玛利亚抱着的是一个圣婴，他叫耶稣……"

"呵，我不懂。"

这时，毛助理进来了，看到马龙，说："马主任来了。"

马龙将钱拿起交给毛助理说："这钱是给琪琪住院用的，不够的话我再送来。"

毛助理不收，说："这这这，马主任，不能收，不能收。"

马龙说："算我们公司给你们院的赞助吧，给孩子住院的，是不是少了？"

“不少不少，但不能收。你放心，琪琪没啥事的，我们一定将她治好了才出院。”

“那就谢谢毛助理。”

马龙将钱丢在病床上，飞快地离开了。毛助理抓起钱去追马龙，没能追上。

等马龙离开后，毛助理问孙小姝：“他怎么马上就知道了？”

孙小姝赶紧解释道：“他说是琪琪的代理人吩咐的，琪琪有什么事，要立即给他报告。”

“代理人？”毛助理沉吟道，“不就是齐总嘛，还啥代理人。那个齐总为什么要丢下琪琪，你留心问个明白为好。”

“嗯，我知道了。”

两天后琪琪出了院，孙小姝在微信里告知了马龙，马龙还给她发了个两百元的红包以示谢意，孙小姝没有收，又约她吃饭说是她辛苦了，要慰劳一下她。孙小姝想到毛助理说的，探听一下齐总的事和琪琪的身世，就答应了。

到了约定的餐厅，是一家自助餐厅，坐下后马龙让孙小姝自取，他也为她取来了冰激凌和一盅海参汤。海鲜太多，刺身、三文鱼、鲍鱼、甜虾、红虾，还有牛排、日本雪花牛肉，各种甜品，各种沙拉，各种水果。各自的小火锅煮各自拿的菜，吃各自的。

面对面坐着，马龙说："琪琪好得真快呀，多亏你照顾。"

"我是保育员，应该的呀。你今天请我吃饭，就为这个？我还以为这里有齐总呢！"

"今天不要提她，我只请你。"

"那……你究竟是琪琪的什么人呀？"

"琪琪长得也不像我。"

"不是，我是说，是她舅，她叔？"

"都不是。"

"那琪琪是齐总的什么？齐总的侄女、外甥女？"

"也不是，你问这个干什么？"

"好奇呀，琪琪长得很像齐总咧。"

"不不不，你不要这样联想，她只是对孤残儿童有怜悯心，她是个善良的人，菩萨心肠，作为一个商人，她喜欢做慈善事业，她为四川大凉山贫困地区的学校也捐赠了不少东西，但她一直很低调，新闻传媒没有她的名字，她不让报道……"

"那这个白楼，齐总咋这么大方给我们福利院住呀？"

"你这丫头，问得有点多了，我不喜欢。我第一次请你吃饭，我可不是那种随便就请一个女孩子出来吃饭的人，你是第一个幸运者。”

“啊，我好幸运，请问，你是有钱人吗？”

“呃……”

“我随便问问，你回答是或者不是就行了。”

“可世界上的许多事，不是用是或不是能回答的。”

“这很好回答呀，你卡上的钱是几位数？”

“你是个拜金女呀，你这点年纪。”

“不不不，我可不是，我只是好奇你们有钱人的想法怪怪的。比如吧，那么大的别墅，自己不住，宁愿无偿给别人住，齐总是做什么生意的呀，是富二代还是官二代？这么有钱，她没有男朋友或者老公吗？她爸妈呢，同意她这样吗？”

“她自己的资产，想怎么处置就怎么处置，不用问父母。”

“你是她男朋友吗？”

“我可没这个福气，我是个打工的，我告诉过你。”

“那个别墅她自己不住，那么好的房子，是不是发生了什么事情？”

“小孙，你是要打破砂锅问到底，行了，是不是毛助理和荆院长让你来问的？”

“不是不是，是我自己瞎猜想的。”

“这么好的房子给你们的孤残儿童住，还这么问，不地道哟。”马龙生气了，他停下了筷子，也不吃了。

“好了，我不问了，马主任，你吃呀，你咋不吃了?”

马龙指着牛排道：“我还是教你怎么吃牛排吧。左手叉，右手刀，如果按美式西餐用法，就把牛排切成一小块一小块。欧式的呢，切一块吃一块，然后，把叉放回右手，就可以吃了……但叉齿应朝下，对，把刀刃向自己，不能向外……”

他教着孙小妹，甚至过来手把手地教她。孙小妹只是觉得好奇，切了，吃了两块，便说：“太麻烦了，我不喜欢什么牛排，我就吃烤鸡翅啦!……”

孙小妹拿起一块烤鸡翅起身就往外走，说：“我要上班照看琪琪去了。”

马龙喊着：“喂，小孙，我送你回去!”

孙小妹跳上了一辆刚到站的公交车，举着鸡翅向马龙挥手。

马龙站在那儿，像一只瘟鸡。

有一天，孙保卫翻微信，看到齐羽发的是白楼院子里一棵金色落叶的银杏，这应该是早晨拍摄的，还没有人来打扫。这证明很早的时候，齐羽就到了白楼，她在那儿看啥哩？那棵银杏旁边，不就是她父亲被石仔刺死倒下的地方吗？

也是巧，孙保卫头天晚上梦见了齐羽的父亲，和自己的父亲一起，在树林里的一块石头上下棋。想起父亲，也许他们在阴间，在那块墓地，已经互相熟悉，成为朋友了。但风很大，父亲抱着膀子，现出寒冷的模样，衣裳穿少了。这是不是提醒他，父亲在那边冷，要给他烧点寒衣？

发那棵银杏树金黄落叶的图片，提醒齐羽，农历十月初一快到了，给亡者送寒衣的日子到了，她应该去山上公墓看望父母。此刻，菊花遍地金黄，也是缅怀的日子。

初一这天，齐羽很早就去了公墓，送寒衣的人很多，每个人都有自己去世的亲人，都会挂念着亲人在那边的冷暖。她在公墓门口买了一钵鲜花、一些寒衣、纸钱和灵屋，拾级而上，来到了半山她父母的墓前。墓在公墓里显得很气派豪华，有凉亭，有超大的大理石墓碑，有大石墓。她看到墓碑都被擦拭干净，还看到一束野菊花，还很新鲜，像是刚有人放在这儿的。谁呢？谁记得这里死去的一对夫妻？这让她感到非常奇怪，心想可能是公墓的管理员干的。四周有许多祭拜的人，烧寒衣的人，但没看到熟悉的面孔。

她跪下来，磕头，摆放花钵，开始焚烧纸钱、灵屋和寒衣。

山上的风比较大，一忽往东，一忽往西，一忽直扑向她，躲闪不及，差一点烫着她的脸。望着父母在墓碑上生疏遥远地笑着，这碑石和墓地如另一个世界。昔日的欢乐极不真实，而此时的孤单却像狼牙啮咬着她无助的心。灵屋和寒衣的火舌舔舐着她，她忍不住泪水满面。这时，一个人用身子围挡住了风，让火苗直上。她抬起头来，看到是孙保卫。

“风太大，你离远一点儿。”他拉着齐羽起来，往火堆后挪动了一步，“我看到火快烧到你了。”

“你是……”

“跟你一样，送寒衣的。”

齐羽指着那束野菊花问：“这……是你放的吗?”

“嗯。”他蹲下来，帮齐羽往火里添纸。

“谢谢你。”

“有啥好谢的……我看是你立的碑……”

“是的。”

齐羽看到马龙抱着一束菊花走过来。像是早在预料之中，马龙毫不客气地放下菊花说：“墓地不是虚情假意表演的地方。”

“你说谁呢?”孙保卫质问马龙。

“我问有的人是不是来忏悔了?”

“马龙，你说啥呀?!”齐羽怒吼着制止他。

“我在问，谁是杀人犯的帮凶?谁让齐总成了一个孤儿?谁让她失去了父爱?帮凶不等同于杀人犯吗?”

“他在说谁?说什么?”孙保卫故意问齐羽。

“我说的是，纸是包不住火的。有些坏人，真是无孔不入啊，连一个墓地、坟场都不放过，围追堵截，他们究竟想干什么?”马龙更加大声地说。

“马龙!”齐羽喊着制止。

“那边有我父母的墓地，我来烧寒衣，碰上了齐总，过来看看也不行吗?”

“行，当然行。你现在都看了，可以走了，孙先生，请不要在这里打扰老齐总，也请你以后不要打扰小齐总。”马龙做出了一个请他离开的手势。

孙保卫悻悻地走了。

望着孙保卫的背影，齐羽说:“马主任，你今天是不是过分了?你阻止我跟任何人接触?”

“他不是一般的人，他是我们怀疑的对象，是嫌疑犯，我要对你的安全负责，否则我不好向老齐总交代。”

“他把我托付给你了吗?”

“那是老齐总来不及说，如果他来得及说，他一定会这么做的。因为你单纯、天真、冲动、轻率，还固执……”

“行，好了，你走吧，让我在这里安静一下。”

马龙站在那儿不走，问:“你想在这儿干什么?”

“放心，我不会在这里自杀的。”

“请你冷静，齐总，我都是为你好。不管怎么样，我都要保护你。”

“马主任，你不是要辞职吗?”

“我随时听候吩咐。”

“你现在可以走了。”

“离职?”

“对呀，你没看见老齐总点头同意了?”

马龙撇撇嘴，无奈地转身离去。

“岸边·水夜场”大厅的喷泉像彩虹在闪烁，跳舞的人群在昏暗的灯光里随波逐流。那些时明时暗的脸时沉时浮，梦境和欲望像刀子切割着他们。仿佛一生一世，就是这种状态，只不过，这是彩妆时刻的表演，更多默默无闻的时间属于底层的挣扎，他们更加卑微。而此刻的人群，却更加无聊，高分贝的音乐犹如进入虚无和深渊的鼓点，及时行乐的寓意昭示着世界的荒诞与混乱。

齐羽无法安静，她需要这样的刺激。马龙对孙保卫的怀疑正是她的怀疑，但为什么他又正好救了自己，而不对她父亲施以援手？是他吗，如果是他，这人不就很矛盾吗？他既是善人，又是恶人……她要当面问他，这究竟是怎么回事。他放在父亲墓前的野花，是他的忏悔吗，抑或仅仅是对一个逝者的尊敬？这不可能，他一定有难言之隐。她要马上问个明白，何况，他救过她。本来，她只想在这里喝两瓶酸啤回家，但两个男人盯上了她。他们脖子上都是刺青，骷髅标志的棒球帽，有耳环和鼻环，其中一个像是吸毒人员，瘦，脸上红一块白一块，门牙下方有半圆缝，估计有艾滋病，眼珠子贼溜乱看。齐羽不知道他们是要色还是要财，突然对这两个人感到紧张和恐惧。离开？走出去他们还得纠缠，说不定会将你塞到车里……她想到两个人：马龙、孙保卫。她还是打给了孙保卫："喂，你快来一下！"

在焦急的等待中孙保卫来了，他穿着冷库的工作服，袖子里揣了一把扳手。两个烂仔已经坐到了齐羽的对面，正在看着这边窃窃私语。齐羽问他："你带来了扳手、管子钳没有？”

他本来带来了，却说：“带那个干什么？”

“你就是扳手。”齐羽抓着孙保卫的手臂说，孙保卫看到她的身子在微微发抖，她抓住他的感觉跟她在长江里溺水一样。可能过去她也爱来这样的夜店吧，不是石仔就是什么仔拿下她，这么单纯的女孩总会成为俎上肉，并且绝对会变坏，这怪谁呢？

孙保卫用手抓着她，看到了前面几个虎视眈眈的不良青年，社会上的混混，怪不得她要打电话让他来，这表明，她不想再成为另一个悲剧中的人物，她已经明白了，但这个地方她无法忘记。

她忐忑的心好像平静下来，不再惧怕，因为孙保卫个头儿比较高大，拳头黝黑有力，身着工装，与这里的气氛完全不同，别人看来，也许他是这夜场的工人哩。

“你一个人出来干什么？”他问她。

“来一瓶干邑白兰地？你陪我喝一杯。”

她招来侍应生点了一瓶酒。

“我不喝，我真的不喝。”孙保卫没听懂也闹不明白什么干邑白兰地，“我劝你也别喝，这样喝不好。”

“来两块牛排？”

“不吃，我是说，你这样喝还会出事。”

他看到齐羽的脸色难看起来。

“出什么事?”

“喝酒当然会出事，你开车，会涉嫌酒驾，弄不好会坐牢；再说，一个女孩子在一个陌生男子面前喝酒，很容易被钻空子……”

他的话很耐人寻味，很真诚相劝，像是大哥哥在叮嘱小妹妹。这让她若有所思，有点感动，或许还没有男人这么劝过她，他们只是怂恿她喝，喝醉了再对她下手。

“听我的，这里危险，走吧。”他亮了亮袖筒里的扳手，又朝对面的混混努努嘴。

齐羽总算答应了，她起身，走了一步，摇晃着。

“你自己能走吗?”

“扶我……”

孙保卫便扶着她，她靠在他的肩膀上。两个不良青年以敌意的眼光目送他们。

走出夜店，在停车场找到了她的车，保时捷 Macan，她让孙保卫取出钥匙，开了车门，几乎是跌了进去。

“你要开车吗?”孙保卫问。

“不开车我飞回去?”

“不行。”他拔了她的油门钥匙。

“给我。”

“你不能开车。”

“谁说……我不能开车？……”她吐字含混。

“真的会出事，会吊销驾照，会坐牢！”

他不让她拿到钥匙，齐羽伏在方向盘上，似乎突然睡着了。可是一忽醒过来，直逼他说：“你就是那个我和我父亲向你呼救的人，可你见死不救，你?！你跟石仔是什么关系?”她指着他，眼睛像刀一样劈过来。她没醉。

“我不认识石仔，我真的不认识。你的车就放这儿，我打个车送你回家。”

“你不认识？你在吗？你在那儿吗？你看到一个人杀死了我父亲吗?”

“你喝多了，我送你回家。”

“滚！”她吼，“滚！让我安静一下。”

她将孙保卫赶下车，然后锁上了车门。

十二

一场风雨，江声寒凉。

孙保卫不确定齐羽认出了他，但马龙似乎认定了孙保卫就是那个见死不救的人，他的咄咄逼人想来让孙保卫背脊发寒。被齐羽撵下车后，他再也没有了齐羽的信息。他穿着羽绒服，戴上了护耳帽清晨去送货。沿着江边的马路，顶风往前，电动三轮车毫无遮挡，风直接把寒冷往骨头里送。他专心开车，往旁边一看，有一辆熟悉的高级跑车与他擦肩而过，再看，这不是齐羽的那辆蓝色保时捷吗？

孙保卫慢了下来，希望那车赶快开远点，不要被她发现。可是，他看到那车压着他开，甚至把他逼停在路边。

齐羽从车里出来，开门见山地对他说："我记得你没回答我的话。"

"可是，我不能按你想象的结论去回答。"

她看着他包裹得严严实实的装束，表情复杂，这也许是富人对穷人的怜悯吧。

"你不是有技术吗？你不是做水电吗？你咋当了车夫？"

"对我们这些下层人来说，有个活儿干就不错了，我没资格挑三拣四，能填饱肚子对我最重要。"

"你刚才说，你的正确回答是我想象的，是这个意思吗？"

孙保卫梗在那儿，失语着。

“你救过我，这是真的，但曾经危险在你面前发生，你却不想救人。你是怎么想的呢？”

孙保卫还是失语，嘴唇抿着。

“那时候，我是真想一死了之的，谢谢你把我从地狱里拉回来再受人世间的苦。后来，我慢慢说服自己，觉得活着也行，慢慢活，不要立刻做去死的决定，还年轻，真想死的话，以后也来得及。就这一件事，我要感谢你，因为知恩图报是善良人应该有的。”

“真的没什么，你不要有其他想法。”

“我能帮你的，我想帮你考个驾照，也许你会有用，我的公司缺会开车的，而且我喜欢喝酒，免得我再找代驾。你考虑一下，公司到驾校给你报个名，算是我们资助预备员工吧。”

“你说什么？预备……员工？”

“这样好报销一些，当然，上驾校的钱不多，公事公办吧。”

她上了车，发动了，走了。孙保卫站在那儿，江上的风把行道树吹得东歪西倒，最后的树叶落下来了。天气真冷，把他送货的热情吹走了。

齐羽回到办公室，将以感谢的名义让孙保卫考驾照的事给马龙说了，要求他找一家驾校去替孙保卫报名交费。

马龙阴沉的脸十分难看，发紫，那是因为愤怒憋的。

“替姓孙的报名并付学车费，不符合公司的财务规定，老齐总在也不会这样随便开支，所以，我拒绝给付。”马龙说。

“小孙从现在起就是公司的预备员工了，如果违反财务纪律，以后从他的工资里可以扣除嘛。”

马龙以为听错了，后来证明是真的，从嘴里爆发出古怪的笑声。

“哈哈哈，预备员工？哪儿找来的一个新词儿？”

马龙的笑声令人毛骨悚然，把齐羽惊得一阵发冷。

“怎么，我批准一个预备员工也不行？我不就是找个理由帮他报个名嘛，有些事还不清楚，有些事却是清楚的，他就是救过我的命。”

“齐总，私人感谢不能以公司名义给付，说什么都是不行的。公就是公，私就是私。你可以从自己的私房钱拿出来感谢他呀。再说了，一个新手上路，谁敢坐他的车，不怕车毁人亡？小齐总，我提醒你，你走火入魔了。你又将面临一次劫难，连同公司，连同老齐总给你留下的一切……”

“吓唬小孩子，真是的……”

“我再一次失望的结果就是绝望……”马龙黯然神伤地说，他提高了嗓音，“你对一个人的基本评判会因太主观而失真。你感谢的恩人，现在被一个叫刘五的混混敲诈而东躲西藏，而且他的老婆不明不白地失踪了，他因为与石仔一起，让你父亲遭遇不测。他不是见死不救，而是，本来就是帮凶。他究竟是你们家的罪人，还是恩人，难道不要甄别清楚再行事吗？否则，铸成大错，只怕会悔之晚矣！”

“马龙，你天天冷冰冰地教训我、吓唬我，你有什么资格？”

“那不是教训，是提醒；不是吓唬，是事实。你说我冷冰冰，你要虚假的热情？热情的关怀？有多少热情不是虚情假意？”他冲到她面前，做出一种要热情喷发的姿势。但一忽，眼睛又暗了，“我做不出来，我不喜欢表演。人应该真实，是什么就是什么，该怎么说就怎么说。表里如一，不伪装，不献媚，多好。”

“行啊，行啊，你是正能量，其他人都是负能量，行了吧。另外，给福利院荆院长说，我要认琪琪做干女儿。”

在认了琪琪干女儿之后两天，农历十月小阳春，阳光和煦，齐羽来到白楼，对毛助理说，想把琪琪带出去玩玩，当孙小姝把琪琪交给齐羽时，这孩子本来认生的，却对齐羽一见生喜，扑到她的怀里。在车里，齐羽开到一个没人的地方，抱着琪琪使劲亲吻着，泪水簌簌流，琪琪望着这个哭泣的女人，眼睛睁得大大的，齐羽又笑了，逗着琪琪，又紧紧抱着，生怕手上的孩子飞了。

去麦当劳餐厅，齐羽给她买了汉堡和饮料，按照孙小姝交代的，汉堡不敢给琪琪多吃，到妇幼用品店，给琪琪买了一套漂亮衣服，买了一个好推车，然后将琪琪带回别墅。

王姐见到琪琪却不高兴了，明知故问："齐总，这是谁家的孩子？"

齐羽说："我干女儿呀。"

王姐马上将琪琪从推车里抱出来说："哇，漂亮倒是蛮漂亮的。"

等齐羽将琪琪推到后花园，王姐转身就给马龙打电话，告诉他齐羽抱回了小琪琪。

琪琪已经能走几步了，齐羽拿出一个皮球与她一起玩耍，王姐也过来了，三人在草坪上玩得正高兴时，马龙出现在花园入口。王姐提醒齐羽说："马主任来了。"

齐羽说："我看见了。"心想，咋刚好他来了？

皮球落到了马龙脚前，马龙捡了起来，手握着皮球到琪琪跟前说："喊我叔叔。"

齐羽说："给她吧，她还不太会喊人。"

马龙不给，高举起说："叫我叔叔，叫一声，叔叔。"

"哇——"琪琪见这人不给她球，哭着就往齐羽身边跑。

齐羽护住琪琪，对马龙说："别把她吓哭了。"

马龙说："有时候孩子开口说话，是要逼的，要训练。这孩子没人训练。"

等王姐去哄琪琪到一边玩耍之后，马龙不好意思地强笑了一下，说："连小孩子都怕我，我真的那么难看，像大灰狼吗？"

"心里有阳光，脸上才会有善意。"

"那就是说我心里很阴暗啰？"

齐羽很干硬地笑了。

马龙说："你这样过早地暴露自己，还不知会引来什么麻烦。"

"有什么麻烦？"

"过去都是我来牵线联系的，我还可以把关，你今天将琪琪接回来，有什么想法，不送回去了吗？"

“送呀，马上送回去。”

“噢，这好。以后，你想琪琪，给我说一声，我去找别的理由接，会好一点儿。”马龙说。

“我路过，想看看，就接回来了。”

“那等于是不打自招，自投罗网了。”

“咋啦?”

“人家会说，是你亲生的，你甩给社会，自己不养。”

“我是她干妈，明白吗？干妈看一下干女儿不行吗?”

“干妈，好吧。有时候，模糊行事会很好，大家虽然心照不宣，但也不会公然捅穿，等条件成熟，水到渠成之后，再来解决剩下的问题……”

“好了好了，我没有这份闲工夫打太极拳，我想到哪儿就是哪儿，那样活着多累呀。我说马主任，谢谢你的好心。”

“我只是希望你平安无事，保持警惕，别太大意。”

“又吓唬我，你的存在莫非就是专门来吓唬我的吗？能不能不要把这个社会想得太坏?”

“但是也不要想得太好。”

“以后呀，请不要以长者的口气跟我说话。”

“没有呀，我的口气……应该是监护人和兄长。”

“你不是我的监护人。”

“我是追随你父亲快十年的朋友。”

“好好，你是长者，满意了吧……对了，你不是辞职了吗?”

马龙尴尬地笑了。等马龙走后，齐羽吩咐王姐准备热水，给玩得流汗的琪琪洗个澡。

琪琪泡在浴缸里，高兴得又打又撩，如鱼得水，齐羽给她洗着，也玩着水，弄得她一身精湿。她干脆自己也脱下衣服，跳进浴缸里，与琪琪一起玩水。

抱着琪琪，那种小儿肌肤的鲜嫩嫩的触觉和熟悉的气味，唤醒了她心中的母性，她发现，有乳汁从乳头渗出，她将琪琪抱在怀里，托起乳房，让琪琪吮吸里面残存的乳汁。琪琪贪婪地吮吸着，在她生下琪琪的那几天，琪琪吃过她的奶。她叹着气，抚摸着琪琪头上柔软的头发，光滑的脸蛋，圆圆的耳朵，眼泪无声地流了出来……

这天，孙保卫在冷库修理电动三轮，忽然接到派出所的电话，说要他去一下他们那里。

“请问有什么事?”孙保卫一惊，问。

“来了再说。”

孙保卫的头有爆炸的感觉，脑子里嗡嗡直响。他的第一反应是：刘五报案了。没有问打电话的警察姓名，他拿着工具，满手机油，心里兵荒马乱。去，那一定是自投罗网；不去，将成为通缉对象。

静下来再一想，如果刘五报了案，派出所不就直接来抓我了？会让我自己去，那不等于是给我通风报信？不过，会不会是一种诱捕手段，让我放松警惕？

他觉得要冷静，回到家里，先换一件衣服再说。

他把水、电、气都关好，来到阳台，将玉米全放在阳台上，又打了一盆水，留给那些鸽子。鸽子不多了，他没有心思管它们，让它们自生自灭。

他出门时最后看了看屋里，屋里本来就没有看相了，没有了烟火气息，现在更加被他蹂躏折磨得像个荒郊。他想给刘五打个电话，在临死时要臭骂他一通才解恨。

刘五说："嗬，这真是稀奇呀，还钱的是吧，不然不好解释。"

孙保卫说："我 × 你妈。"

"哎，骂人？"

"我 × 你妈！"

"你小子狂飙了？膨胀了？骨头痒了？"

"你想让我坐牢的话，我让你全家死，现在不死，从牢里放出来，再杀你全家！”

对方说：“哎，啊噻，你你……你是孙保卫吗？你胆子肥了？”

他将那颗子弹放在桌子上的显眼处，对着手机说：“老子就一条烂命，你让老子往死里走，老子也让你往死里走，你他妈别忘了，你还有两桩罪。”

“啥啥两桩罪？”

“敲诈勒索罪，私藏枪支弹药罪。”

当他走进派出所时，没有了害怕感，他虽然在派出所门口踟蹰徘徊了两圈，但还是抬着头走了进去。

他在里面瞎闯着，不敢问别人。走着走着，一个女警察过来，问道：“先生，你有什么事？”

“是你们通知我来的。”

“你贵姓？”

“我叫孙保卫。”

她进了一间办公室，不多久就出来了，对他说：“你进来。”

孙保卫就进去了。一个警察问道：“你就是孙保卫？”

“是。”

“噢……那你来看看。”

警察将电脑打开，点开一页，电脑里出现了几张乡下年轻女人的照片。

那警察说："这是神农公安局协查得到的名单，是拐卖出去也有拐进山的妇女，你看看有没有你认识的。"

孙保卫终于舒了口气。他仔细辨认着那些照片，没有，连像荆欢欢的也没有。

"没有。"他说。

孙保卫在警察的叮嘱下又放大看了一遍，证实的确没有荆欢欢。警察对他说："以后有什么新的情况，我们会及时通知你。"

孙保卫对警察左一个谢谢，右一个谢谢。走出派出所，好轻松好轻松。可又一阵沉重，欢欢勾起了他的痛苦。他发现，没有了欢欢，他生活的乐趣一点儿都没有了，他就是个行尸走肉。

这天晚上，孙保卫做了一连串的噩梦，他梦见荆欢欢衣不蔽体地在森林中跑着，森林幽深恐怖，像有无数的野兽出没，雾气蒙蒙，黑云萧萧。欢欢在林子里像一只孤兽那么喊着他："孙保卫，快救救我，老虎要吃我！……"

孙保卫就在现场，他想抓住欢欢，但葛藤缠脚，欢欢的手就在面前，却无法靠近。这时，突然从林中蹿出一只斑斓大虎，朝他们张开獠牙闪闪的大嘴，发出了神秘洪大的吼声。它的身后又出现了两只老虎，三只虎就要向他们扑过来。孙保卫跳过荆棘拉住欢欢就跑，可孙保卫的脚步从来没有这么沉重过，似乎是葛藤拉扯住了他，三只大老虎青面獠牙，为首的老虎披着他丢掉的那件血渍夹克，其他的老虎也是血迹斑斑……孙保卫迈动着腿脚，却是在原地跑步。那三只老虎越来越近，孙保卫抱起欢欢飞呀飞呀，眼看欢欢要掉落下去，孙保卫猛地惊醒过来，汗湿背脊……

被噩梦惊扰、头昏脑涨的孙保卫来到冷库装货。他将货物装上电动三轮后就开车上路了，听到蒋主任在后面喊："还有谁的鸡翅，谁的一箱土鸡蛋？"孙保卫以为是喊其他人点货，车已经开出冷库大门，有个装货的工人在后面追赶着大喊："孙保卫孙保卫，你停停！"

孙保卫从后视镜看到一个人追赶他，一开始以为那人是练跑步，没理会。但那人在他的车后面紧追不舍，边跑边在喊。他耳朵还好，终于听见好像是在喊他。他停了车，那人跑过来，面如死灰，哑着嗓子说："孙，孙保卫，你，你点过数了没有？"

孙保卫问："怎么了？"

"你再点点。"

孙保卫下车来，拿出出货单，重新点数。坏了！差了三箱！

他感谢了跑来提醒他的工人，又将车开回去，到蒋主任面前说："蒋主任，你刚才喊的货是我的咧！"

蒋主任也吓了一跳，说："我的个乖乖，丢了几箱？你有钱赔呀，心神不宁哩！"

他们去仓库里寻找，将鸡蛋与鸡翅搬了过来，但还差一箱鸡爪。

"谁拿了孙保卫的一箱鸡爪？谁拿了？"

离开的不会回答，没离开的都说没有。蒋主任带着搬运工和孙保卫钻进冷库去寻找。总算找到了那箱已出货的鸡爪，因为放在门口，搬来搬去，箱子破了。

孙保卫再次开车上路，头还是沉，甚至打起瞌睡来。到了那个大坡，头一天修好的车又熄火了，车还刹不住，倒溜着往下滑。

他到了坡下，检查车子，发现是超重，于是搬下几箱，分两次上坡。等他开到送货地时，纸箱里的冰都开始化了。

送了一圈，跟餐馆饭店好话说尽，化了冰的破箱子，有的不收，要收也要讲一大堆条件。孙保卫买了几包烟送人，人家才收货。

到了一个修理店，又将车修了一下，花了两三个小时才找出问题。回来很晚，通往冷库的马路上，灯光暗淡，路灯燃一盏熄一盏，路也长年失修，许多地方破裂、凹陷。他靠右骑着，听到马路下似有人的呻吟声和呼救声。他放慢速度，直至停下来，心里一阵发毛，谛听那声音从哪儿传出的。

“救命呀……救救我……”

果真是人的声音，但又像是从地狱里飘出的，循着那声音找去，一个黑洞洞的窨井袒露在马路边上，那瘆人的声音正是从一个没盖的窨井里发出的。声音在深黑的窨井里很微弱。该死的盗井盖者！

孙保卫揿亮手机电筒，趴在井沿上往下瞧，同时大声喊：“喂，里面有人吗？里面是谁？”

里面的呻吟声大了，哼哼着。他把手伸进去，想去拉那个人，可是够不着。他于是顺着铁梯下到窨井里面去。里面的有害气体刺鼻熏人，让他几近窒息，他看到在臭水中有一个翻滚的人影。

他抓起那个笨重的人，好在那臭水不深，齐那个人的腰，他把背对着那个人说：“你抱住我肩看看。”那个人抓到了他，往他背上爬。孙保卫把身子蹲下，腾出一只手去抄他。那个人虽然胖，但求生的欲望强烈，竟然三下两下挣扎着从臭水里爬了上来，趴到了孙保卫背上。那个人在污水里泡得像一堆黑垃圾，搅动臭水后下面更加熏人，让人呼吸困难，必须尽快爬上去，否则有可能死在里面。孙保卫说："你抓紧啊。"

那个人调整姿势，却发出一阵阵的"哎哟"声，想是摔伤了，身体哪儿不对劲。那人就像一堆死肉，哼哼唧唧地问："你是孙保卫吧？"

"啊？你是……"

"我是老蒋。"

"蒋主任！"

蒋主任说话时，臭味加酒味，孙保卫就明白了，这酒鬼老蒋喝醉了没注意，跌进了窨井。

"你喝了多少酒？"

"也没多少，就半斤，顶多八两，哎哟哎哟……"

一步一步地爬上去，窨井口不可能两人一起出去。他让蒋主任攀住井沿，先爬出去，他在下面顶着他。老蒋因为胖，动作本来就笨拙，费了九牛二虎之力，才爬出洞口。孙保卫爬出来，将老蒋放到电三轮上，先将他载到冷库，叫上值班的师傅，两人冲洗了一下，换上干净衣裳，将他送往医院……

蒋主任躺在病床上，眼睛青肿，脑袋、手脚缠着绷带，脚吊在空中，愤怒控诉着："我要告城管，我要告市政，我要告他们行政不作为，渎职，在马路上给市民设陷阱！"

医生治过这种窨井摔伤者，很有经验，告诉他说："冷静，冷静，不要激动，一激动伤口更疼。你想告谁我们不管，事实证明，凡是栽进窨井中的，都是自认倒霉，有的死了白死。"

蒋主任问："为什么？"

医生笑着说："请问，你栽进的窨井，是自来水公司还是电力部门的？是通信电缆的还是市政的？有市政的，也有街道的，还有小区的，还有单位的，你搞清楚了吗？"

蒋主任一脸蒙，说："我不告了。"

"你就是搞清楚了，这些单位也会来去踢皮球，要说耍无赖，他们个个是高手，你玩不过他们，我看你还是认栽吧。"医生劝他。

孙保卫说："是哪个部门的告哪个部门，差不离。蒋主任，等我去把窨井弄清楚，拍照后，你再去告。"

医生说："你们冷库厉害，但人家一句话，你自己喝醉了掉进去的，你自己没有责任吗？"

蒋主任苦着脸说："那也是，那也是。"

医生笑着说："你又没摔死，没卷进下水道淹死，就断了一条腿，这样想你赚了。"

蒋主任想了想，是这个理，就精神抖擞了，医生真是正能量，安慰自己说："万幸！万幸！"

他在枕头下摸索着，孙保卫问他找什么。蒋主任摸出了一串钥匙，交给孙保卫道："这个给你。"

孙保卫问："给我？"

蒋主任说："在我住院养伤的这段日子，冷库你就帮我打理了。"

"我可不能，你还是安排一个有能力的正式职工吧，我只是个送货的……"孙保卫推辞说。

"我说小孙，你客套啥哩，你替我照看几天，要你干你就干，别人想干，我还不给呢。我给肉联厂老总说了，就是你，别人我不交钥匙，明白了吧。滴水之恩，当涌泉相报，你救了我的命，现在，你就是我聘请的副手了，我信任你，那些家伙，吃里爬外，不能给他们，冷库会被掏空，不过，你得把身份证交给我，老弟，不是我不相信你。"

孙保卫把身份证给了他。

冷库是肉联厂的一部分，如何运作孙保卫都清楚了，他只是代管，有事还得电话请示蒋主任。加上老蒋过去有两个副手，实际上，孙保卫就是上传下达，蒋主任怎么指挥他怎么干。孙保卫许久都没有穿过干净整洁的衣裳了，鞋子基本是雨靴，也不刮胡子，现在他穿上了休闲装，蹬上旅游鞋，脸膛干净，头发也用上了梳子。

冷库的管理员将一沓进货出货的单子给他，他核实后，代老蒋签字。对，他签的是老蒋的名字，后面括号里写个“代”字，先这么签，然后再跟老蒋汇报。事实上，管理员早将数据文件发给了老蒋，老蒋在医院里就可以指挥冷库运转。后来发现老蒋的手机与冷库的监控是联网的，冷库里的一举一动，他都看在眼里。

送货的人都在门口等着孙保卫，他打开冷库，一股森冷的白气蹿出来，管理员给他拿来了棉大衣，抖开，让孙保卫穿上，然后，开始叫号、对单、装车。

孙保卫在下班时接到妹妹的电话，小妹要给他做晚饭。他问小妹给他做饭干什么？小妹说他不是当官了吗？孙保卫笑着说，当官？啄米官？我是说我跟主任代班。

不管怎样，厨房里有了烟火气，有了叮叮当当切菜和炝锅的声音，还有了美妙的食物烹煮气味。

杀了一条大鲤鱼，还有西红柿炒鸡蛋、酱板鸭、炒豇豆米。

孙保卫回家，看到桌上摆满了菜，说："小妹，你做这么多菜干什么？"

妹妹小妹打趣她哥说："哥，你今天穿得很像个主任啊。"

"主任就是我这个样子？"

"哥其实你好帅哦。"

"呵呵。"孙保卫笑了。

刚摆好了碗筷，兄妹俩刚坐下，敲门声响了，谁呢？收水费电费的？

小妹起来去开门，说："该不是嫂子回来了吧！"

门一开，竟是孟盆子，提着一瓶茅台王子酒。

"你看，保卫，绝不是小妹给我通风报信啊，你不要误会，我不是来蹭饭的，就想送你一瓶好酒。"

"你没吃就上桌吃。"

孟盆子不客气地坐下了，将茅台王子酒打开包装盒，说："消息是小妹告诉我的，说她亲爱的哥哥当上了冷库的副主任。我就想，现在官场都兴喝酱酒，我也买不起茅台，就买了茅台的王子酒送你庆贺你当了官，你们孙家祖坟冒青烟了。来来来，孙主任，我祝你飞黄腾达。"

他搛起一块鲤鱼就往嘴里丢，连连说不错，不错，味道真好，哪个烧的？

可对面的两兄妹都没有说话，听他一个人说，看他一个人吃。孟盆子不敢下箸了，问：“你们看着我干什么？不欢迎？这鱼呀，腥味没压下去，小姝，给我倒点醋。”

小姝横了孟盆子一眼，还是找来了醋。

“喂，保卫主任，吃呀！你这家伙，果然有肥缺，瞧不上我了，你当了大官，你是个人才呀，盆子我有眼不识泰山，认罚一杯。”盆子说完将一杯酒倒入口中，“不过，我妈说我天庭饱满，地阁方圆，印堂发亮，不是个劳碌困苦之人，这辈子虽当不了什么主任，但会靠办厂发财。你妹妹小姝认为当手套编织厂的老板娘是很跌份的事，这伤了本人的自尊心，因此，再罚自己一杯，借酒浇愁咧。”又一杯下了肚。再继续说，“其实，只要能挣到钱，钱哪有香臭高下之分呢？劳动模范的钱跟贪官污吏的钱长得都一样，贪官污吏的钱上绝没有写是受贿来的，妓女手上的钱也没有写是卖身来的，造假酒的钱也没有写是用甲醛勾兑来的。所以，能赚钱的就是大爷，就能出人头地，吃香喝辣，挺起腰杆子做人，抬起头来装神，晚上是鬼，白天是人，说起话来嘎嘣脆，放起屁来如雷鸣。为什么？财大气粗呗。有人嫌贫爱富，不成人之美，专干拆台之事，自己的老婆不见了，巴不得天下的男人都没有老婆……”

“盆子，你太放肆了！”孙保卫忍无可忍，丢下筷子说。

孟盆子刚在吃一块鱼，被孙保卫一吓，未吐出的鱼刺滑进喉咙，卡在了半道上。

孟盆子一脸痛苦，使劲呕吐，未能奏效，不能说话，用手指着喉咙：“啊，啊，啊。”

孙保卫赶快让小姝拿醋来。

孟盆子喝了一大杯醋，还是未能奏效，哑着喉咙对他们说：“快……送我……去医院拔刺……”

为了表示对孙小姝照看琪琪的感谢，齐羽在衣柜里找出了两件适合她穿的毛衣，光是旧的不好，还想买点化妆品送给她。在商场的香奈儿化妆品专柜里，售货小姐拿出香水给齐羽推荐：“这个，美女，香奈儿5号非常适合您。”她倒出一点在试纸上，递给齐羽闻，“刚开始有一种伊兰花和苦橘的香味，然后香体由玫瑰和茉莉带出，最后以白檀香为基底衬托，其实它的香味有一百三十种之多，是一种全面的丰富的充满着自然与森林气息的香味，银色的包装非常高雅大方，非常适合您的气质……”

“像是我没用过似的，在你这里买过多瓶啦。还有没有给年轻女孩用的，这种5号的，气味总像是熟女的专用。”

“那就是这款——邂逅，粉红色包装，这款香水适合青春少女，星群香调结构的香水，各种香氛元素环绕着球形的轨迹，周而复始地、神秘地相互碰撞，释放出千变万化的芳香气息，带来无穷的惊喜，圆形瓶象征着命运之轮，引领我们进入旋转不息的神秘宇宙……”

“别说了，来两瓶吧……”

齐羽来到了白楼，看到孙小妹和琪琪在草坪上，孙小妹正在教琪琪学走路。

琪琪这个所谓的干女儿，跟齐羽已经很熟了，齐羽蹲在草坪上，对正在试着走步的琪琪喊：“琪琪！来，到干妈这儿来。”

她摇晃着手上的棒棒糖，这时，琪琪摆脱了孙小妹的搀扶，迈开了蹒跚的双腿，摇摇晃晃朝齐羽走来。

“哇，琪琪，会走路了！”齐羽惊叹道。

孙小妹在她的后面也大声说：“琪琪会走啦！琪琪会走啦！”

齐羽一把抱住琪琪，亲吻她的脸蛋。然后，她从包里拿出毛衣和香水对孙小妹说:“这是送你的,毛衣你看穿着怎样,不行就丢了,这是香水。”

哪知孙小妹死活不要,连连摆手,甚至跑到一边。齐羽说:“哎呀,这都给你包好了,你收着。”

“我们院规定不得收受礼物,荆院长知道要开除我的。”

齐羽说:“这都是不值钱的东西,就感谢一下你把我的干女儿带得这么好,不到一岁就会走路了。”

“这是我的工作呀。”

“收下收下,小妹,你就当是我干妹妹,好吗,私人感情,与你们院没有关系。”

见孙小妹坚决不收,齐羽说:“那就让你哥转给你。”

“齐总,我哥也不会要的。”

“你哥还在送货吗?”

“没有,他们主任摔骨折了在住院,他在给主任代班,封了他个临时副主任。”

“噢,那好啊。”

到了晚上,孙小妹被门房叫去,说是有个包裹,是她表姐放这儿交代她取的。孙小妹打开一看,还是齐羽给她的东西。

刘五跟踪孙保卫后，发现了猪头西施餐馆里的凤姐很漂亮，据万儿说这儿的猪头肉好吃，餐馆还卖鄂西的腊肉腊猪蹄，于是刘五一伙趁着夜色，寻衅滋事来了。

三个无业游民，到处收点保护费度日，饥一顿饱一顿，有时饿得头昏眼花，有时吃得满嘴流油。刘五看到白白胖胖的凤姐，心里不平衡，那孙保卫也是个穷鬼，咋就这么招女人喜欢咧，莫非他一身全是桃花瓣？

“来一盘炒猪头，也来一盘西施。”刘五对凤姐说。

凤姐来荆河市还是第一次看到街溜子，没有心理准备，赔着笑脸解释说：“先生，有炒猪头，没有炒西施，先生真会开玩笑。”

“你招牌上写的不是猪头西施吗？”邓杆说。

“我们这里还有很多鄂西菜，像腊蹄子火锅、酢广椒炒肥肠、蕨粑炒肉、腊肉炒小花菇……”

刘五打断她的介绍：“挂了西施，不卖西施，你这不是商业欺诈？”他盯着凤姐看着，故作恍然大悟道，“噢，西施在这儿，你就是西施，你好漂亮，真是深山藏俊鸟呀，就炒你了，清蒸也可以，油炸也行，你可是一盘好菜呀！”

几个流打鬼便不怀好意地笑了起来。

万儿这时候给凤姐解围道："好了好了，你去炒菜吧，来三杯苞谷酒。"

"且慢，"刘五道，"万儿，你他妈就点一盘猪头肉吃个卵，一人一盘，再来两盘猪头肉。"

"那就三盘啰？"凤姐问。

"再来六瓶啤酒。"刘五做了个手势，顺势在凤姐屁股上拍了一把。

"刘五哥，想吃猪头西施的豆腐吗？"邓杆笑着说。

"那又怎样，孙保卫那小子吃得，咱就吃不得？咱就只能吃那肥嘟嘟的猪头肉？"刘五说。

"她是老板娘，她家老板咧？往往这样漂亮的女人在外做生意，背后都有狠男人。"万儿说。

"万儿你现在总是自己吓自己，咱们什么没见过？除非是贪官的老婆办餐馆洗钱，那咱斗不过，其他，滚他娘的蛋，还怕什么不成！"刘五喝了一杯啤酒说。

万儿说："怕哪个？就是干活时得考虑成本，你找孙保卫这小子，连一分钱也没到手，划算吗？"

"什么叫不划算？你们他妈的不会算账。老子没得到荆欢欢，也最终让孙保卫得不到荆欢欢，那不赚了个大活人吗？不过，荆欢欢好像不在人世了，你们说，我是输了，还是赢了？”

邓杆说：“刘五哥赢了，赢麻了。”

刘五将筷子敲过去，邓杆的脑袋就咚地发出响声。

“就你小子嘴贱！”

三盘猪头肉，各人吃各人的，各人喝各人的酒。凤姐还是头一次看到城市里流打鬼的这种吃法，远远地观察着，好生奇怪。

风卷残云，吃得差不多了，刘五说：“我去撒泡尿。”走了。

邓杆看到刘五没回，眼珠子骨碌一转，说：“我也要撒尿了。”也走了。

万儿的牙齿在打架时被打掉了两颗，吃得慢些，左等右等他们不回来，看到即将吃完，凤姐必须截住最后的万儿，说：“先生，你买单吧，一共一百二十块钱。”

“那……我只买我的，”他掏出十块钱给了凤姐，“欠你三十。”

凤姐说：“我们小本生意，不兴欠账，先生，还有他们两人的。”

万儿说：“我说了我欠你三十，他们的他们买单，我又没吃他们的。”

凤姐说：“你们不是一起的吗？”

“我又不认识他们。”

这时厨师也出来了，堵住了万儿的出路。万儿却不急，一副死猪不怕开水烫的派头，说：“就欠三十，怎么啦？以后，你在这里开餐馆，还不是靠我们罩着？”

正在僵持，刘五与邓杆冲了进来，刘五对万儿说：“万仔你他妈磨叽个啥呀，没出息，直接走不就没事了！猪头西施，咱几个大老爷们儿，还会跑你百把块钱的单？拿笔纸来！”

“打欠条吗？”凤姐问，她让厨师到后面去，说，“算了，算了，欠条不用打了，就算我请你们吃了，大家和气生财……”

“笔纸拿来！”刘五还是说。

凤姐无奈，给了他笔纸，她接过来一看，竟然是借条。上面写的是：“今借到猪头西施五百元。”落款是一串歪七扭八的字母，鬼画桃符。

这把凤姐为难住了，她想的是免单了让他们走，可这些流打鬼得寸进尺，还要敲诈她五百块。

“几位大哥，是这样的，我呢，就是个小本生意，一天挣不了几个钱，别说赚钱，不亏就是天大的人情。单我免了，钱我真是没有。”凤姐对他们说。

“别叫穷了，你还能比咱们哥仨穷吗？借了会还你，以后，咱们就是朋友，这一带，都是咱们罩着的，没谁敢在这地盘上闹事，有我们，一切OK！”刘五拍着胸脯说。

“这是我们老大，谁都不敢惹他，这几条街，谁不知道他！”邓杆帮腔说。

“我晓得，我晓得，可是我真的没钱，今天生意还没开张哩。”凤姐将她面前的收钱小包打开，找出了两张一百的，递给了刘五，同时把借条也还给了他，“望你们理解，理解万岁！”

收了钱离去时，邓杆对凤姐说：“我们老大不怕死，别惹他，惹他就是三刀六眼……”

晚上，孙保卫赶来了，看了下监控，里面不是刘五嘛。

“就是这伙混混儿，”孙保卫说，“你说他们有多大的本事，也没有。是黑社会吗？还够不上，就是混吃混喝小敲小打的王八蛋，社会闲杂人员。”

孙保卫想着，他们敲诈凤姐，这也是他们跟踪他造成的，要不他们怎么知道这小巷旮旯儿里藏着个卖猪头肉的小餐馆呢？

“舍财免灾吧。”凤姐息事宁人地说。

“不能，不能助长这些坏人的嚣张气焰。”

“那怎么办呢?”

“只要发现他们来，你马上通知我。”

“报警呢?”

“也行，反正不能忍气吞声，我就是想忍了，结果出了大事。”

十三

齐羽那些天老想着琪琪，便让马龙帮忙去接琪琪来玩。接到琪琪后，马龙将她放到副驾驶座上，他逗着琪琪，可这孩子看到他的眼睛就哭。怎么哄都不行，他越给她装笑脸她哭得越凶。没有办法，只好给孙小妹打电话：“琪琪一路都在哭，怎么办?”

“你要冲她笑呀，你笑，她就笑。”

马龙说：“我越笑，她越哭。”

“你肯定笑得难看，她看着吓人才哭的，你要做出爱她的那种样子。”

“那不是表演嘛，我可不行。”

“我说琪琪，别哭了，一哭，就把大灰狼引来了，大灰狼要把你叼走吃了。”

他朝琪琪做了一个狼抓人的样子，琪琪是能听懂的，打了个激灵，缩着脖子口齿不清地大叫道："我怕！我怕！"

马龙夸张地逗着她，龇牙吐舌，发出"嘿嘿"的笑声，小琪琪捂着眼睛不敢看他。

送到齐羽别墅，解开琪琪的安全带，琪琪就往齐羽怀里扑，口里"干妈……大灰狼"地念叨着。

听了半天，齐羽才听清，看琪琪的脸上，泪痕纵横。

"琪琪哭了，是不是你吓了她？"齐羽问马龙。

"没有啊，我在跟她笑着哩，琪琪，走，跟叔叔出去玩儿。"

琪琪趴在齐羽的肩上，紧闭着眼睛摇摆着脑袋。

"她生我的气啦？"马龙哭笑不得地说。

他下楼走了，琪琪还抓着齐羽的肩膀不敢动。琪琪小心翼翼地睁开眼，看看真没有了马龙，才下地来玩耍。

齐羽发现马龙坐在一楼客厅里没走，下去对他说："你可以走了，琪琪害怕你。"

马龙说："接她来她不肯，就一直哭，我哄不了。"

"意思是她不喜欢来啰。"

"不是不是，齐总，需要我送琪琪回白楼吗？"

“到时我自己送吧。”齐羽说。

“你真的很喜欢琪琪。”马龙说。

“是啊，怎么啦？不应该吗？”

“应该，应该。”

“马主任，我想把琪琪认养了，完全接过来，你认为可以吗？”

“呃……那好啊，那更好，你会更开心，这有什么不好。房子里有大人，也应该有小孩。特别是聪明可爱、乖巧伶俐的小孩，会给一个家里增添很多乐趣。”

“是吗？这样说，这是一桩我没有做错的事？”

“绝对没错，当初的决定……算是我们错了吧，特别是我。”

“没你的事，是我自己同意的。”

马龙热望的眼睛看着齐羽说：“我认为，你还可以为她再找个干爸爸，你的生活就更完整了。”

“谁？”

“这得看你了……你认为谁更适合就找谁，你认为谁对你更负责你就找谁，你认为谁更放心，谁对你知轻知重、知冷知热、谁更有利于你的事业和家庭，谁的内心更爱你，你就找谁。”

“你不是在向我求婚吧？”

“噢……是吗？你一定在讽刺我，说我不配，在心里骂我。可不管怎样，这些年，我跟随老齐总，看着你长大，有时我认为，我们本来就是一家人……只是，你对我无感，不能接受我……在某些方面，我们都还没有来得及准备好，特别是你，可能认为我只是你们公司的员工，一个忠实的员工，你对我有点排斥，有点隔膜，冷不丁来一个小疙瘩，弄得双方都不高兴。不过，我有信心……”

“马主任，你还是放下心魔吧。”

“什么意思？”

“我们就是上下级关系，你是我的兄长，我们只能到此为止。”

齐羽上楼了，马龙好不沮丧，恨不得抽自己，抽这个世界。

有一天，冷库里送货的人渐渐走完了，出现了短暂的安静，孙保卫和管理员们核对着发货的清单，就听见有人叫：“孙哥！”

孙保卫一抬头，一个人跪在他面前，是万儿。

“你这是干什么？”孙保卫拉起他来问。

万儿说：“孙哥，我想了好久，还是想找你，在这里讨口饭吃，我把刘五看透了，不再跟他来往了，这人坏。”

孙保卫说：“你讨什么饭哪？”

万儿说：“孙哥，来投奔你。”

“站起来说话，站起来说话。”

“我不，孙哥，给我一条生路吧。”

孙保卫不敢相信，问道：“不是刘五要什么花招儿派你来的吧？”

“真的不是，他们不知道我来，孙哥，我暗中观察了你几天，你混得这么好，为人正派，我好羡慕。”

“好什么，我还不是个临时工？你想在这里送货，我还要给蒋主任汇报，他同意才行，我说的不算，你先回去，等我这边的消息。”

万儿回去了。孙保卫给蒋主任说了万儿想来送货的事，蒋主任说，我们正好缺人手，可以的。孙保卫就给万儿打电话，通知他可以来上班了，但得有个电动三轮车。万儿说，我爸妈一定会支持我，会给我买的，买不了也不怪你。

万儿的家里果然给他买了个二手的大运牌电动三轮车，开始送货后，也非常勤恳踏实，只是孙保卫要他别跟刘五他们说他上班的地方。

过了几天，蒋主任出院了，坐着轮椅回到了冷库，对孙保卫的管理很满意。万儿拿了工资，非得要请蒋主任和孙保卫，结果请上了一桌人，还是在凤姐的餐馆里。

万儿点了一大桌，先将三百块钱交到凤姐手里，说："今天我不赊账了，大姐放心。"

香喷喷的猪头肉野菜火锅、腊蹄子火锅、酢广椒炒腊肉、合渣、炕洋芋、炒猪脸，苞谷酒、苞谷饭，还配了一大盘凉拌折耳根。万儿频频给他们敬酒，说："蒋主任、孙大哥，谢谢你们收留我，比我的亲生父母还亲，我先干为敬。"他干后，将酒杯倒满，再放到蒋主任和孙保卫面前，这小子把神农山区的酒规学到了。

坐在轮椅上的蒋主任说："神农架的苞谷酒，是天下最好的酒，万儿不敬，我也得喝个半斤八两。今天的单我买了，谁买我跟谁急，谁买我开除谁。我先敬保卫一杯，感谢你这些日子给我照看场子，你辛苦了，还感谢你把我从臭窨井里拉出来，我老蒋记得的。"

万儿说："蒋主任，你少喝一点，这杯我给你代了。"

"代？要你代？你算老几，你就是个万儿嘛。我跟保卫喝，保卫你喝呀。"

蒋主任杠上了孙保卫，坐在轮椅上，连喝了五杯，说：“我跟这个孙保卫在神农架的猪头西施餐馆里喝过苞谷酒，今天依然还是在猪头西施的餐馆里喝正宗的苞谷酒……还没有半斤嘛，半斤摔不断我的腿，一斤也摔不了，摔断我的腿是他妈的窨井，不是酒，酒没有罪。为我能够出院，我自罚三杯！……”

马龙老是约孙小姝吃饭，这个在福利院长大的女孩，单纯天真，身心就跟矿泉水似的，跟齐羽比，她什么也没有，但她让人看着舒服，接触也很舒服。齐羽永远在叛逆，永远让人捉摸不透，我行我素，没有男人能驾驭她，除非是街头英雄，街头英雄的另一个名字就是流氓地痞街溜子，所以，齐羽将马龙拒以千里之外，尽管马龙想了许多办法，可齐羽就是不冷不热。那就孙小姝吧，何况还能利用她……

他给孙小姝打了电话，在大门外等她。他点燃一支烟，望着院子。终于，他的烟吸完了，看到孙小姝背着包朝这边走来。

浑身朝气蓬勃，就像阳光下的青草，从上到下都闪着柔嫩的梦幻的光芒，马龙远远地欣赏着她，这个福利院长大的女孩儿。

“噢，小姝，上车吧。”

“你约我有什么事，去哪儿？”

“肯定有事，或者无事，去哪儿你挑嘛，搜索一下周围安静的吃饭的地方。”

孙小妹有点迟疑，说：“我不搜索，你有什么事就在这儿说嘛……”

“是不是你还有别的约会？”

“没有啊，我约什么会？我不是照顾琪琪吗？”

“就说琪琪吧，齐总要将她接到她身边，你明白吗？”

“齐总要领养琪琪？”

“正是，你先不要说，一切按程序办，这不关你的事。”

“可我喜欢琪琪，我跟她有感情。”说到这里，孙小妹竟流泪抽泣了。

“别伤心嘛，小妹同志，齐总只是有这个想法。这只能证明，大家都喜欢琪琪，对不对？”

马龙开的是一辆比较旧的东风风神车，这种车型现在已经淘汰了，里面也很陈旧，车主好像无心打理，从来没有洗过车一样，里面好像有虫子在蹿，是蟑螂。孙小妹上了车。

上了车，坐在副驾座上，无话可说，孙小妹拿出手机来看琪琪的照片，马龙瞥了她手机一眼，说：“你这啥手机？”

“小米的。”

“像素不行，你拍的琪琪都不很清晰。”

“还行啊，哪像你们大老板，有钱人，用最贵的，我能打个电话拍个照就行了，无所谓的。”

“怎么无所谓，你一张时尚漂亮的脸，无论怎么时尚，漂亮永远是第一时尚。无论流行什么，总不会流行丑八怪吧？所以，你要换手机了。”

“我没钱。”

“我给你买，便于你拍琪琪的照片。”

“你不是说齐总要把琪琪接走吗？”

马龙说：“也许齐总只是一个想法呢？”

路过一家华为手机店，马龙将车停下了，说：“我送你一款华为莱卡镜头的，怎么样？把你手上的扔了。”

“我说了，不，”孙小姝说，“我不会要的。”她不让他下车。

“好吧，你也很犟呀。说到犟，琪琪这小丫头也很犟，是不是你教的？”

“她犟吗？”

“跟她妈妈一样犟。”

“她妈妈？……她妈妈是谁？”

“噢噢，她干妈，我说的是她干妈。”

车停在了热闹的江边大排档一条街，孙小姝说：“这里好。”

马龙说：“小心吃坏了肚子可不要怪我吝啬。”

麻辣小龙虾，还有臭豆腐，还有炒田螺，就这样。马龙给孙小姝倒啤酒，孙小姝说：“我不喝。”

马龙问：“上次的牛排怎样？”

“我说了我吃烤鸡翅。吃牛排很难受。”

马龙用筷子点着她的鼻子，说：“你想要当上等人，你就得学会难受。并不是每个人都有钱去难受的，难受是身份的标志，懂吗？”

“我不要那个身份，我就吃臭豆腐小龙虾，来！”孙小姝给马龙搛了一只小龙虾在碗里。

“谢谢，不要奉菜，这也是一种教养。有教养的人不能像乡下人那样，热情过度地给你奉菜，生怕你没吃到。”

“谢谢你的指教，这指教也很难受。”

“好吧好吧，我说的好玩儿，算是幽默幽默，来，干杯！”

他喝的是冰啤，孙小姝喝的是白开水。

“马主任，你说琪琪要被齐总接走，指不定齐总就是琪琪的亲妈吧？”

“不会不会，当然，你要这样想，我不反对。”

这时，孙小妹的手机响了。是孟盆子打来的。

“你在哪儿啊，院里没见你人？”

“我有点事，我在外头，过一会儿就回，你有什么事吗？”

“你回来再说，我在白楼等你。”

“你别等了，我说我有事，今天你别等了。”孙小妹关了机。

“有人在等着你？你很忙啊。”马龙说。

“我男朋友。”孙小妹故意说。

“你、男、朋、友？我不信。”

“就是啊。”

“你糊弄我的，你这么小，就有男朋友，那不是早恋？”

“是呀，对，早恋。”

“好厉害！你既然有男朋友，你跟我出来，不怕他吃醋吗？”

“呀，你还这么封建，你假如有了女朋友，你就不允许她跟别的异性来往了吗？你这点自信都没有？”

“啊嚯，我有什么自信？”马龙尴尬地笑了，“嗬，你这刀子嘴，厉害了。”

“这算厉害吗？”

一个卖花的小姑娘过来了，“先生，给你的女朋友买枝花吧。”

“多少钱一枝?”

“十块。”

马龙掏钱拿了一枝玫瑰，对孙小妹说：“送你。”

“我不要。”

孙小妹知道玫瑰意味着什么。

“这有什么呀，没说你要了一枝玫瑰就非要嫁给我，玫瑰它也象征纯洁的友谊嘛。”

孙小妹只好接了。

因为她急着要回去，马龙便将她送回白楼。还未到白楼院门口，孙小妹就要马龙停车，放下了她，他看到有个骑电动车的小伙子向她迎来。因为后面的车用喇叭催促，马龙只好往前开。他蓦然发现副驾座上有个东西，是那枝玫瑰，原来孙小妹并没有带走。马龙沮丧地拿过那枝玫瑰，放到鼻子下闻闻，然后，把那花瓣一一揉碎，撒到车窗外……

孟盆子看到孙小妹是从一辆小车上下来的，当时就控制不住了，质问道：“你坐谁的车？干什么去了?”

“我坐个便车怎么啦？你真是太平洋的警察，管得宽！你还在这儿等我什么啊！”孙小妹发火了。

“我不是……不是不放心吗?”

“我回来了，你快回去，走啊。”孙小妹说。

“我是想跟你讲……”

“说呀!”

“你再考虑一下，我现在的编织厂太忙，订单也来了，你能不能去帮帮我?”

“等你的厂一垮，我不就失业了？什么保障都没有，我去你那里打鬼呀。”

“你这乌鸦嘴，我的厂怎么会垮？你不清楚嘛，我辞职回家办厂，是受了你哥的刺激，嫌贫爱富，我就想挣钱娶你，风里雨里我不怕，东颠西跑我不怕，磕头作揖我不怕，只要能赚到钱……”孟盆子的声音哽咽发颤，“我希望有个人能跟我一起，同甘共苦，共渡危难，帮我一把……”

“盆子哥，我能答应，但我哥不会答应，你不要逼我了。”

“那我去找你哥?”

“他不会答应的，因为冒险，他吃了苦头，弄得我嫂子也不见了，我不能让他担惊受怕，你去找别人吧。”

孟盆子一步三回头，无奈地推着电动车走了。

孙小妹找到荆院长和毛助理，将马龙的话告诉了他们。毛助理说："事情没这么简单，我们院里也有被领养的小孩，过去最早还有被欧洲美洲的人领养的，手续非常麻烦，如果琪琪是齐总的女儿，她丢给我们容易，想再领回家，却没这么简单喽。"

荆院长说："咱们看看吧，如果他们有能力办好一切手续，让琪琪回到生母身边，也是最好的结果，我担心这房子咱们还能不能住。"

"放心，合同就是一切，法律会保护我们，变更和终止合同，要双方同意，否则，就得等十年，十年以后他们再收回吧。"

蒋主任出院回来上班后，因为没有痊愈，走路还是不方便，所以没让孙保卫送货，继续在冷库帮他打理。这天中午，快吃饭了，身着棉大衣的孙保卫从冷库里出来，却没有看到万儿的电三轮，照理这时间他要回来送第二趟了。孙保卫觉得奇怪，自语道："万儿这小子出什么事了？"

正琢磨着，万儿慌慌张张地开着电三轮冲进来，跳下车便哭喊道："孙哥，我的货被刘五抢了！"

万儿眼圈青了，嘴巴肿了，一脸哭丧，好不可怜。

"抢了，为啥抢你的？"

“说你欠他的钱，要你还债，以后撞上了，有一车抢一车，拿去抵债。”

孙保卫气愤至极，可冷静地想了一下，现在当务之急是补送，不然，客户损失要冷库负责，要骂娘了。孙保卫对万儿说：“送货单还在你手上吧？”

万儿找出了送货单。孙保卫说：“我们一起用小货车去送，损失以后再说。”

叫来了司机，大家七手八脚往车上装货。装货时客户的电话来了，都是催货的，孙保卫跟他们解释，送货员路上出了点事，对不起了，他们在补送的路上，马上就到。

一家家的埋怨，一家家的责怪，一家家地解释，一家家地赔礼。到了那家操蛋的“谷鸭菜馆”，两个跑出来的人袖手旁观，其中脸上长黑斑的还是收货人，但不收货。

孙保卫赔着小心说：“对不起对不起，我们的送货工半道出事了，你看，我们叫了货车，路上又堵车，实在是对不起了。”

“我们不要了，你看？”黑斑脸指给他们看，一辆小轻卡停在不远处，正朝下面卸着冷冻纸箱。

“这是怎么回事？希望你们按合同办事。”孙保卫说。

“你们违约了，我们的餐馆中午还做不做的？断了货，我们就关门了。”

“请听我解释……”

“请回吧。”黑斑脸手一挥，没有挽回的余地。

“可是我们已经拖来了，不就耽误了半天吗？”

“半天？我半天的客户全跑光了，这损失你付不付？走啊，别挡着我们的道了，快开走！”黑斑脸拍打着孙保卫他们的车窗。司机只好倒车。

“不，不要倒，不要倒！”孙保卫对师傅大喊。

“快倒，我们不要你们的鸭子了！让开！倒！倒！倒！”黑斑脸堵在车前拍着车。

司机慌了，只好往后倒，结果撞到了一棵树。

这把孙保卫气着了，他冲过去对黑斑脸说：“咱们是签订了供货合同的，你还讲不讲道理？谁能说得准不会在路上耽搁呢？”

“不要就是不要，这里我说了算！”

孙保卫再也忍不住了，一把揪住了黑斑脸的衣服道：“你不想讲道理是吧？”

那黑斑脸没有怕孙保卫的意思，反正横下一条心不要。他感到孙保卫的手越拧越紧，把他勒得呼吸困难，眼珠翻白，大汗滚滚。黑斑脸许是要绝处求生，一拳挥来，孙保卫被打到脸和鼻子，顿时鲜血直冒，打得跪在地上又爬了起来。

看到孙保卫被打，万儿冲上去就给了黑斑脸几个拳头，这时孙保卫站直了，去拉万儿，可万儿打红了眼，又给了黑斑脸几个拳脚。这时，过来了几个男女服务员，但都站着没有上来参战，有人报警了。那个黑斑脸这时站起来，捂着鼻子，指着万儿说："你、你、你……"

但有的厨师拿出了刀子，服务员拿出了棍子，他们与孙保卫、万儿和司机三人对峙着，好在警察及时来了，了解了情况，孙保卫、万儿、司机和黑斑脸，都被带去了派出所，一车冷冻的鸭子全化冰了……

双方和解，各自承担医药费，可冷库损失很大，失去了客户。虽然万儿也报警了，将刘五、邓杆抓进了派出所，但蒋主任不原谅他们。不是他不原谅，是肉联厂发话了，要辞退孙保卫和万儿。

"我尽了最大的努力，可是我说服不了厂里，影响太大，你们暂时离开，好自为之吧。"蒋主任对他们说。

万儿这时大声说："蒋主任，这不关孙哥的事。留下他，我一个人走吧。"

旁边的几个管理员也帮孙保卫说话："留下小孙吧。"

蒋主任痛苦地摇着头："我想留，留不住。"

"那……我们走吧。"孙保卫笑笑，拍了拍万儿的肩，"谢谢蒋主任。"

"咱们只能后会有期了。"蒋主任不看他们，仰头看着高高的天花板说。

十四

孙保卫又一次成了徜徉在街头的无业游民，这一次，是为他人打抱不平。好在，无心插柳柳成荫，竟然将刘五逮进了号子，这也是一大收获吧。所以，万儿虽然对孙保卫的失业很愧疚，但万儿却以自身损失将刘五送进了该去的地方，这算是报应之一种吧。

孙保卫在街上晃荡时，接到一个电话，竟是某驾校打来的，电话说，他报了名，怎么不来学习？孙保卫说，你打错了吧，我没有报名呀。对方说，你不是叫孙保卫吗？孙保卫说，是呀，我是孙保卫。对方说，那就对了，请你赶快来注册学习。他这才想到，齐羽有一次给他说过，要他去学习驾驶，拿个驾照，还说是什么预备员工，他以为齐羽说的是醉话，根本没放在心上。

直到第二天，又来了电话，他这才决定先去看看。

驾校好大，是在一个老工厂的大操场里，学车的人真多。按不成文的规矩，他跟其他学员一起，给师傅买了一包黄鹤楼，一包槟榔，这就正式摸上了方向盘。当然也没忘记发短信向齐羽表示感谢，话不能多说。

每天，也上不了几次车，一个车十几个学员。倒车入库、坡道定点停车起步、侧位停车、弯道行驶、直角转弯……先考科目一，再考科目二，最难考的科目二他一把过，许多学员却过不了。

师傅是个退休的司机，看孙保卫对机械很熟稔，学得很好，问他是干什么的，孙保卫说是水电工，师傅说，怪不得，你一上车就有灵性，有的人不开窍，是对机械没有感觉。

结束一天的学车后，孙保卫走出驾校大门，到了一辆汽车边上，那汽车朝他鸣了一声喇叭，他瞥了一眼，是那辆蓝色保时捷Macan。

齐羽下了车，指着旁边一家小吃店说：“这家的锅盔和牛肉面好吃”，于是要孙保卫进去，她点了一堆小吃和凉菜，孙保卫要了一瓶啤酒。

“你不应该对我这种人好，我不值得你这么对我好。还有我妹妹小姝，你买了那么高级的香水和一些衣服给她，她也不配你对她那么好。”孙保卫低着头喝着啤酒说。

“你这话好奇怪，你救过我对不对，你妹妹照顾我干女儿，对了，我准备领养琪琪。所以我很感谢你妹妹把琪琪照看得这么好，这么有爱心和善心，让琪琪越来越可爱。你们兄妹虽然在福利院长大，但待人很有礼数，懂得尊敬人，比我这种在蜜糖罐里长大的孩子温和和气，我确实要向你们学习。”

“哪里哪里，你待人很好，很少见过像你这么善良豪爽的老板。”孙保卫说。

“我也不能总是豪爽大方，我也有一毛不拔的时候，你怎么说你们不配呢？朋友、恩人难道还分等级？”

“我们之间的生活差距太大。”

“你吃锅盔，我也吃锅盔；你吃牛肉面，我也吃牛肉面，不一样吗？”

“不一样，你有宝马香车，豪华别墅，而我们就没有，我们要么躺平，要么奋斗一辈子还是躺平。”

“你就干脆说，你努力奋斗，还把老婆弄丢了。而我呢，我不奋斗，锦衣玉食，可父亲却被人杀死了，我比你更惨，你知道吗？”齐羽说。

“我……知道。”

“你知道？你说你知道？你怎么知道？你知道什么？”她看着他，眼里有凶狠的疑问。

孙保卫自知酒后失言，他总是想说出来，说出来后，他就会彻底松弛，彻底解脱。但面对齐羽咄咄逼人的追问，他却嗫嚅着：“我，我……”

她在座位上往后移着身子，好像要避开一个危险，“你一直不跟我说实话。你在场吗？你看见了什么？我清楚地记得，你就是那个我向你呼救，你却无动于衷，没伸出手来帮一把的人。”她直指着孙保卫。

“我……怎么说……”

“你说实话吧！”

“那天，我确实在现场……”

“你说什么？你都看见了？”

“那天，我确实在现场。”

齐羽一阵晕眩，可是她站定了，好像有人命令她坚强起来，站稳，她镇定了，少有的镇定。

“我一直想向你忏悔，我是一个罪人，不是你的恩人，我是罪人，我不该在那个时候软弱、犹豫，铸成大错……”

“你是帮凶！你一定是逃脱了，石仔包庇了你，把你们合伙杀人的事全揽下了！”

“我不认识石仔，我只是与他们一起去了白楼，我什么也没做，也没有上楼。我本该走掉，但我没有走掉，后来也没有帮你父亲一把，我失掉了机会，如果这也算帮凶的话，我承认这是帮凶……”

“你没有杀人，告诉我，你没有杀我父亲!”她几乎是咆哮，但在餐馆，她压低了声音。

“我没有，但如果一个人在犯罪现场，没有制止犯罪，他应当等同犯罪分子……我身上溅满了你父亲的血，可是，一个我父亲仇人的儿子盯上了我，捡到了我丢弃的那件血衣，敲诈我，说我参与了杀人，我只好逃跑，结果，连累了我老婆，致使她失踪一年……我遭受了现世报，这就叫人在做、天在看。我想对你说，我对不起你和你死去的父亲，希望他的在天之灵原谅我，原谅我是个懦夫，见死不救……我向你道歉，事情已经发生，无可挽回了……”

他好久才抬起头来，看到齐羽已经不在了。

齐羽疯狂地开着车，在车流中超车。车开向了郊外，后面有一辆风神车紧紧跟着她。

在一片拆迁的空旷工地上，车终于停了下来，齐羽打开车门就冲向路边的河滩，向着夜晚的旷野狂喊：“啊……”

她像一匹母狼一样地号叫着，然后大放悲声，整个天地间都回荡着她凄厉、苍凉、绝望的哭声……

后面那辆车的前灯打亮了，照射着她。她惊悚地回头，用手遮住那灯光。

一个人向她走来，并喊唤着她："齐总。"

是马龙。

半天，齐羽才镇静，问："你跟着我干什么？请你走开。"

"回去吧，齐总，你不要伤心，伤心伤身子的。"

"你走！"

马龙却没有走开的意思，他的脚步后退了，又向前移动了两步。他感觉齐羽在强迫自己平静下来，她的肩头不时地颤抖着，背对着他。他慢慢靠近她。

他把手轻轻地搭在她肩上，说："回去吧，齐总。"他没有遇到反抗。他也没有进一步动作，只是说："回去吧……"

齐羽缓缓地转过身来，马龙将另一只手也搭在了她的肩上。她突然贴近他怀里再一次失声痛哭起来。他搂着她，望着黑暗中的远方，好久没动。

两辆车先后开回别墅，马龙跟着齐羽进屋。王姐把马龙拦住道："这么晚了，马主任请回吧。"

"你没看到齐总今天情绪不好吗？我今天就住这儿，请你给我拿床被子，我睡沙发。你和我要防备她出事，万一她有个三长两短，你我负不起这个责。”马龙说。

王姐赶快上楼，齐羽已经把门关了。王姐拍着门道：“齐总，齐总，你休息了吗？你没事吧？”

没有应声。王姐贴着门谛听了一会儿，又匆匆下楼来对马龙说：“齐总不开门，她今天是怎么了？”

“我也不知道，那个来修水龙头的家伙惹她生气了。”

“他对齐总非礼了吗？”

“我哪知道，晚上你一定要注意她，我也在这里，但愿她没什么事情。你搬个椅子去她门口先守着，有什么事喊我。”

王姐搬了椅子上楼去了，马龙摸了半天，摸出一支烟来，吸燃，又把它压熄了。

几米高的枝形吊灯闪亮着，别墅里清冷如冰窖。

终于拿到了驾照，可孙保卫的心情无法好起来，还跟孟盆子吵了一架。万儿在孙保卫学车期间，去看了他几次，还代他买了香烟和槟榔给那个师傅。当孙保卫拿到驾照后，万儿羡慕不已，他说他也想学车，然后与孙保卫合伙买个车跑出租，但他家父母都是下岗工人，父亲还因车祸瘸了条腿，丧失了劳动能力，什么学车、买车，都是不现实的。孟盆子一再央求孙保卫让小妹去他的家庭编织厂工作，孙保卫始终没有松口，却向孟盆子推荐，让万儿去他那里上班。孟盆子一听大为光火，说你将一个社会渣滓放到我这里，你心肠坏了。孙保卫说，谁是社会渣滓，万儿人很老实，也很能干。孟盆子说，以为我不知道，你和万儿是因为与人打架被冷库开除的。孙保卫，你也算是惯犯了，万儿跟着你学坏了，然后安插到我身边，让他来搞乱我的编织厂，你安的什么心？

孟盆子的话非常刺耳，全点到了孙保卫的痛筋，他还无法反驳，便说："盆子，你说话一点不给我面子，你说，你想怎样吧？我是怎么得罪你了？"

"我说保卫，叫你一声哥，你最好别管我跟小妹的事。"

"她是我妹妹我能不管吗？她没有父母，长兄当父，我不管谁管？她还很小，没有社会经验，我不管？"

"我是坏人？"

"谁知道？"

"我是穷了点，但那也是暂时的，两年三年，我就会成为富人，穷人这两个字，我咽不下。你是穷人，却瞧不起穷人，在你眼里，穷人跟坏人一样。是的，我至少现在比你富了，我办厂，也不欠银行贷款，不坑蒙拐骗，我至少可以请一两个帮工，在过去划成分，我就是小资本家。你在我和小姝之间横扒竖挡的，你一个无业青年有什么资格反对？”

这孟盆子说话太搞笑，就像是演相声，让人哭笑不得。孙保卫不想与他多说，最后说：“你就是百万富翁，在小姝的事情上，也永远是一厢情愿，小子，别做梦了……”

当孙保卫承认他在凶杀现场后，齐羽彻底崩溃了。在家里一连睡了两天，但电话很多，她得去公司处理一些事情。王姐见她一脸憔悴，无精打采，关切地问道：“齐总，你要去哪儿？”

“去公司，还能去哪儿？”

“你先吃一点东西，你已经有两天没吃什么东西了，这样会饿坏身子的，吃点点心和水果也行呀。”

“等回来吃吧。”

“那你想吃点什么，我先给你准备。”

“清炒苦瓜。”她说。

父亲的创投公司，说白了也就是拿政府的项目，因为没有实力，过去的资源有限，能够中标的也就几百万几千万的工程，由于资质、人员，都是找其他公司借的，还得用国有企业的名头去投标，这样下来，是很吃苦的，拼的是关系。但父亲不在了，齐羽过去也没有掺和，那些关系全断了，也就是过去接的几个项目撑着。再就是收账，还有大几千万在外头没有收回来，马龙干的活就是收账，而不再是投标。

她到了办公室，拿起电话，打通了，对马龙说："你到我办公室来一下。"

马龙旋即就出现在她面前，手上夹着早已准备好的财务报表，进来后把那些报表之类端端正正放到她桌上，说："请齐总过目。现在，需要大家集中开一个会吗？"

"还有几个人？"齐羽问。

"两三个。"

"算了吧，我讨厌开会。"

"那……"

"这个季度，共回笼多少资金？"齐羽问。

"全在报表上，写得清清楚楚。"

齐羽将手上刚打开的报表往桌上一摔，说："报表清清楚楚有屁用？这一季度一共才收回两百多万，有这么难吗？"

"有点难，请你不要发火，齐总。"

马龙被震到了，但他要据理力争，他必须保持冷静。再者，这一年来齐羽似乎无心公司里的事，欠款多少她没有过问，都是在常规回笼资金。

“你在跑吗?”

“我每天都在跑，有的公司欠钱，无论你去多少次，它就是推，今日推明日，明日推后日。要不，有的单位换了一把手，没人管这事，钱呢，说好还是会给，我想春节一波是结账的高峰，现在还没到。”

“我认为你是在消极怠工，真以为我撒手不管了，让那些欠账烂尾……”

“不是的，我们在竭尽全力要账，有时，堵在领导办公室门口，一堵几个小时，有时要守一天两天，我们忍饥挨饿，但成效不大，这些，有的跟你汇报了。这跟老齐总在时已完全不一样了，他会找领导打招呼，会想办法，他脑子里全是办法，他有无数联系人，每天无数微信电话，总能找到解决的办法，比如找欠款的上级，或是拉来领导跟欠账单位一起吃饭，或是送东西拉关系，可是，我们送东西人家绝对不会收，一是形势不允许，二是我们不可靠，别人根本不知你是干什么的，人家不相信你。另外，我们也没有老齐总的人格魅力和亲和力……”

齐羽打断他的话：“老齐总优秀，总不可能死而复生，没有他就什么都不干了？其他的招投标呢?”

“停了。”

“为什么?”

“一是再没有来自政府方面的信息,因为过去……”

“都是老齐总干的?”

“对呀,而且这些招投标里面有许多门道,现在全都断了,我们无法再与那些关系户联系,因为我们没有老齐总的人脉资源,过去全是他一手负责的,经常与关系户吃饭应酬,在酒桌上才有一些消息。我请了你几次,你说没时间,很多时候,事情都是在酒桌上解决的。别人再有能力,却没有他的那些资源,而那都是他几十年与他们建立的关系和情谊,这些,全断了……”

“一切都完了?”齐羽问。

马龙似点头,又似摇头。

“树倒猢狲散……”齐羽喃喃自语。

“如果齐总你想重整旗鼓,你得全身心地投入,你还得一家家拜访,一家家吃饭拉上关系,你还得要让人家买账,让人家同意将工程给你做,让人家完全相信你,这才能与他们打交道。可是,你现在无意经商,而且心思不在这里,你过的依然是天塌下来有高个子顶着的生活,跟一些社会上的危险之人、没有档次的人来往,这只会增加你的危险。但你没有意识到这种危险，至少，就算你跟着感觉走，到头来，没有任何意义，不增加财富，也不增加快乐，倒是危险保不定会随时发生……”

“你说吧，你在苦口婆心地劝我。”

“我没有劝你，我只是提醒你，每个人都有自己的生活，有时会误入歧途，这不要紧，回头是岸。如果执迷不悟，一错再错，一误再误，那就无可挽回了……”

齐羽说：“你应该保持沉默，对一切说不知道。不过我可以告诉你，那个姓孙的当时在凶杀现场，而且我爸呼救他没有施以援手……”

“你确信?”

“他自己承认的。”

“好啊，纸包不住火，他终于承认了。但你还让他学车，还要他来公司开车?”

“公司都快倒闭了，不了，不会了。”

“你看清了吧?”

“我的生活像梦游，我不知是找别人算账还是宽恕别人。”

“但你听不进去别人的提醒倒是真的，该宽恕的时候宽恕，该算账的时候也要算账。”

“嗯……”

齐羽来到车库准备开车回家，马龙却站在车门边。齐羽问："你还有事吗？"

"齐总，我看你精神恍惚，状态不佳，气色不好，这段时间我希望你不要单独开车，车钥匙你暂时交给我吧，我接送你。"

齐羽说："没必要。"

马龙坚持说："你怎么想都可以，但我要对你的安全负责。"

齐羽没有拿出钥匙，说："我又不是喝酒了，要你接送干什么？你如果要坚持的话，请你明天去帮我办理一份人身意外伤害保险，三千万元。"

她开了车门，坐进驾驶座。

"我尽快办吧，放心。"

"琪琪领养的事呢？难道我问一件你才回答一件？"

"正在办，我想没有那么容易，所以你耐心等待消息，会有结果的。"

回家果然有清炒苦瓜，齐羽拿起筷子，并且津津有味地吃起来。

"苦瓜还行吧，齐总？"

"很好吃，很好吃，特别放进了豆豉，更好吃。"

王姐说："小齐总投胎投错了，你的生活要求这么低，跟我们那个时代一样，只有苦瓜吃。"

齐羽说："那也不差呀，至少那个时代菜有菜味，肉有肉味，人有人味。"

手机一阵暴响，她让王姐将手机递给她，"又是广告推销的。噢，马主任，啥事？"

"我投的是'人保'，他们公司来人了，在讨论合同，请问谁是你以后的受益人呢？"

"琪琪，当然是琪琪，我的所有财产——当然也可以叫遗产，琪琪都是继承人，这个要公证。"

领养琪琪的事在齐羽的催促下，终于办下来了，保险也办好了。为欢送琪琪，白楼的福利院孤儿分院里非常热闹，大家跟这个可爱漂亮的小女孩依依不舍。

最难舍的是孙小姝，她带了一年多，从琪琪睁开眼睛到蹒跚走路、牙牙学语，现在突然被领养走，她一下就空了，抱着琪琪不放，泪水潸然。

琪琪跟齐总熟了，甚至天然地依恋她，齐羽让她与大家拜拜，告别。她口齿不清地说着拜拜。

几个与她一起玩耍的姐姐问琪琪："琪琪，以后还会回来跟我们玩吗？"

琪琪点着头。

孙小姝抱着琪琪道："以后想不想小姝姐姐？"

“想。”

荆院长问：“想不想荆奶奶？”

“想。”

毛助理也问：“那想不想毛爷爷？”

“不想，扎我。”她指着毛助理的胡子说。

大家都笑了。毛助理说：“好呀，毛爷爷白养了你，呵呵呵……”

齐羽抱着琪琪出了大门，白楼里的荆院长、毛助理、孙小姝和其他保育员、孤残孩子们都流着泪与她们道别。

上了车，齐羽对琪琪说：“喊马叔叔了没有？”

当马龙的目光与琪琪目光相撞时，琪琪不禁打了个寒战，噘起了嘴，没喊，只是摆弄手中的玩具。

“不叫我没关系，以后混熟了再叫吧，以后她怎么叫你？”马龙说。

齐羽开着车说：“再说吧，干妈也很好呀，手续没想到这么复杂，感谢你办下来了。”

“这是应该的，再说，琪琪越早在你身边越好，她本来是有妈妈的孩子，没妈的孩子像根草。再说，你现在需要安慰，而琪琪是最能安慰你的。”

“她还小啊。”

“安慰不分大小。”

“你感到吃惊吗?”齐羽问。

“你是指什么?”

“琪琪呀，接回来。”

“哦……丢是我去丢的，接是我来接的，丢是对的，接也是对的，没啥吃惊，谁都有权利选择自己的生活，与别人无关。”

“恶果吧。”

“孩子是无罪的。”

“我认了，一切，我都认了，也许这是向生活投降。”

“不，这是与生活和解，是你战胜了自己，战胜了你自己的心魔，倒是要祝贺你。”马龙说。

“嗬，祝贺？你在笑话我。”齐羽苦笑道，“只不过，过去我认为她是我所有的耻辱和罪恶，是一切灾难的源头……”

“现在呢？她就是蓝天，是花朵，是天使……”马龙说。

“至少不是恶魔吧。我不管这些，不管别人的评价，我现在是单亲母亲，并且永远是……”

“不，你可以再找一个。”马龙说。

“呵呵。”

到了家，上了楼，王姐忙活了几天，将琪琪的房间布置得像一个小型的五颜六色的幼儿园游乐场。滑梯和秋千组合、摇马、跷跷板、淘气堡、蹦床、攀爬网，各种玩具和毛绒洋娃娃、猫狗猴猪……令人眼花缭乱，童趣盎然。琪琪看到这些，开心得忘乎所以，玩得不亦乐乎。

三个大人看着琪琪开心，相视而笑。

王姐抱起琪琪说：“琪琪，这儿就是你的新家了，你喜不喜欢呀?”

“喜欢!”

孙保卫说出他想说的话并向齐羽道歉之后，心里空了，但也静了。他到福利院被毛助理又教训了一顿，让他去派出所多催促一下，看有没有荆欢欢的消息，毛助理和荆院长还抱着渺茫的希望，祈求欢欢还在世上，就算她是被拐卖了，只要还活着，总比完全消失了好。

孙保卫某天踅到猪头西施餐馆，没有吃饭，也没钱没脸去那儿吃饭，却听凤姐说，她听认识的人告诉她，张大前住院了，不知是死是活。

孙保卫和凤姐去了张大前租住的弯弯曲曲、污水横流的小巷，他凭记忆找到张大前的租住地，但见大门紧锁。问房东，房东证实他的确住院了，但不知是哪家医院。

按房东提供的最近的两家医院去找，终于在一家医院的心外科打听到了，在一个大间的普通病房里，推门进去，孙保卫一眼就看到了正靠在床上打点滴的张大前。

张大前看到孙保卫和凤姐，问他们："你们怎么来了？"

一个在床边弯着腰整理着什么的姑娘抬起头来，孙保卫认出了那个所谓的王婷，就是张大前的女儿张霞，长得跟荆欢欢几乎一模一样。

张霞也似乎记起了去足浴中心洗脚的孙保卫，有些慌乱，差一点碰翻了床头柜上的杯子。

"她是我女儿张霞，张霞，叫孙大哥、凤姐。"

"噢，噢，孙大哥、凤姐，你们好。"

在她们讲话时，张大前拉过孙保卫低声说："你是不是觉得我女儿很像你老婆？"

"是的，有一点。"孙保卫说。

"张大哥，你怎么了？"凤姐问。

"不碍事的，就是老毛病犯了，还好，这两天我就准备出院，住不起呀，住一天我得卖半年的菜……"

张霞告诉他们："明天上午要给我爹做冠脉造影，

说是冠心病的金标准，如果血管堵塞，要放支架。”

“唉，国产的也得上万，医院就是大老虎，吃人不吐骨头，张霞打工的钱，一下就被我花光了……”

张霞显然不想让他说，“爸，钱用了再去挣，您别说了，听医生的。”

正好有个管床医生进来看张大前的点滴情况，孙保卫便问：“请问冠脉造影怎么做？”

医生说：“冠脉造影，就是看心脏血管有没有堵塞，堵塞了几支。就是把导管从手腕的静脉穿进去，很细很细的导管，一直到心脏，然后再打造影剂，再看是有冠心病还是没有，有的人是一种心因性的心脏病，并没有真正的病，但感觉很严重。有病的话，那就要安放支架。”

医生非常耐心地介绍，他看了孙保卫他们一眼说：“对了，明天最好有一个男同志照顾他，因为做了之后，患者二十四小时有一只手不能动，吃喝拉撒都在床上，动了恐怕大出血……”

“那我明天来吧。”孙保卫说。

“我明天也来。”凤姐也说。

“不能麻烦你们，这不行。”张大前说。

孙保卫说：“我来，凤姐你要做生意，你别来了。说了要一位男的，张师傅你也别紧张，没有事的……”

第二天一大早，孙保卫就来到了医院，发现凤姐比他还早到了这儿。在导管室外面，坐着许多冠脉造影患者的家属。孙保卫、凤姐和张霞正焦急地向透明玻璃里的导管室望着。那里面可以看到电脑显示屏、手术台、各种仪器及一群白大褂医生。

凤姐将水和面包给张霞说：“你吃一点，不吃可不行。”

张霞接过去，又放在条椅上，眼里汪着泪水。凤姐拉着她的手安慰她，要她别紧张。

过了一会儿，一个医生从里面出来，问道：“谁是张大前的家属？”

三个人都围上去。

医生说：“他的问题比较严重，有两支血管狭窄了，都超过了百分之七十。”

“那怎么办？”孙保卫问。

“上支架，让血管畅通啊。你们没有预付支架款，现在交钱还来得及，可以一次性上支架，现在你们可以交钱吗？”

“那要多少钱？”

“现在便宜了，过去国产支架，两根得五万左右，现在两根两万以内。”医生说。

“两万？这也很吓人呀！”凤姐说。

医生鼓着眼睛说：“哈，你们没见着吓人的，一天抢救要一百万，两万块钱救一条人命，到哪儿找这么好的机会去。”

凤姐问张霞：“你手上没有这么多钱吧？”

张霞哭了，说：“没有，这几天住院各种检查，已经花了一万多。”

“能不能先给他上支架，然后我们再付钱？”孙保卫给医生说。

“那支架到哪儿领去？不交钱，支架就不能从材料科领出来，医院不是饭馆，可以赊账，现在医院是企业你们知道吗？我们同情你们，但我们没有工资谁同情我们？如果你们不能马上交钱的话，病人就只好推回病房再说。”

凤姐说：“我的钱每天都买了原料，实在是没有。”她从口袋里掏出了几百块钱，交给张霞，让她收下，张霞死活不收。这时，孙保卫也拿出了五百块钱，这是他所有的积蓄了，他们要张霞一定收下，张霞谢了他们，收下了。

推出来的张大前是清醒的，医生、护士和孙保卫他们将他推进了病房。

孙保卫将张大前抱上了病床，然后护士给他的手腕压盐袋，盐是张霞早买来的。医生交代孙保卫别让病人动这只手。孙保卫问：“大夫，他不上支架会很严重吗？”

“当然严重，以后他就不能搞体力劳动了，否则，有生命危险。”

“我没有事的。”张大前说。

医生说：“你没有事？你这是在挑战科学，老兄，尽早上支架吧，我明白地告诉你，你一只脚已经踏进阎王殿了。”

得想想办法，孙保卫头脑中过电影一样想从哪儿能借到钱。他想到了孟盆子，可这家伙总是拿小妹来要挟他。他借着上卫生间，给孟盆子打去电话。

孟盆子听说借钱，一口回绝了，说：“我正在想找你借钱呢，咋这么巧？有吗？没有我就去贷款了。明年的现在，你想借多少我借你多少，行吧？”

他回到病房，凤姐抱怨说：“城里的医院跟咱们山里医院还是不同，都见死不救了。”

张大前说：“你们别担心，哪儿能全听医生的话，吓唬你的，就是要你掏钱。这五千块钱的检查费我出得冤，只要检查，什么病都出来了。两万，我这条老命值两万吗？有两万治好了我，我还赚不回来两万，何必呢，明天我就出院。”

“这不行，张师傅，听医生的，大家想办法。”孙保卫说。

照看张大前到第二天早上，孙保卫在病床前没睡，想了一夜，家里就那辆买的电动三轮车，卖了就可以支持张大前一些，明摆着张大前是我的老丈人，但这只是在他心里，无论如何，我都要帮上他一把，他的女儿是我弄没的，我要将功赎罪。

他让张霞照看她爹，自己回家，开出那辆电动三轮车去了冷库。那些送货员见孙保卫开着电动三轮车这么早来了，以为他又来上班了，给他打招呼。可孙保卫对他们说，他是来卖车的，八成新的车，他少五百块钱卖了。有人问他为何要卖车，他说一个亲戚病了，在医院里要交钱，他想帮助亲戚。这么一说，有个送货员心动了，正要成交时，蒋主任来了，问明情况，说：“小孙，我正要找你，你回来送货吧，挣钱了去帮助亲戚多好。”

“我不是被开除了吗?”孙保卫问。

“别说那些，你的主要问题是心太软，介绍来了一个打架斗殴的朋友，这点我不喜欢，你还可以，以后改正缺点，少跟不三不四的人玩，常言道，近朱者赤，近墨者黑，交友要谨慎，今天没货了，明天来给你排班。”

孙保卫谢了老蒋，可回到病房去两手空空，让他沮丧。还没到病房，就看见张霞在慌张地找着什么，一问，她爹张大前不见了。他同张霞在医院住院部找了一圈，没见着人影，张霞说："我爸应该是走了，他好多东西已经拿走了。"

"我去把他追回来。"孙保卫说。

"你别去了，他不会回来的，我去给我爸办出院手续……"

办好了出院手续，他和张霞回到了出租屋，在院子里，他们看到张大前在那儿拾掇着三轮车，手腕上，还缠着医院的敷料。

"张师傅，你不要命了！"

"哈，我说没事就没事。"他从上衣口袋里掏出小瓶的速效救心丸来，晃晃说："这个才保我的命，那五千块的冤枉钱，买这种药，我一辈子都吃不完，划不来，划不来！我得赶紧把这钱挣回来。"

孙保卫不由分说，蹲下便拔了他三轮车的气门芯。气泄了，车胎瘪了。

"你、你这是怎么，小孙！"张大前生气了。

"不能这么做，你就算不上支架，也要休息，你听我一句！另外，要尽快将支架上了，一劳永逸，永不再犯，病就好了，不影响寿命。"

孙保卫将三轮车锁上了。

张霞把她爹张大前叫到屋里，张大前出来，将五百元钱塞给孙保卫，说："小孙，你太好了，我感谢你和凤姐，钱我不能要，你们与我非亲非故，我怎么能要你们的钱，你照看我就很感谢了，你们的心意我领了，要钱我就不是张大前。我老张一生不求人，你们不要让我生气。"

孙保卫敌不过张大前的拒绝，只好将钱拿着了。

十五

孙保卫还是按时去冷库重新送货，他送了一趟货就回家了，在家里坐立不安，觉得不能给张大前这位老丈人帮助而十分沮丧，看看家徒四壁，老婆也不见了，他不知道这一年多他经历了什么，为什么这么折腾还是一团乱麻，甚至家破人亡。如果他不对齐羽承认他当时在现场，可能是另一番结局，但他必须说出来，否则他将要憋死，那样更加对不起死者。

他在阳台上看着飞回来找他要食吃的鸽子，听到有敲门声。以为又是幻觉，钥匙打开了门，原来是妹妹小姝，她怒气冲冲地给他一个手机，说："哥，这手机一打电话就发烫，几次没给成盆子，你去交给他，我还是用我的旧小米。”

“咋的啦?”

“是这样的，哥，盆子说，你找他借钱就是绝交，就是不让我与他交往。你又找他借钱干什么，哥，我跟你丢不起这个人。”

“不是为我，小妹，只怪咱们穷吧。这小子，什么事都被他说出去，嘴上没上嚼子。钱没借我，还到处说，不地道啊。”孙保卫嘀咕道。

“他说，不借钱是好朋友，借了钱都成了仇人。”

“这话也对，如今社会上就是这样，但我是有事找他，与你没有关系。”

“他老是把我扯上，我好烦他。”

孙保卫看到小妹放在桌上的手机，这也算是手机吗？这盆子！只怪自己没啥朋友，不该找他开口，明知他没钱。

“你用了人家的，还旧的给人家?”孙保卫拿起手机说。

“那怎么办？我给他一点折旧费。”小妹从包里拿出三百块钱来，问她哥，“这够不够?”

“当初就不该要他的手机。”

“我拒绝了几次，还给他，每次见面了他就把手机又偷偷放我包里。”

“你把手机里面的东西删了没？绑定的银行账号、微信解绑了没？”

“我都删了。”

孙保卫笑道：“好吧，我给他，你让你哥我去做恶人啊。”

“那怎么办？”

“我现在改变主意了，决定不再管你，你也长大了，我管你太厉害，你会恨我的。只怪父母走得早，我又没什么本事，只希望你不要太早选择男朋友，匆匆决定，最后只能匆匆结束。你现在大了，哥尊重你，一切都由你自己做主，我相信你会把握自己，不要像哥哥我，如一只无头苍蝇在社会上瞎撞，撞得头破血流了，至今还没有找到生活的落脚点……”

说到这儿，他眼眶湿了，低着头。这把孙小妹也弄伤心了，哽咽道：

“哥，我听你的，你就像父母一样，是我的全部依靠。你不要自卑，你能行的，现在你又学会了开车，又回冷库上班了，你缺钱，我给你好了……”

“我不缺钱，我找盆子借钱，是让他离开你，他的软肋是最怕别人找他借钱，一说借钱，他就远离了对方。他远离你，不是很好吗？不过抠门的人会过日子，不冒险，踏实，比如他说干就干，还真把事办成了，这点，你哥我要向他学习。一个男人，果断是很重要的品质，勤俭节约也是不错的品质，总之，盆子是我多年的朋友，他的人品是靠得住的。”

“哥，你这是什么意思?”

“我只是说说，供你参考。”

放在桌上的小妹的手机响了，小妹拿起来接。

“你过来一下。”孙保卫隐约听到一个男人在电话里说。

“我现在在上班，你有事就说吧。”

“还是见面说吧。”

小妹挂了电话，打开手机，拿出电话卡，又从包里拿出一部旧手机，将卡插进去。

“哥，我出去有点事。”

“不是盆子，你跟什么男人见面?”孙保卫问。

“哥，你刚才不是说尊重我，不管我了吗?”

孙保卫说：“我说过?”

妹妹小妹早就走了，甩过来一句话：“你刚才说过，哥，我会把握自己的……”

孙小妹没想到马龙把她带到一个江边的茶艺馆来喝茶，这也让在福利院长大的她长了见识。不过她对这些兴趣不大，但总归比较安全。茶艺小姐给他们进行茶艺表演，一个美丽的女子身着旗袍，暖杯、倒茶，有模有样，她的普通话带点福建味，边表演边进行解说。

“将茶壶抖动三次，这叫凤凰三点头……”

女子用镊子取出壶中的小漏斗，把茶水倒入杯中，讲解道：“这是茶道第三步，普降甘霖……”

女子端着茶盘，将小盅茶杯递给孙小姝和马龙。女子说：“……先闻其香，再尝其味，由远及近，又由近及远，茶杯于鼻端来回往返三四遍，是不是阵阵浓香扑鼻啊？好，各位慢慢品饮，一直到滋味达到妙不可言的佳境，真如宋代诗人苏轼所说：从来佳茗似佳人……”

马龙品了一口茶道：“茶艺师，你说从来佳茗似佳人，其实也可以倒过来说：从来佳人似佳茗。你怎么不喝？小姝，你也就像是一杯香茶啊……”

“我是茶？香茶？”孙小姝皱着好看的眉头问。

“你当然是茶，其实，还有词这样写道：味浓香永。醉乡路、成佳境。恰如灯下，故人万里，归来对影。怎么样？这就是喝茶的最高境界了，你看看，漂亮的女孩子不就是一杯人生最美的茶吗？”

“我不是茶，我是人。”孙小姝说。

那茶艺表演的女子看着他们争论，让马龙有点尴尬，今天是话不对题，对牛弹琴，于是笑了一声说：“哈，好，不说了，我刚才只是一个比喻。女人是一朵花，女人也可以是一杯茶嘛。”

“那你们男人呢？你们男人就是茶客？”

“茶客？当然是茶客，这里的茶可是很高雅很高贵的啊，是茶客，只要不是嫖客就行了好不好？哈哈哈哈……”马龙干笑道，“据我所知，你们父母早逝，后来政府将你们送往福利院，是荆院长和毛助理将你们抚养大的，你哥对你好吗？”

“在我们到福利院去之前，从小我与我哥相依为命，那时候，我们经常去铁路边捡煤渣，捡废品，还到菜市场拾菜叶回来吃。如果有钱能买一个腌菜包子，我哥总是给我吃，他说他已经吃饱了，其实，他饿着肚子，什么也没吃……”小妹声音打战，说不下去。

“是啊，没有父母的孩子总是缺少了什么，在你眼里，你哥哥也许是神圣的，长兄当父嘛，跟父亲一样神圣。可是，他长大后在社会上乱窜，跟一些街溜子鬼混，落到如今这步田地……”

“他怎么了？他又没做坏事。”孙小妹为她哥争辩。

“嗯……那……很难说呀，你知不知道，你哥与一个叫石仔的关系不错？”

“我不知道，我没听说过这个人。”

“刘五咧？”

“是我哥同学。”

“刘五可不是一般的人，我听说，他们家与你们家有仇，你父亲举报他父亲贪污，现还在牢里，于是，刘五瞅到机会，拿住证据开始敲诈你哥，当然，刘五抢劫，也进了牢房，这是他罪有应得，但是，你哥是怎么跟那伙人打得火热，石仔可是个杀人不眨眼的魔鬼，好在，他被枪毙了……”

“我不清楚呀，你讲这个人，与我和我哥有什么关系吗？”

“你哥欠刘五的钱，还了没有？”

“我不知道，你像是警察审问我哦。”

“没有没有，不是喝茶嘛，随便聊聊。我听说你嫂子也很漂亮，跟你一样，是个大美人，后来不见了，说是去找你哥，你哥跑到深山老林里去干什么，他怕什么呀？”

孙小妹不想听他说这些，没喝一口茶，欲走，说：“我之所以来这里，是想让你带我去看看琪琪，我不知道齐总住的地方，你能带我去看看吗？”

“齐总的住址嘛……是不能随便让人去的，我征求她的同意后才能带你去，你不是有她的电话嘛，你直接给她说不得了，何必要我转了一圈问她。她很喜欢你，一定会让你去看琪琪的。”

“哦，那我试试，我走了。”

在马龙刨根问底问话时，孙小姝悄悄给孟盆子发了个信息，还发了个位置，告知他她在哪儿，让他来接她。她想摆脱这个阴沉沉的人。

“不不不，我看你的手机这个样子，严重与你的形象气质不符，这次，你就别拒绝了，我给你买个手机……”

“谢谢，我不要，请你别，有人来接我，我回院里去了。”

“手机真的不算什么贵重东西，我又没以此向你提其他非分的要求。”

“不要不要。”

两人说着走出茶艺馆，正在门口僵持时，孟盆子加速开到他们跟前，差一点儿撞着了马龙。马龙正准备对这个瞎撞的电动车发火，车上的人已先他吼起来：“你在干什么？！”

马龙说：“啊嚯，你是谁？”

“你是谁？”孟盆子反问，又转过来严厉问孙小姝，“你这么晚了跟什么人在一起？”

孙小姝一点不示弱：“喝个茶怎么啦？”

“对呀，喝茶，就是喝茶？”

孟盆子还是逼问孙小姝：“你的口就这么渴吗？院里没有茶给你喝，别人的茶就这么好喝？”

马龙挡着孟盆子问：“你是她什么人？”

“你管我是她什么人！男朋友！”

马龙大致看出了端倪，嘲笑道：“哈，你是不是有点自作多情？”

“不，他就是我男朋友。”孙小姝挺身而出说。

“你听清楚了吗？”孟盆子得意地说，“小姝，上车。”

“好好，伙计，你以为我跟你这种骑电动车的争一个女孩子？”马龙甩着手上的汽车钥匙。

“哼，一辆破风神，开这种车还不如我的电动车，让人笑话！”

说着绝尘而去。

孙保卫是在送货的途中接到张霞的电话的，她惊慌地告诉他，她爸将三轮车的锁撬了，骑出去估计是进货去了。但孙保卫得把车上的货送完，他快速送完货，赶到张大前的出租屋，没见到张霞，电话接通后，才知道，张大前因为心梗被送到了医院。

心梗？这可凶险了，张大前不信医生的话，结果出了事。

到了医院，张大前已经进行了溶栓手术，正躺在病床上。医生对孙保卫说：“……现在看，溶栓的效果还可以，但依然很危险，完全没有度过危险期，病人还在昏迷中，只是命保住了，只有尽早安放支架，才能根本解决问题。”

张霞刚从银行里取了钱，还扎着纸条儿，估计是五千块，说这是她的全部积蓄，包括检查、溶栓，要是放支架，还差两万元，孙保卫想到齐羽，只有她了，几次想拨她的电话，都没有勇气，只能一试了，行与不行不就是一个电话吗？

拨打了三次，齐羽才接电话。

“你找我有什么事？”齐羽口气很硬很冷淡。这是意料之中的。

“也许我不该打扰你，我是一个罪人，但请你听我说完。现在一个人生命垂危，要安心脏支架，他们家筹集了所有，还差两万元，这个病人现在昏迷不醒，他与我有关系也没有关系，我想帮他，可是我没有钱，也没有有钱的朋友，我只认识你，我想，也许只有你才能救他。”

“他是干什么的？”

“一个从神农山区来城里卖菜的。”

“因为你很闲，你在管闲事？”

“我可以不管，但我不能不管，只怪我口袋空空如也，我能找你借两万块钱吗？”

对方不吭声了。

“在哪儿？”很久，对方才问。

“荆河市医院住院部七楼，心外科。”

齐羽给马龙打了个电话，她对孙保卫的开口还是有些震惊，可以不理，可是，如果是真的，救人一命，胜造七级浮屠。她疑惑着，于是只好给马龙电话，让他准备两万元现金。

马龙在电话里问要现金做什么用，齐羽说：“你别问。”马龙追问这要做账的，必须说明用途。还问：“你是购买用品、借给别人，还是捐赠，或是送礼？有些我可以去办的。”

当马龙赶去时，齐羽才说出事情的原委。

“感谢你相信我，我当时就想到了，姓孙的会在某个时候向你开口借钱的，果不其然。”

“他有目的吗？”

“因为你像散财童子呀，你是大方的慈善家呀，他看准了你的善良下手。”马龙沉重地摇着头。

“那就不理?”

“齐总，你就多个心眼儿吧，这世上你吃亏上当的时候还少吗?这应该是第一百零一次……”

“取钱，先去看看!”齐羽果断地说，没有听他的。

他们来到张大前的病房，看到病人谵妄喘息，脸色发青，好像死神就在床边游荡，随时要将他掳走。心电监护仪器上的屏幕，一些图像和数字在跳闪。

孙保卫对他们说:“他刚溶栓，但心脏主动脉很狭窄了，前不久住院说要放支架，因为没钱，只好回家，终于心梗了……”

齐羽没再问什么，将两万元交到了张霞的手里说:“快装支架吧。”

张霞一下子朝齐羽跪了下来，泣不成声道:“谢谢您，谢谢您救我的爸爸!”

齐羽忙将她拉起来，说:“你别这样，谁都有困难的时候，我是被孙保卫先生从长江中捞起来的，所以，你救我，我救他，这样，世界上才到处是善良之人、善良之事，每个人都有困难的时候，都有需要人帮一把的时候。”

孙保卫找护士拿来纸笔，打好了借条，交给齐羽，马龙先她一步拿过去，说："我拿着。"

张霞不让马龙接着，说："借条写我的名字。"

齐羽说："现在你爸爸装支架要紧，其他以后再说，孙保卫，借条你收回。"

孙保卫说："这不行吧。"

齐羽抢过借条，一把撕了。"就这样了，先看病。"

马龙和齐羽走出住院部大门，马龙说："我每一次都想听到你说，就这次了，下不为例。"

"我不是慈善家，也不准备搞慈善，所以不存在下不为例。我不欠别人的，我的良心会好过一点。"

突来的惊喜让张霞眉头舒展了，到医院交了钱，就等明天上支架了。

张大前已经清醒，但嘴唇是乌紫的，张着嘴喘气。孙保卫对他说："明天就能上支架了，支架一上，一切都好了。"

张大前吱吱呀呀地说："小孙，感谢你。"

孙保卫说："你要感谢的是齐总。"

"等我的病好了，钱我和张霞以后会慢慢还的。"

"以后再说吧。"

"她跟我们不认识，都是看你小孙的面子。"

“我哪儿来的面子，也是病急乱投医，没想到，遇上了好人。”

“孙哥你救过她呀?”张霞问。

“我是救过，可我也犯过糊涂，做了对不起她的事，看到别人杀她父亲，我没有帮她……”

“她父亲被杀了?”

“……她现在是个孤儿，而我、我老婆，都是孤儿，都是在福利院长大的，她很可怜，虽然有钱……”

“谁杀了她父亲?”张霞问。

“她男朋友。”

“咋这么狠心咧?下得了手呀!”张大前说，“这样说来，咱更要快点还人家钱。”

孙保卫说：“跟你的病没关系，她本身就是一个善良的人。”

孙保卫从病房出来，心里无端地伤感着，他在病房后头的小道上，点燃一支烟，站了好一会儿。

本来，张霞要孙保卫回家休息早上再来，可孙保卫的心里总是惴惴不安，像有什么大事要发生，心慌。看着闭眼睡着的张大前，灯光半明且冷清，给人的感觉不好，有一种在太平间的感觉。虽然这是一闪而逝的念头，他也从没见过太平间，但在医院里，一切都那么压抑、令人不安。一出来，走到路上，走到大街上，一切都好了，医院是一个制造抑郁的地方。他从外面给张霞买了一份面条，看她也很疲倦，就让她在椅子上打盹，然后他来照看张大前。

半夜时分，迷迷糊糊的孙保卫听到有一种很响的鼾声，又听到病床上有响动，睁眼一看，张大前呼吸急促，并在床上挣扎、抓挠着什么。

“张师傅，你怎么了?！”

他这一喊，把椅子上打瞌睡的张霞也惊醒了。

孙保卫拍打着张大前，以为他在做噩梦。但张大前面目狰狞，痛苦万分，说话含混，孙保卫让张霞赶快去叫值班医生和护士。

医生、护士马上来到病房，这时心电图监视屏幕上波纹乱跳，有时成了一条直线，情况危殆。医生立即处置，给病人打针，进行胸部按压……抢救了一阵，屏幕上的心电曲线才又有了波动。

医生对孙保卫和张霞说：“马上去做CT，溶栓后，有的病人大脑会有出血，要等着看CT结果。”

孙保卫、张霞和护士一起将张大前推去CT室，做了CT。不一会儿，结果出来了，证实了医生的判断。医生看着片子说：

“病人脑部有几处血肿，必须马上开颅！”

一会儿，管床医生拿来一张手术单，对孙保卫他们说：“你们谁代表家属签字？”

张霞畏缩不前，不敢签字。孙保卫问：“非得要直系亲属签字吗？”

医生说是的。孙保卫把笔给张霞，张霞在上面签了字。

医生这时给他们讲解说：“这个手术是有危险的，因为出血点全在脑干周围，弄不好有可能成为植物人或全身瘫痪，但不动手术就更危险，恐怕病人根本不可能醒过来了，你们要做好思想准备。”

从张霞蹙眉的恐惧中，从她照顾她父亲的动作上，孙保卫都仿佛看到了欢欢，包括她们的身材、脸形、眼睛甚至手脚和走路的姿势，都一模一样。

夜半的手术室外空无一人，只有偶尔走过的医生、护士。张霞抹着泪，孙保卫递给她一张纸巾，他不好靠近她安慰她，对她说：“主刀医生是荆河医院最好的外科医生，应该没有问题，不用担心，一切交给医生。”

他看窗户里的风太冷，起身将窗户关上了，问她：“你需不需要吃一点东西，你饿吗？”

张霞摇头说不饿。

时间难熬，医生护士更辛苦。他们在外焦急地等候，天将明时，张大前平静地被推出了手术室，这表明，一切没事，很顺利。他们迎上去，张霞俯身喊：“爸，爸！”医生给他们说：“手术基本是成功的，但失血比较多，仍需密切观察。”

在病房里安置好后，一宿未睡的护士长对他们说：“你们一定要在病人耳边经常喊他，以便让他早点苏醒过来。”

张大前苏醒过来是在中午时分，张霞不停地在她爸耳畔轻声呼唤。终于看见她爸的眼皮动了，腿动弹了一下，接着手抬了起来。

“爸，你醒了吗？爸！”

张霞抓住张大前的手晃动着，张大前睁开了眼睛，用恍若隔世的眼神望着病房的天花板。

“我……我？”

孙保卫说：“你醒了，你的手术很成功，张师傅，你认得我吗？”

张大前艰难地转过眼珠子，看了一下孙保卫，说：“小……孙。”

“我呢？我是谁？”张霞问。

“霞儿……”

可是醒来没过一会儿，张大前的呼吸突然急促起来，心电图屏幕一片紊乱。孙保卫飞跑去叫来了医生，医生给他戴上了氧气面罩，又打了一针，他才又平静下来。

就在这个晚上，张大前再一次垂危，昏迷了过去。抢救过来后，又出现了呼吸困难。孙保卫发现他用手吃力地扯着面罩，孙保卫想阻止他，可他乱抓乱挠，在床上乱踢乱蹬。

“你、你要干什么?”孙保卫问。

张大前只是扯着，拼了命也要把氧气面罩扯下来。他终于如愿以偿，好像憋了很久要透一口气似的。孙保卫又给他戴上面罩让他吸氧，可他还是要扯下来，他是想说话。

“你想说什么，告诉我。”

“爸，你是想吃东西?”张霞问。

张大前十分难受，摆着头，闭着眼，抓着孙保卫和张霞的手，眼角淌出一滴滴泪水，用几乎听不见的声音对孙保卫说:“我……告诉你……你老婆……是我……大女儿……一个叫欢欢，一个叫霞霞，双胞……胎，欢欢是我……丢在……福利院……门口……的……我好想见她……张霞……交给你了……让她……跟她姐姐……一样……伺候……你吧……对不住……拜托了……”

“你说什么？张师傅！……”

他的话，孙保卫和张霞听得真真切切。他们看到张大前说完，瘦削的手缓缓松开，闭上了眼睛，心电图屏幕成了一条直线……

“爸！你醒醒，不要啊，爸，你要醒来啊！爸！……”

这已经不可能了。

张霞决定将她爹的骨灰送回老家神农山区，孙保卫要与张霞一起去，但被张霞拒绝了，她说现在不适合。孙保卫和凤姐在这天深夜，将张霞送到了长途汽车站。张大前的骨灰盒是用红布包着的，放在一个纸箱里提着。夜行的长途汽车很多，车站灯光杂乱，旅客、打工人，大包小包，熙熙攘攘。

凤姐流着泪对张霞说：“你爸跟我先后一起到城里来，却这么早走了，唉……霞霞，你还会来城里吗？”

张霞说：“我也不知道，如今我也是孤儿了，家里还有奶奶，我不能告诉她，只能悄悄地把我爸埋了，告诉她她承受不了……”

凤姐说：“我也不能陪你回去，路上小心……回来第一时间到凤姐我这里来，给我个信……”

孙保卫帮张霞将纸箱提上车，给她买了吃的和饮料，问她："你什么时候回来？"

"也许我不来了，城里是伤心之地。但我会与你联系的，我父亲的话，请你只当听听为好。"

"我明白。"孙保卫点头说。

"我姐姐我希望她还活着，有人说双胞胎是有感应的，我一年前没有什么死活的感应，我相信她还活着。如果她死了，我会很难受的，但我没有。"

"但愿如此。"

"那我走了，姐夫。齐总的钱，我以后会还她的，一定不会食言！"

孙保卫听到这个称呼，很暖心，也很伤心，他的眼泪要流下来了，但忍住了。

深夜的大巴驶入了昏暗的前方，渐渐远去……

马龙告诉齐羽说孙小姝非常想念琪琪，想看看她，齐羽不假思索地就答应了。当王姐看到孙小姝被马龙带来时，眼珠子都绿了——这马龙又跟谁搞在了一起，像个女中学生，下手可太狠了。冬日的阳光很温暖，高墙挡住了江风，这么大的院子，这么新的别墅，比白楼更漂亮。原来，白楼是齐羽过去的房子，这套别墅才是她父亲为她买的豪宅。

上楼后，齐羽牵着琪琪，说："琪琪，看谁来了？"

“小姝姐姐！”

她还认得这位小姝姐姐，孙小姝紧紧抱着琪琪，拿出给她买的一个芭比娃娃，说：“喜不喜欢？”

琪琪说：“喜欢。”

在琪琪的游乐屋里，孙小姝跟琪琪玩着。齐羽去自己卧室时，打开衣柜，在满柜子挂着的衣裳间拿出一件皮衣过来，对孙小姝说：“这件衣裳给你，我不能穿了，发胖了，你穿正合适。”

孙小姝一看，是一件高档皮衣，摆手说，不能要了，你上次给了我那么多。可齐羽强行扒了孙小姝的外衣，硬是让她套上了这件皮衣。孙小姝穿上后，齐羽把她拉到穿衣镜前，是一个时尚的、气质清雅的女孩。齐羽又去衣柜里拿来一条红色的牛仔裤，说：“把这件也换了，这件我穿小了点，你穿肯定合身。”

不容孙小姝反对，又给她套上了这条红色牛仔裤。这一搭配让孙小姝像换了个人似的，光彩照人。孙小姝很不好意思地站在那儿，齐羽却欣赏着她，不停地“啊哈”着，说：“你这么美，我要是个男人，我非得把你追到手，哈哈哈哈……”

后来问起她哥孙保卫的消息，孙小姝说：“他还在给冷库送货，但是他很感谢你出钱让他拿了驾照，还听说你帮助了他认识的一个病人，不过，那个病人还是没能抢救过来……”

“我后来才知道的，医生只能医病，不能医命，这也是命吧……怎么说，我看到许多人是个很复杂的混合体，我自己就是这样，你哥也是。你们兄妹不容易，好好活着也是要有信心和决心的。”

“是啊，大家都不容易，齐总你也不容易。”

“哈，看起来，有豪车豪宅，但不代表就能很好地活下去，粗茶淡饭的农民却活得很幸福。”

“知足常乐就好。”

“对，当欲望无止境的时候，这个人的内心就膨胀了。其实，人的要求很少，许多人到死都没弄明白，要那么多钱干什么，有什么用？家庭、亲情才是人最需要的，钱越多，这些失去得越快。我看小视频，有个老太太在ICU病房出来后说，钱是最没有用的，生命最有用，你死了，子孙烧纸也不会烧真钱，烧的是纸钱。看穿了，活好每一天，哈，这个老太太活明白了……”

齐羽对孙小妹说，拿了驾照不上路，等于没学，家里有一辆旧车，可以让她哥哥练习上路。

临走时，孙小妹要换下那套衣服，齐羽不让，将她身上穿来的衣服用袋子装上了。

琪琪看到孙小妹要走，竟然哭起来：“要小妹姐姐！”琪琪依然哭得很伤心，把孙小妹的眼泪也给勾出来了。

“姐姐明天再来看你好吗？明天来跟琪琪玩，好不好？”

马龙声称是顺路将孙小妹带过来的，齐羽就让他再送孙小妹回白楼。

车上，孙小妹的眼睛还红红的，抽泣着。马龙说：“你跟琪琪很有感情啊。”

孙小妹点点头。

马龙拿眼睃着孙小妹，说：“也不用伤心了，你今天赚了，有这一身衣裳，我带你来你没亏啊。”

孙小妹说：“她非要给我。”

“你猜这套衣裳值多少钱？”

孙小妹摇头。

“这件上衣嘛，少说六七千，裤子两千多。”

“啊？！”小妹好惊讶。

“这不算什么，齐总现在都是巴宝莉、香奈儿、LV，一件T恤都上万，一件裙子三五万很正常，一双鞋子好几万，都是限量版的，你不懂限量版吧？……”

“不懂。”

“有钱人、影星，一件衣裳十万美元也不稀奇哩。”

“他们怎么那么有钱？”

“这个世界就是这样，越有钱的越有钱，越穷的就越穷，一个穷人，你不躺平，你又能怎样？话又说回来，人是可以变化的，比如你把这衣裳一穿，就变成另一个人了，变成另一类人了，不再是福利院长大的女孩，而是富二代的千金。”马龙说。

“我？”

“如果再去做一个好头发，再去美容一下，或者打个玻尿酸，开个眼角，你就更美了，但我还是喜欢你不化妆的样子，清水出芙蓉，天然去雕饰……”

孙小妹找到她哥，转告了齐羽的话，可孙保卫不相信，说：“人家只是说说而已，你莫当真。”

“但人家帮你是真的呀，她亲口跟我说的还有假？”

“终归，她只是同情我们，她根本瞧不起我们，穷人永远是富人可怜的对象，他们通过可怜你，显示出他们的高贵和豪横。也不排除她有感谢的成分，感谢也差不多了，她不欠我的，我还欠她的哩。”孙保卫说。

“你欠她的，哥?”

“钱呀。”孙保卫不愿意多说。

他仔细盯着妹妹小姝身上的皮衣和红色牛仔裤，进门时发现她变了样，但这衣服很熟悉，齐羽穿过的。

“小姝，我说了不能要人家的东西，你怎么又要了? 你又不是乞丐，靠人家施舍你?”

“哥，齐总非要给我的，我又没说要。”

“这下，你把你武装得够时尚了，完全不像是我的妹妹了。”

“哥，你在挖苦我。”

“傍大款，还是个女大款。”

“哥!”小姝气得快哭起来，跳着脚表示委屈，“回去我把衣裳换了给她不就行了，你何必挖苦我。”

她一赌气就跑了。

孙保卫想着咋办，他对齐羽将那些旧衣服给妹妹这件事心里感到难受，像是羞辱他们兄妹一样，人穷志不能短，话还是得说，他顾不了那么多，打通了齐羽的电话。

“是我，孙保卫。”

“我听出来了。”

“齐总，以后请你不要给小姝东西了，这样不好，是她找你要的吗?”

“我给的，有什么不好？她带琪琪一年多，我给两件衣服不行吗？你有什么可敏感的。”

电话挂断了。呵，仿佛我做错了？孙保卫碰了一鼻子灰，心里、口里，都寡苦寡苦的。

那辆车是马龙的风神，车龄估计有十年了，跑了十三万公里，但孙保卫还是小心翼翼地握着方向盘。他认为不管怎样，都要把开车上路学会，包括对各种路况的处理和熟记各种交通标志。师傅说了，开车没有巧，就是手感，脚感，每天摸盘子（方向盘）十分钟，几天就能上路，不开车，也就忘了。还要熟悉自己的车身，以后，车身的宽度就等于是自己身体的宽度。开车熟练后，遇事自然而然脚就在刹车上，而不会把油门当刹车，熟能生巧。

后来，坐在副驾上的齐羽教他练车，说的也是这些话，看来是经验之谈。

孙保卫的手感不错，摸过机械的，对汽车有亲近感。毕竟是新手，在沿江路开车，差一点儿开到江里去了。这之后，齐羽放了几把破窗器在车上，生怕车栽进江里。有次去买东西倒库时，车撞倒了人家的围墙。好在围墙不高，砸在后备厢上。

修车是马龙送去修理厂的，马龙与保险公司理赔员和修理厂熟，两天就修好了。但过了一天，齐羽收到马龙的一堆截屏，告知他的车有七次违章，有一次闯红灯，就扣了六分，罚款二百元，一共扣掉了马龙全年的十二分还欠六分，罚款一千二百元。

“为什么有这么多?”齐羽问。

“你问我，我问谁?”马龙说。

“不够用我的驾照去扣分吧。”

“是姓孙的驾照就扣他的，你的车又没有违章记录。”

等齐羽给孙保卫打了电话，让他送驾照过来去扣分后，马龙说：“你真的要请这么一个连红绿灯都分不清楚的司机吗?”

“你的车反正要报废了。”

“扣分扣钱是小事，要是撞死人了，他拿什么赔?杀无血，剐无皮……”

“你说话别太吓人。”

“一个开车一个月就扣掉十八分的所谓司机，这话是吓人的吗？噩梦成真别怪我没提醒，好像我很嫉妒他似的。”

“好，好，我错了……”齐羽头痛欲裂。

交了罚款，齐羽让孙保卫将驾照拿回去，可孙保卫没来，回答说他不好意思，再不开车了，他不想给她造成更大的损失。

“是不是马主任对你说了什么不好听的话?”她问。

“没、没有，他说再扣分，分不够让我想办法。”

“分的问题你操什么心，只是，你的技术也是太孬了，你还得好好练。”

“算了，我只有开‘三蹦子’的命。”

齐羽翻出了父亲的钓鱼票，在郊区的楚王湖度假村，所有的房子都半涉水中，每个房间后面的阳台都可以钓鱼喝茶。她想起曾和父亲一起陪他生意上的客人在那儿住宿、钓鱼和吃那里的鱼宴。那里的鱼丸子、才鱼火锅、红烧鱼肚都给她留下了难忘的印象。她开车去了那儿，住在了与父亲曾住过的房间，立马，服务员就拿来了钓竿，规矩跟过去一样，自己钓起的鱼，由酒店帮忙做菜。她打了窝子，放下钓竿，鱼就咬钩了，拉起来，是一尾黄灿灿的大鲫鱼。水面上微波荡漾，蒲草摇曳，鱼儿划出长长的水痕。她忽然想起了父亲的一切。虽然父亲每天马不停蹄地在外奔波，但也会忙里偷闲，到这儿来钓上半天或者一天。只有父亲坐在椅子上，一动不动，注视着红黄相间的浮漂的时候，他才是真实的。他也会享受生活，他也有安静的时候，他那时什么也不想，就想着鱼儿上钩。他不缺鱼吃，但他就喜欢这一口。每当这时，齐羽就会依偎着父亲，坐在他的身边，他有时会抚着她的头，那时候，他们才真正地像一对父女，真正地在生活。自己钓起的鱼，让师傅做汤就做汤，红烧就红烧。吃饭的地方也是在水榭中，清风袅袅，水腥味滑入鼻腔，还有鱼在水上跳动。那些芦苇，那些蒲草，那田野上滚动的夕阳，真是太美妙了。她多想让父亲不再去做什么生意，就这样钓钓鱼，喝喝汤，多好。晚上，有父亲陪伴，没有等待，没有恐惧，月光带着粼粼的波光，送到窗前，蛙声、虫吟和芦苇的摇荡声，在窗外此起彼伏，那些美妙生灵的声音，都在安抚着她饱受折磨的心，把她送入甜蜜的、安全的梦乡……

她泪水涟涟。她长大了，什么都没有了，只有水还在，房间还在，蛙声还在，月光还在，人却不在了……

她坐在阳台上，其他的阳台上有夜钓的灯光，那是夜光浮漂发出的。

她闻到了其他阳台飘来的酒味，她找服务员叫来了两瓶啤酒，一瓶红酒，一盘卤甲鱼、一盘干煸刁子鱼。她喝着，想忘记那些美好但痛苦的记忆，越美好越痛苦。听到黑暗中有碰杯的声音和说话声，她想邀请谁来喝酒呢？闺密那些人太烦，跟她们喝酒更加痛苦。马龙，不，不行。孙保卫？……

孙保卫还是来了，他坐了个出租，是齐羽帮他叫的。孙保卫对这样的度假村是陌生的，这是有钱人和有权人常来的地方，里面道路曲折幽深，环境跟做梦一样。房子在水边，夜钓的人还真不少，还有在露天烧烤的人。齐羽在电话里说她喝多了，帮她把车开回去。孙保卫说他技术不行，齐羽说，郊区的晚上没车，只当是练车了，开三四十迈就行了。

孙保卫找到齐羽时，酒已经倒入了杯中，杯子很大。孙保卫说："小心查到酒驾，那就一辈子开不了车了，可能还得拘留判刑。"齐羽显然已经醉了或者正在醉的途中，对他说："你喝，没事，大不了找个代驾，或者把车放这儿。"

"你救了我的命，不能就这么把我扔在大街上是吧，喝酒的人坏不到哪儿去，这酒里没有毒药。"

孙保卫发现她真的醉了，他必须清醒，否则当她醒过来时，她会恨他的。

"我能钓鱼吗？"他看到了钓鱼竿，看到了不远的阳台上有夜钓的人，水中有发光的浮漂，黑暗中有从水面传来的人声，还有青蛙的叫声，夜鸟的叫声，似乎这里很荒凉、很空旷，但许多人正在这里享受美丽的夜晚。

“你先别钓鱼，这桌上的鱼有你吃的，喝酒。”

她倒的是红酒，将杯递给孙保卫。孙保卫不喝是不行了，她应该有与她身份相当的男人、高富帅的男人，与她在这样的地方共饮，她不应该是一个人，形单影只，她有的是钱，可以请一堆俊男靓女开party，但她再也不会这么做了。一个开电动三轮的送货员，一个福利院长大的、对她父亲见死不救的男人，这太不可思议了，他非常局促，甚至动作僵硬。

喝吧，陪下她，她很可怜，对她的救命恩人却总是很好。

“卤小甲鱼是麻辣味的，很不错，来，吃一个。”

她热情，与平时判若两人，甚至有些轻佻，但这是可以容忍的。她穿着丝质睡衣，性感，豪放，难怪会与石仔这种人搞在一块的，她有江湖习气……她长发散开，像是不良女子。但她又很克制，佯醉，放肆，但没有不堪。她醉后躺在床上，打出了鼾声。

夜很长，很静，很遥远，躺在床上的女子很陌生。他轻轻地收拾了阳台上的食物和酒，关上门，关上窗，给她盖上被子，坐在沙发上，裹了床毯子打盹。

天终于亮了。没亮之前的鸟声就预示着新的一天来临了，孙保卫盼着天赶快亮，盼着齐羽赶快醒。鸟叫了一会儿，天发白了，能看到水面有了惺忪的晨光。齐羽终于醒了。

她坐起来，环顾四周，看到了沙发上睁着通红眼睛的孙保卫，看到自己和衣躺在床上，身上还盖着一床被子。

“我昨天喝了很多酒吗？”

“没有很多吧。”孙保卫说。

“回家吧。”

她去卫生间洗脸，简单地化妆，收拾东西。

“昨天我要你帮我开车来着？”

“是的。”孙保卫回答，想必她都忘了。

“今天不要了，酒精没有了。”

她让他坐到后排，一路无言，车向市区开去。

“你回家吗？”她问他。

“嗯，我要去送货。”

在巷子口，她把他放下了，招招手走了，像什么也没发生一样。

噢，这就是有钱人的生活。

十六

现在，要写到荆欢欢了。

荆欢欢没死，她回来了。开往荆河市的长途客车上，荆欢欢抱着一个一岁多的小男孩坐在车窗旁。她完全变了模样，有些憔悴，呆滞，穿着乡村集市买的棉袄，脸上有风霜和红斑，这些是山区生活的痕迹。

她恢复了记忆，才想起了回家。

事情得从她的决绝一跳开始说。只能说，她活着，是一次意外，老天让她不死。

采药的山民柳福，只是偶尔到崖上去采石斛，还有去扫一些五灵脂。所谓五灵脂，就是鼯鼠的粪便，是一味值钱的中药。鼯鼠就是四肢长蹼的飞鼠，在悬崖上的岩洞里生活，它们以石斛为食，石斛在神农山区也叫金钗。他记得那一天，在磷矿下的柏子崖上扫到了一窝五灵脂，看到有东西从头顶飞过，他以为是一只老鹰，但分明有着颜色，像是一个人，也许是头野兽，不小心失足了，但听到崖下的灌木丛里传来响动，像有个东西穿透树枝砸下去了。他放着绳子，想到下面去看个究竟。采药人会荡绳，他们脚蹬崖壁，利用绳索会将身子荡到想去的地方，在悬崖上像跳舞一样地移动，轻盈如燕子。

柳福一边放绳，一边移动位置，记着东西掉落下去的大致方位。到了崖底，到处是刺架葛藤，还有野羊的骨架，大约也是从悬崖上掉落下来摔死的。他蹚着草丛，钻进刺架，找了半天，在一处凹岩里，看到了一个东西，蜷伏着，是个人，女人！头上、手上都有血，山蚂蟥、大蚂蚁爬满了她的身上，吮吸她流出的血水。他从刺丛里扒拉开她，这女子衣裳划破了，手、脸划破了，头上有伤口，在鼻子前一试，尚有一丝气息，像是死了，又像是没死。摸脉，有时跳动，有时像没跳。他拿出系在腰上的大矿泉水瓶，里面是山泉水，抠开她紧闭的嘴巴，给她灌了一些水。水似乎流进了口里，有吞咽的细小动作。再给她摘掉吸血的山蚂蟥，拍走蚂蚁。

“你醒醒，喂，你醒一下！你醒醒！……”他在她耳边喊唤着。可女子没有醒来，似乎在沉睡。

柳福腰上系着的蛇皮袋子里草药不多，没有多少收获，却发现了这么个人。但悬崖陡壁，草深林密，他怎么处置这个女子？要是死了，用点草叶覆盖她，然后离开。就算活着，从这么高的地方摔下，估计骨头是断了，内脏也伤了，神仙也难救，也就离开算了，只当没看见这个人一样，过几天也就忘了，野兽一吃，尸骨无存。在山里采药，会经常看到有人骨或者兽骨，这不稀奇。

但他无法离开，无法视而不见。他站在那里，峡谷寂静，山风一阵阵吹过，发出飒飒的声音。他在寻找这女子的身份证明，没有随身携带的任何物品，他在周围搜寻了一遍，什么都没看见，就一个人坠落下来的，穿着打扮不是山里人的模样，也没有穿矿工的工作服，是怎么掉下来的？是来旅游爬山的？也没有穿旅游的服装，什么冲锋衣、旅游鞋之类，就一双帆布鞋。

这咋搞？分明是个活人，背又背不走，弃又不敢弃。忽然，在风声中，采药人柳福听到了微弱的呻吟声，是那个女子发出的，但依然一动不动。既然是个活人，就不能一走了之。他对她喊着："你醒醒！……"这个女子看起来很年轻，很标致，他动也不敢动，想了想，不管怎样，得先救治她。在山里采药，也算得上是半个郎中了，他粗略检查了一下，感觉这女子的手腕断了，身上有没有摔成内伤不知道，头上有伤，是划伤的还是撞上石头磕伤的？伤口还不小。得找药给她把伤口敷住，止血杀菌。手腕的伤，也得找药敷好，肋骨、椎骨断没，又不敢乱摸，毕竟是女的。

在神农山区，有老话讲，被毒蛇咬了，三步之内必有蛇药。同理，摔伤后，三步之内必有跌打损伤药。他找到了敷伤口的三七叶和天南星叶子，在石头上捣碎后敷在她头上的伤口上；又找到了骨碎补、血竭加上三七等，捣碎了敷在她手腕上，用树皮将她的手固定。但这女子还是没有动弹的征兆，脉搏很弱。又灌了些水给她，好像在吞咽，又好像没咽下去。

柳福住在野杉岭的山顶上，因为山下的土地种薄了，他在十多年前同父母搬上了山，那儿有一个小泉眼。山下的山谷里有一条大猫河，没有看到过大猫（老虎），但时常可以看到羉羚，他们叫野牛，还有成群的野猪、猴子。父母先后去世，剩下他一个人守在山坡上，那里是原始森林。要把这个女子背回去，并不是一件简单的事。好在他力气尚可，因为在山里耕种，在崖上采药，天天爬山蹚林，扛柴火背洋芋，甚至背几百斤的木方，背一个小女子问题不大，就是路途有点远。他盼的是她能活过来，如果背个死尸回家，这是不吉利的事。私下里想的是如果能救活，说不定就捡了个媳妇。这只是一闪而过的私念，就算活过来了，也得送人家回家，人家的家人不知在怎么盼她回去，咋就一下子从山顶上摔下来了哩？八成是来旅游探险的，但是，也有在这里寻死的，柳福就在山里遇到过殉情男女的骨头和死尸。或者，就是精神有问题，乱跑乱窜，一不小心，摔下岩了。

不管三七二十一，柳福将她抄起来，放到背上，身子倒不重，背上后就找路走。

背了一段，在一个垭子口歇脚，山风吹得人打冷战，却看到这女子动了下折断的手。他好一阵惊喜，赶快稳住她的手，手用树皮固定了，不会再次受伤。看看她眼睛，仍然未睁，就像睡熟了一样，牙关紧咬，脸上却渐渐有了一丝血色。

柳福爬了无数个山，翻越了好多个岭，过了十几条溪河，一路背着荆欢欢，上了野杉岭。这里巴山冷杉茂密高大，已经远离了人烟。从山上看下去，隐约有极小的农户，有极小的田坂，有极细的公路，但一阵雾上来，就什么都看不见了，只有野兽吼叫，流水潺潺，鸟儿啼鸣，就像抹去了柳福的存在。再背几个人回来，这里也还是无人区，但柳福住惯了，他一个月去一次镇上赶集，买回生活必需品。除此之外，他的生活就是与野兽山风为伍，与冷杉孤月为伴，但他养有几十箱蜜蜂，十几只羊，一头牛，一群鸡，还有一条看家狗。

柳福将荆欢欢背回野杉岭，已是月上东山，牛羊归圈，鸡归笼，狗蹦跶着欢迎他回家。他将荆欢欢放在床上，床是茅草铺的，很柔软，被子却很陈旧，甚至好久没洗了。没有女人的家就是这个脏兮兮的样子，能吃上一口自己做的热饭就不错了。他会酿酒，苞谷酒。会杀猪，有腊肉，辣椒花椒，一应俱全，还种有紫苏，做火锅时掐上一把紫苏，一把门口的野葱，或者岩坎下的马兰头叶子，就是一顿幸福的酒宴，自酌自饮，微醉时倒头便睡，天亮醒后，再上山采药放羊，或者挖洋芋种苞谷。

他给荆欢欢熬苞谷粥，他熬好了粥，很稀，灌一点给她喝。他还是喊她："喂，你醒醒！喂，你叫什么？喂！……"没有回应，没有睁眼，但她的喉咙好像在慢慢吮吸，这好，能吃喝一点，就不致饿死，就会醒来。

吃饭他一点点地灌，还给她换药，按摩足底刺激她醒来，给她擦洗可以擦洗的地方。第二天，柳福给她按摩足底时，发现她的脚动了，往后退缩了一下。再按，再退缩。他给她喂了放入蜂蜜的粥，看到她吞咽时有力了，嘴巴张开了一点，吐着气，再喂，再唤："喂喂喂！……"他附在她耳边唤，终于看到这女子的眼睛在眨巴，然后，眼睛打开了一条缝，看得见眼珠子了。女子的眼睛很大，眼神很清澈，很灵醒，果然不像是山里的女子。

“你醒了吗？你叫啥子？”

那个女子——荆欢欢，看着眼前的男人，看着他的手晃动，她的眼珠子跟着转动。柳福惊喜地说：“好，好，好，你没事了，你活过来了，你吃东西。你自己将衣裳换换最好。你上厕所吗？……”

他拿来了他母亲生前穿过的衣服，有内衣，有外衣，还有袜子。女子的鞋他洗了，晒干了。他保存母亲的衣物只是为了怀念，没想到现在有了用处。

“我，我在哪里？”荆欢欢开口了。

“你在野杉岭，我叫柳福，你从山上摔下来了，我背你回家的。你叫什么呀？”

荆欢欢木头一样，充耳不闻，眼神懵懂，摇着头。

“你的口袋里有身份证吗？你是哪里人？”柳福大声问。

荆欢欢依然没有回答，像是在问另一个人。

“你好好养伤吧，你不说不要紧。”

他在想，这是不是一个智障者，或者有难言之隐，不愿意给他说。也许吧，摔在这悬崖下，谁知道她有什么样的经历呢？唉，不问也罢。

他给她杀鸡，熬汤，给她喝蜂蜜，吃腊肉。渐渐地，她的伤口好了，手腕应该也无大碍，身上也没有其他伤痛。她能下地上厕所，自己洗澡。其他时候，就呆呆地坐在门口，坐在床沿，不让他接近她，不让他上床。本来，柳福就是睡在另一张父母睡过的旧床上。床上搁着蜂桶，他把它移出去了，捡拾好，睡在茅草上，有一床被子。但新一点的被子给荆欢欢盖了。他叫她“大妹子”，反复问她是哪儿的，来山里做什么的，姓什么，叫什么。

她一概摇头说不出。

她失忆了。

“她脑子摔坏了。”柳福总结道。话说回来，这么高的山，从上面摔下来，不死的概率几乎为零，这女子能够活下来，只能说是命大。还有是柳福刚好发现了，给她疗伤，背她回来，否则，重伤在荒山老林里，终归一死。

柳福端着一碗蜂蜜水来到她面前，说：“你喝点。”

荆欢欢躲着他，盯着他看，恐惧不安，大喊道：“你是谁，我不认识你！”

“我叫柳福，小名福子，我不是坏人。这是蜂蜜水，你喝下吧。”

荆欢欢喝下了，她很渴，很饿。给她烧的洋芋她吃下了，给她煮的腊蹄子她也啃光了。

“我是你的亲人。”柳福说。

吃饱喝足的荆欢欢看着这个男人，疑惑地发怔。她穿着柳福母亲的大棉袄，穿着他母亲的大棉鞋，使柳福想到了他的母亲，有时会恍惚母亲又复活了，又在这个冷清的家里晃悠，家里有了生机。只是，这个女子不会喂鸡、不会放羊，不会往灶膛里添柴，不会在锅台上炒菜，更不会喊他“福子”。她除了发呆，就是望着对面白云遮掩的高山，望着山坡上黑郁郁的冷杉林和林子里出来的野猪、猴子。猴子会蹿到门口的珙桐树上，朝她做鬼脸，打架，下地与狗闹腾，这时，荆欢欢才会露出好看的笑容，并且笑出声来。这时候，她是正常的。

她慢慢地开始做活，喂鸡，喂羊，喂牛，仿佛天生会干一样。她做饭，刚开始做出的饭是夹生饭，菜不是盐放多了，就是没放盐。后来她做的饭很香了，菜炒得很好吃，会做当地的花椒火锅，腊肉煮洋芋，腊肉炒蕨菜。

“大妹子，你姓什么？”

“你不是叫柳福吗？你是我的亲人，我不姓柳吗？”

“你家里还有谁呀？”

“你，你不是柳福，我的哥哥吗?”

到了晚上，她却排斥他，当他走到她床前，她就惶惶大喊:“不要靠近我，不要靠近!”

柳福就在他父母床上的茅草里，一直睡到冬去春来。

他去镇上卖药材，给“大妹子”买回了各种衣裳、鞋子。衣裳有长的，短的，内衣，外衣。还有抹脸的珍珠霜，有梳子，有头绳，有女人月事用的卫生巾。

荆欢欢放羊能找到回来的路，羊也会带着她回家。头羊有铃，铃铛响着，柳福就知道羊和“大妹子”回来了。

“这鸡炖得很烂，大妹子你多吃。”他说。

鸡里面放了养血的黄芪、当归、党参。她摔下崖时流血太多，脑震荡，需要补血养血补脑。她吃了柳福炖的十几只中药鸡，脸上渐渐有了血色，好看多了。

三月，阳光明媚，春风和煦，柳福去很远的老君山采金钗，荆欢欢就带着一群羊去了山谷里的草甸。一场突变的倒春寒春雪，夹着鸽蛋大的冰雹降临了。荆欢欢和她的羊被砸得嗷嗷大叫，她和羊跑进了山崖下的一处石壁，衣裳穿得太少，冻得她如进冰窟。她是跟着羊回家的，但羊被冰雹吓傻了，冻僵了，不会回家了，挤在石崖下叫唤着。

傍晚，采药回家的柳福，不见了荆欢欢，屋前屋后喊："大妹子！大妹子！"

没有人，羊也没回来。柳福感到大事不好，冰雹在屋场上还没化完，打得园子里的菜东倒西歪。天气寒冷，不知"大妹子"和羊在哪里。

柳福沿着羊蹄印的方向去找，找到了山谷里，山岩畔。河边的路在崖上，往前寻，往前喊。在一处岩屋边，终于找到了他的羊群和躲在羊群里发抖的荆欢欢。可她已经没有热气了，眉毛上、鼻子下全是冰碴儿。

"大妹子！大妹子！你醒醒！"

她无法掰开的手里，紧紧抓着羊鞭，生怕被人夺走似的。刚捡到她的时候，她的手细皮嫩肉，现在因为劳作和放羊，双手已经粗糙锉人了。这一次，大妹子看来再也醒不过来了。柳福想到这女子的种种好处，禁不住号啕大哭起来。敞开衣服，裹着荆欢欢就往屋里跑，连羊也懒得管了。

他将荆欢欢抱回屋，架上三根大柴燃起猛火烤她，屋里烤得如夏天，他给荆欢欢换下湿透的衣服，发现她身体有了暖意，但身上滚烫发热，额头像炭火一样，她发高烧了。他赶快给她穿上衣服。看到她在火垄旁有了喘息，活过来了。连忙给她找草药柴胡来退烧，还放了点刮下的羚羊角粉，煎好的药，喂她喝了，又给她用冷水敷额头。

荆欢欢出了一身汗，柳福拿手试了一下，烧退了不少，在床上睡着了。可到了半夜，迷糊着的她又哼哼起来，嘴里还念着“保卫，保卫”，也不知是啥意思。

“大妹子，你要什么？你饿了吗？你要吃东西？”

再给她灌药。烧又退了，又安静了，又睡去了。又清醒了，要上厕所。上了厕所，躺下，望着屋顶，眼睛一动不动。

实在太困了，在山中采药，玩的是命，一捆绳子，一个袋子，再就是一条命。柳福遭遇过山洪暴发，遭遇过泥石流，遭遇过老熊袭击，还有狼一路跟踪他，野猪横道，他都化解了。一天在悬崖上荡来荡去，晚上只啃了两坨烧洋芋，也让荆欢欢吃了一个。他躺在床上刚眯着，刚进入梦乡，就听到荆欢欢在那边的床上叫唤。他晃着沉重的脑袋爬起来，挑灯去看荆欢欢，她冷得颤抖着，连床都跟着她一起哆嗦，发出嘎吱嘎吱的声音。柳福连忙将自己的被子拿过来，盖在她被子上，又添柴，把火垄烧得噼啪作响。

“冷啊，好冷啊保卫哥，保卫！……”荆欢欢依然叫，依然抖，依然叫一个名字，似乎是一个男人的名字。

他用手去摸她的额角、胳膊和手，冰凉如水，像是个死人，这该如何是好？

他用双手捧着她的手，焐她的耳朵，可她仍然在寒冷当中，整个屋子似乎都被她抖得颤动了，像是发生地震。柳福焐着她的手时，她像溺水抓住了一根稻草，拼命将他往身边拉。咋办？只能用自己的身子去暖暖她，家里的被子四五床全都盖她身上了也不顶用。他和衣躺到她的身边，抱着她，想暖热她。他身上的热气传导给她，她感觉到了，也紧紧抱着他。抱了一会儿，她就不颤抖了，还是紧紧地抱着。突然，她伸过来嘴要亲他，嘴里还热切地唤着“保卫哥，保卫哥”。她在被子里解开自己的衣服，将他的头往她怀里摁，扭动着身子，喊唤着，女人的身体和胸脯，都是柳福从来没有接触过的，他一再忍住，但，两个身体终于缠绕在了一起。她在乱动乱踢中引导他进入，并不停地叫着“保卫哥，保卫哥”……

荆欢欢怀孕了。荆欢欢分娩了。

一年后，荆欢欢生下了一个男孩，取名捡捡。意思是捡来的。其实捡捡不是捡来的，但柳福认为他是捡来的，是他采药在山里捡了个半死的女子，然后这女子竟然给他生了个大胖儿子，这不是捡来的福气吗？

“他叫捡捡。”柳福告诉喂奶的“大妹子”。他还是叫她大妹子，她没有名字，她说不清。“大妹子”很好，这名字很亲切，跟一家人似的。生了儿子，更是一家人了，是孩子他妈，是自己的媳妇儿，两人睡一个枕头。他叫她大妹子，她叫他保卫。

柳福成了保卫？宝为？保为？反正，他成了另一个人。这个人一定是她的老公。但大妹子头脑不清醒，她什么也不记得，只记得“保卫”和“捡捡”。她认识捡捡，她叫孩子捡捡。

时间到了这年的四月，春暖花开，阳光明媚。门前的珙桐树上鸽子一样的花绽开了，风一吹来，满树白色的鸽子在树枝上翩然起舞，荆欢欢看呆了，看傻了，抱着捡捡一动不动。柳福不明白大妹子为什么盯着那棵当地叫鸽子树的花树看，而且一看一个上午。

有一天，一只鸽子真的飞到了这棵鸽子树上。鸽子咕咕的叫声，听起来像是斑鸠，但声音毕竟不同，而且持续了许久。荆欢欢听到鸽子的叫声后丢下捡捡，迅速地跑出门，东张西望。像是有什么感应，她在鸽子树上一下就发现了探头探脑的鸽子，咕咕叫着，通体雪白，像是在呼唤谁。

荆欢欢轻手轻脚地走了过去。

鸽子看到她走近了，却没飞走，只是小小的脑袋扭动了几下，红红的眼睛里，像是在与荆欢欢打招呼。

荆欢欢伸出手去抚摸它。鸽子还是没有动，并乖乖地蹲在树枝上，红眼温柔地看着她，仿佛等待着她的亲抚。

这鸽子的动作太熟悉了，鸽子似曾相识，鸽子像蹲在阳台上，刚从远方的天空归来，正等着主人给它喂食……

荆欢欢的大脑里像巨雷轰响，她的记忆突然被唤醒了！这不是白雪吗？是她家的鸽子白雪，它参加过几百公里的信鸽锦标赛，获得过名次和两百元的奖励。

“白雪，是你吗？白雪，你回来了！”

“白雪”依旧咕咕着，表示听懂了主人的话。可荆欢欢环顾四周，这不是阳台，这不是她的家，她在哪里？

她浑身筛糠似的发起抖来，眼露无助的惶惑与恐惧。这时，儿子捡捡摇摇晃晃啼哭着爬出门槛，朝她走来，喊着：“妈妈，妈妈！”

荆欢欢陡然回过头去，看到捡捡，看到一个哭得鼻涕眼泪糊满脸的小孩子朝她跑来，竟喊着“妈妈”。她不由自主地退了两步，用极其陌生的眼光打量着这个泥巴一样的乡下孩子，赤脚，花袄，光头，开裆，圆头肥脑。那个小孩扑向了她，要她抱。她好恐慌，看着陌生的四周，山冈、森林、干打垒的房子、在悬崖上的逼仄的屋场、枝丫上晾着的灰土色的衣服……

“你、你、你……”

这小孩咋没人带着，朝她扑来呢？我在哪儿？这地方在深山老林里，我到底在哪儿？她本能地拒绝了捡捡的双手，她没有伸开双手。她不能抱他，这个脏兮兮的不认识的孩子。

“你是谁？你在这里干什么？”她睁大眼睛问他。她退，不抱他。

可孩子追着她要她抱，扯着她的裤腿，喊：“妈妈，妈妈……”

柳福在后面的羊圈显然听到了儿子的哭声，他闻声走过来，喊：“捡捡！大妹子，你咋不抱儿子？看他哭成啥样了？”

对眼前的这个男人她更陌生，这个蓬头粗服，胡子拉碴，衣裳老旧，黑皮矮壮的人，他是谁？

“你干什么？你是谁？你不要过来！”她几乎是声嘶力竭地喊，喝止。

怎么啦？大妹子？又犯病啦？可他看到的是一个眼眸清澈、面目醒豁、不可冒犯的女子。

“……我，我是柳福呀，不，不，我是保卫……”

“你是保卫？孙保卫？不是！你不是！我现在在哪儿？告诉我，我的家呢？我的保卫哥呢？”

那个小孩捡捡扯着她的裤腿，还在嗷嗷啼哭，她依然一动不动，她在想这是怎么了？她莫非是做梦吗？是在梦里？

鸽子……鸽子树……鸽子花……鸽子还在树上，还歇在那儿。雪白的鸽子，它就是“白雪”。她又转身过去，捧起鸽子，发现了鸽腿上有一根布条，她扒开卷起的布条，上面依稀有字迹，她揉揉眼仔细辨认着。看到了“欢欢，你在哪里”这几个字。天哪，这是她的孙保卫写的，是他的字，是他在寻找她。记忆恢复了，一切都明白了，她并且记起她到神农山区的磷矿找孙保卫，她被几个小地痞逼着，她是往崖下跳了的……她没摔死，像做了一个梦，她来到了这里，并且有了一个小孩？……这、这、这……

“你究竟叫什么？你是怎么将我弄到你家里的？

这小孩是什么情况？”她心寒齿冷地问。

“我叫柳福，这是你的孩子，是我们生的孩子呀。”

“我们？我与你？……啊哇……你是坏人？你逼着我跳崖的？你这坏人！坏蛋！流氓！”

荆欢欢操起树下的一根木棍，横挡着阻止柳福和那个在地上哭喊的小孩靠近自己，她怒目圆睁，她咬牙切齿。

“我不是坏人，我真的不是，我把你救起来了，有两年了，我没干坏事！”柳福一脸哭相，摊开双手缩着肩膀委屈地申辩着。

“送我回家！赶快送我回家！我的家在荆河市，我是来找我老公孙保卫的！这是我家的鸽子‘白雪’！”

她痛哭起来，她捧着鸽子，她全身颤抖，她悲伤至极，她无家可归……

恢复了记忆的荆欢欢不吃不喝，不管孩子，不再让柳福近身。面对浪涛般连绵的大山，荆欢欢大声悲号，那个叫柳福的山民束手无策。

第二天一早，天亮后起床，柳福发现大妹子荆欢欢不见了，什么也没拿，一个人跑了。

孩子哭，羊群叫，狗饿得跳。他哪儿还顾得了这些，用背篓背上捡捡就去追赶荆欢欢。

“大妹子，大妹子，你在哪里？大妹子，大妹子，你回来！回来！”柳福恸哭着喊。

伴着捡捡撕心裂肺的哭声，整个大山里都是悲伤的呼唤。真的离不开这个女人，她虽然失忆，但家务活全是她干的，虽然会痴呆地坐着，但什么事都能一学就会。可是她突然有了记忆，他就彻底完了，家完了，家空了，心也空了，孩子咋办？

柳福不相信荆欢欢能翻山越岭过河往没路的地方走，有一条小路通往外面，但小路到镇上也得从天黑走到天黑。再说，她不熟悉路，悬崖绝壁，山里还有许多野兽，她什么也没带，碰上野兽，掉下悬崖怎么办？一个女人走出大山，不死也得脱层皮。得迅速找到她，否则她真的死路一条。他毕竟在山里走惯了，心里想着她不可能走岔道，他飞快地跑，到了一个垭口，没有见到她的人影，也没看到有被野兽拖走的痕迹，或者血，或者衣物，莫非她掉入悬崖和天坑了？

柳福喊着，扒着刺架岩缝、野草灌丛找着，研究有没有其他倒伏的草与脚印，路上有没有走过大兽。他继续往前，觉得没有希望了，荆欢欢没有走到此处，也许她舍不得捡捡回家了呢？这么想，于是转头就往家里跑。

看到山冈上的家，他就扯起喉咙喊："大妹子！大妹子！"

家里空空如也。家是真空了。柳福大放悲声。还得找，屋前屋后地山上找，山崖下、山洞里、岩坎边、天坑里找。凡是她熟悉的、走过的地方，都找了。都没有。

天已经黑了，好在他带上了走夜路的矿工头灯，是磷矿里的一个工人送他的。他谛听着山里的动静，分辨着四周有没有人和兽。头灯往远处照的时候，似乎看到了几个踩过的脚印。是老熊的还是野猪的？不像，是人的！他于是小心地沿着脚印往前细细搜索。那脚印时断时续，没有下雨，脚印很难发现。翻过了一个梁子，前面是一个杂树密布的天坑口，灌木丛里好像有动静。他怕是野兽，停下脚步，从背后抽出开山刀，准备对付不测。

他将刀在树上磕打着，喊着："嚯嚯！"

里面发出更大的簌簌的响声，眼尖的柳福在缝隙里看到了移动的红色，从里面跳出一个人来，正是荆欢欢。

"大、大妹子！你怎么在这里？"

荆欢欢用手挡着头灯射向她的光，往左边走了两步。

“别管我！别过来！”

“你快回去吧，大妹子，深更半夜的，这山里头该有多少野牲口，危险，跟我回去。”

他发现她盯着他手中的开山刀，忙收了插进背后的木叉子里。

“别拦我，放我回去！你再过来我就要跳崖了！”

荆欢欢后退着，看着后面。柳福这才发现，她的背后是黑魆魆的一个天坑口，下面深不见底。

“别，别，别，大妹子，你可以回去，那也得等白天，你一定是迷路了，多么危险呀！如果我今天找不到你，你在这里不是被野兽吃了，就是冻死……”

荆欢欢说：“我死是我的事，与你没有关系！”

“真的很危险，大妹子，等天亮了，咱们再商量怎么送你回去，你看好吗？山里太危险了，求求你了大妹子。”

这时，孩子在背篓里醒了，又啼哭起来，听到孩子的哭声，柳福看到她的表情在变，在瞅着他背篓里的孩子。

孩子使劲地哭，在这荒山野岭，唤起了荆欢欢心中的母性。她对他说：“放下捡捡，把他给我。”

柳福听了很高兴，忙取下背篓，送到荆欢欢

面前。荆欢欢看着在背篓里哭泣的孩子，听到他喊："妈妈，妈妈！"

她也哭了起来，俯身抱起他，面无表情，背过身子，解开衣裳，将奶头塞进捡捡的嘴里。孩子不哭了，她哭。她抱着孩子，惊天动地地哭着，哭声里有悲诉……

荆欢欢没有认命。她虽然对捡捡有感情，但她更怀念荆河的家，想念她的男人孙保卫，她一定要走，尽快走，归心似箭。柳福知道留不住这个女人，决定送她回家。她答应让他送到公路上，拦一辆去往荆河市的班车。

最后柳福提出的条件是，留下孩子，也等于是给柳家留下了一个根脉，荆欢欢没有不同意的，她有时看着这孩子，也是个孽子，就因为对他的感情，她总是没能走成，走一半又后悔了。这一次，她狠了心。

到了公路，看到一辆长途客车来了，荆欢欢拦住了车，准备上车。忽然儿子捡捡又哭着要妈妈，从柳福怀里挣扎着下地，歪歪斜斜地向她跑来。荆欢欢上了车，看着捡捡在车下喊她，生怕他被车轧住了，只好要司机停下来，跳下车，抱起了捡捡，等柳福来把他抱走。

柳福抱他，可他不让，就哭着要妈妈。

司机这时喊："上不上车的？"

荆欢欢给捡捡擦着眼泪鼻涕，对柳福说："捡捡离不开我，柳福，你也放了他吧，让他跟我一起走，他还是你儿子，长大了，他会来认你的。"

"不行！不能把捡捡给你！"柳福怒了，他感到他将失去一切，他将捡捡从荆欢欢怀里夺过去，紧紧抱着，生怕再一次失去。

司机又喊了，发动了汽车。捡捡被柳福勒紧在怀里，哭噎着，快窒息了，哭不出声了，浑身抽搐。

荆欢欢推开柳福："你放了孩子！放了他！"

孩子从柳福手里挣扎出来，翻着白眼，脸色乌紫。荆欢欢抱起捡捡，跳上了车，车开动了。柳福措手不及，去追赶汽车，但车开得很快，把柳福甩在了后头……

十七

满脸风霜的荆欢欢，抱着一个乡下的小孩，出现在孙保卫面前时，把他吓了一跳。

这是荆欢欢吗？眉目之间是她，却已经憔悴，衣裳是山里人廉价的化纤衣裳，老太太穿的，鞋子是一双黄色的解放鞋，花袜子，头上似乎有了白发。那孩子像颗岩缝的土豆，大脑袋，大嘴巴，大耳朵，手上脏兮兮的，鼻子底下有陈年的鼻涕印迹，许是山里的风天天追出不干的鼻涕。穿着开裆裤，一条蚯蚓似的小鸡吊在外头。

"保卫！保卫哥！"

"你是……欢欢？"

"我是欢欢！"

"你还活着？"

"我还活着！我摔下崖后失忆了，看到'白雪'我才想起来，保卫哥，不要怪我，这孩子的爹救了我，因为我失忆，才有了他……"

"你坐吧。"

荆欢欢进屋，像过去一样，脱下外面的鞋子，换上拖鞋。拖鞋还在，是她的，家里的一切都还在。沙发也是过去的。过去她和孙保卫躺在沙发里看电视，但现在这电视似乎没打开过，用布罩着了，这布套正是她亲手缝制的。

这简直像做梦，几句话就让荆欢欢说清楚了，她在车上一定想好了怎么说，这两年多她究竟发生了什么，怎么有这个小孩。她在下车后十分后悔，不该一时心软，把捡捡带回来，这还能说得清吗？这不是让自己下不了台吗？孙保卫能原谅她吗？可这一切，还不是她去找他发生的！不能怪她，她有一条命回来就是奇迹了，也有他孙保卫的责任。他如果讲道理，是会原谅她的，这孩子大不了放到福利院去，让荆院长、毛助理他们去带，他们是会原谅她这个女儿的。在上车的时候，她决定带回这个孩子，当时就是这么想的。

回家后，面对孙保卫的冷淡、无奈，她真的后悔了，这事麻烦大了。她坐在沙发上，抱着一块泥巴似的捡捡，一动不动，像是在别人家，她对这个家已经很生疏了。而孙保卫把头埋在双膝间抽烟，他还没有做好准备接纳这个带了孩子回来的老婆，虽然他非常思念她，可回来的情况太出乎意料。他抬起头来，问：“你吃了没有？”

“我们路上吃了馍馍。”荆欢欢说。

“他叫什么？”

“他叫捡捡。”

“噢……”

他们没有话了，他们失去了对话的动力，他们完全是陌生人一样。

“那……他的爸爸呢？”孙保卫问。

“他没有爸爸，他死了。”

“我要爸爸。”捡捡突然说话了，而且吐字清晰。

叭的一声，巴掌打在了捡捡脸上，捡捡“哇”的一声扯起嗓子号了起来。荆欢欢所有的悲痛和委屈此刻爆发了，都发泄到这个可怜的脏孩子身上。

“打死你，哭，教你哭，号丧啊！”她边哭边打，把他蹾到地上。

“爸爸，我要爸爸！哇——”

这孩子越哭越凶，喊着“爸爸”，荆欢欢也越哭越凶，悲泪滚滚。孙保卫心里乱了，他站起来，从地上扶起孩子，对荆欢欢说：“别打他，过来，你过来。”他把捡捡拉过去，拿出餐巾纸替他擦了脸，说：“别哭，别哭，你喝水吗？”

孩子哭声小了，荆欢欢也慢慢平静了，低声啜泣着。孙保卫给捡捡倒了一杯凉开水，捡捡咕噜咕噜地喝完了。

“你赶快洗个澡换衣裳，也给他洗一下，衣裳都在原来的柜子里……回来就好，其他先别说了。”孙保卫说。

荆欢欢战战兢兢地进了过去的卧室，去找自己的衣服。她看了看床、家具、物件，打开衣柜，看到自己的衣服还整整齐齐地放在原处，又一次啜泣起来。

孙保卫坐在那儿，看着那个木头墩子一样的孩子，木头墩子一样地发愣，这是做梦吧？我有了一个没有血缘的儿子？他好难受。

晚上，孙保卫想给她和那个孩子做一碗面，但他没有动。他忽然很困，仿佛一切都结束了，他迷迷糊糊起来，就听见有人喊他，是荆欢欢。荆欢欢洗了澡，换上自己过去的衣服，孙保卫又认出了她，那个过去的荆欢欢，还在，不是幻觉，不是山里的鬼，身上还散发着沐浴露的淡淡香味。荆欢欢说："保卫哥，你不去睡吗？"

"我就在这儿睡，你和孩子去睡吧。"他说。

"你嫌弃我们？嫌弃我和捡捡？……"

"没有呀，要不我马上给荆院长他们打个电话说你回来了？"

"今天太晚了，免得他们来看我，明天去福利院吧。"

"也好，荆院长、毛助理都在不停地找你，你回来他们会非常高兴的，他们都以为你不在了。"

"我不该活着。"

"这是啥话，你活着大家都开心，早点睡吧。"

荆欢欢坐在那儿，擦着眼泪："你是不是这两年又找了女人？我回来之前就在想，我在想你一定又成家了，就算你成了家，我也不准备离开你，就给你当保姆……”

孙保卫说：“你瞎说什么，我在哪儿找女人，你不都看见了吗，这个家跟你离去时一样。我多次去磷矿找你，那个逼你跳崖的人已经被判刑了，他们几个是罪有应得。”

“……我是去找你的，怪我轻率，只身进山，我是不从，准备一死了之的，哪儿想到……”

“是我不好，欢欢，你先睡，坐了一天的车，你太累了。”

荆欢欢进了卧室，孙保卫拉熄灯，躺在黑暗中的沙发上，他听见卧室里荆欢欢幽幽的抽泣声，一夜没断。

与孙保卫的反应截然不同，福利院简直是全院沸腾和欢呼。大家都知道荆欢欢失踪了，如果失踪两年就下户口了，菩萨保佑，荆欢欢回来了，并且带回一个胖乎乎的小孩子。当然人们欢呼的感情复杂，这咋说呢？这孩子是谁的？跟一个山民生的，荆欢欢与孙保卫又将咋办咧？妹妹孙小姝望着嫂子，荆欢欢还是自己的嫂子吗？毛助理和荆院长肯定是欢喜，但也想，这孩子的爹呢，咋办？这孩子咋办？荆欢欢咋办？是与孙保卫离呢还是继续过？荆欢欢是不是还会回到山里去？这事儿弄的……

毛助理和荆院长关门商量了一会儿，问了荆欢欢事情的原委，一切都清楚了。荆欢欢是在失忆之后与山里一个叫柳福的农民生下的孩子，而柳福是个善良的人，她的恩人，救了她的命。如果没有柳福救她，她摔在悬崖下，早没命了，肯定被野兽啃得一点也不剩了。孩子捡捡没有罪，虽然不该生下他，也可以将他丢在山里，可荆欢欢于心不忍，毕竟是她的骨肉，她是一时良心发现，咬牙带回来的。因为孙保卫并没有找别的女人，荆欢欢还是希望和他一起过，再生个孩子，就怕孙保卫不接受这个现实，不接受这个孩子，毛助理只好将他们拢在一起开家庭会议了。

“说一千，道一万，回来就是胜利，命比什么都重要。”毛助理说，“想当时，欢欢不见了，保卫到处去找你，我也去了神农山区找你，大家想了许多办法，还是没能打听到你的消息，以为你早不在人世了，哪儿想到，天不灭你，你终于回来了，这是天大的喜事。”

荆院长说：“的确如此，欢欢的事，我和你们毛爸爸急得长期睡不着觉，安定都吃了好多瓶，没有办法。人回来了，比什么都好，老话说，大难不死，必有后福，我相信今后欢欢的日子、你们的日子一定会好的！”

“保卫呀，你与欢欢感情是很深的，你们都是我们的孩子，叫我们爸妈，我们一样心疼。事情都明白了，没有谁对不起谁，你们能不能在一起，你们可以自己决定。”毛助理话锋一转，“但是，欢欢这孩子是可怜的，失忆两年多，在完全不知晓的情况下生下孩子，孩子无辜，她更无辜，总之，欢欢不应该再受到伤害，她太可怜了，等于是死过了一次。一个人两年多没有记忆，不等于是死了吗？总算，这事结束了……”

毛助理哽咽着说不下去，荆院长也在擦眼泪，孙小姝在抽泣，荆欢欢更是泪流满面，抱着捡捡。荆院长抚着她，为她抹泪。

毛助理又问：“怎么样，昨天晚上，你们商量好没有？”

孙保卫和荆欢欢都没有说话。

“过，还是不能过？”毛助理再问。

“怎么不能过？又没有离婚。保卫，你的意见呢？”荆院长说。

这是逼着孙保卫表态。孙保卫估计一夜没睡，红着眼睛，头发蓬乱，抬起头，说：“我没说不能过。”

“欢欢呢?”荆院长问。

荆欢欢低着头，她不好回答。

“那就继续过，只当什么事也没发生，一切回到从前。捡捡放在福利院，不要你们管。欢欢心理和精神有创伤，保卫多关心下她。至于捡捡，名义上是你们共同的孩子，保卫，你认也得认，不认也得认，欢欢的孩子不就是你的孩子?只要那个山里人不来找她——当然喽，要来找就报警，把他抓起来判刑是够的。捡捡你要视同己出，孩子现在才一岁多，根本没有记忆，几天就跟你混熟了，一样叫你爸爸。从今以后，他就是你的儿子，你就是他爸爸，保卫，记住了吗?”

“我在听。”孙保卫木着脸说。

“我问你行不行，记住了没有?”

孙保卫挪动身体，没有说话。

荆院长说:“保卫，我们必须正视现实，欢欢她活着回来了，她带了个孩子，事情就是这样，有什么法子?人不可以再活一次，再活一次，她就不会一个人去找你了，也就不会被坏人盯上，还以死保护自己的清白，这都是为你才发生的。”

毛助理说:“这个不说了，就按我先说的，行不行?保卫，你还有啥意见?”不等孙保卫回答，他继续说，“有意见请你保留。”

孙小妹说：“捡捡由我来管，嫂子你就放心，我负责把他照看好。”

毛助理说：“小妹的表态多好，这就叫深明大义，捡捡的事解决了。”

“不行，不能让小妹带，捡捡别人带不了，我带惯了，他离开我是不行的。”荆欢欢说。

“啥？离不开你？他长到二十岁、三十岁也离不开你？”

“是这样的，毛爸爸、荆妈妈。”荆欢欢紧紧抱着捡捡，生怕谁把他夺走似的。

孙小妹说：“嫂子难道不相信我吗？”

荆欢欢摇头说：“不是，小妹，不是不相信你。”

“欢欢，你好糊涂！”荆院长急了。

“欢欢不要任性，孩子放在这里，就这么定了！小妹莫非会虐待捡捡吗？我们还在这儿呀。”毛助理说。

“不。”荆欢欢说。

这让孙保卫怎么办呢？

他当然让荆欢欢和那个陌生的山里小孩睡卧室，他自己腾出了一个杂物间，放了一张折叠床。早晨起来，孙保卫闻到了一股浓浓的香味——是从厨房飘出来的，那是熟悉的香味，绿豆稀饭和馒头，还有自制的腌大蒜。他看到了那个身影，那个在厨房忙碌的身影，久违了的身影。一切的记忆回来了，过去幸福的家庭生活又回来了。荆欢欢熬好了稀粥，将馒头、小菜端上了桌。可是，桌子前，他过去坐的地方，却放着一把高凳，坐着一个孩子，取代了他，他得重新找位子。那小孩别扭地使着勺子，聚精会神地舀着米粥往嘴里送，脸上、下巴上到处是黏糊糊的稀饭。

这孩子突然看到一个大人坐在他面前，立即停下了勺子，傻乎乎地、脏兮兮地对着他，一双大眼睛朝他畏惧地看着。孙保卫朝他笑笑，给他搛了些蒜子放进碗里，那小孩脸却僵了，嘴巴憋住了，看着看着，突然惊天动地地大哭起来。

荆欢欢从厨房里跑出来，站在那儿。

孙保卫也站着，向荆欢欢摊着手说："他怎么了？"

荆欢欢过来抱起他，啪地打了他一耳光，泪水四溅："哭，哭，天天号丧的讨债鬼啊！"

孙保卫像是站在钉板上一样难受，他放下筷子，抓起一个馒头对荆欢欢说："我上班去了。"

他一个人踯躅在街头。他去了猪头西施凤姐的餐馆，告诉她，他老婆荆欢欢回来了，并且带回了一个小孩。讲过事情的经过后，凤姐抹了一把泪，说："你老婆也够惨的，不过能够回来，记忆恢复真的是万幸，你还得多买点补脑子的东西给她补补。如果时好时坏，你还得细心点。"

凤姐给他说，张霞的电话打不通了，是个空号。孙保卫一拨，果然，张霞也不见了，她有什么难言之隐吗？反正，她将她爸的骨灰带回神农山区后，就再也打不通电话了，她想消失。

"你给你老婆说了她亲生父亲和妹妹张霞的事吗？"

"我还没来得及说，问题是，我怎么才能认别人的儿子是我的儿子？"

"很难吗？"

"几乎不可能。"

凤姐看着孙保卫说："你如果接纳不了，先搬到我这儿来住几天吧。"

孙保卫不敢看她热辣辣的眼睛，轻轻地、让人无法察觉地摇摇头，没有说话。

他继续在街上闲荡，走进了一个商场。他吃了一根烤火腿肠，在商场里乱转着。玩具柜前，一个三口之家在给孩子挑选玩具，看着那个小男孩叫着爸爸，那么可爱。可他的家里却有个别人的孩子，而且是山里人的孩子，不由从心底泛出一股苦汁儿，让他难受至极。

“先生，给孩子买点什么，是男孩是女孩？男孩来支枪。”

售货员将一支仿真的塑料冲锋枪拿起来示范。枪可以闪光，还能发出真枪射击的声音。

“这个……多少钱？”

“四十块钱，今天做活动，五折，这是打了折的，平常得八十块。”

这枪挺好玩的，就给别人的孩子买一支吧，孙保卫真的付了钱。不管怎样，还是荆欢欢的孩子，而且她需要他。

孙保卫开了门，便拿出那支玩具冲锋枪，对着那小孩说：“来，来，捡捡，给你玩这个。”他打开盒子，拿出“枪”来，教他玩，他扣动扳机，那枪便发出嗒嗒嗒的响声并彩灯闪闪，小孩吓得大叫“妈妈”，朝厨房跑去。

荆欢欢牵着孩子出来，一个黑洞洞的枪口就对着了他们母子。她喊道：“你，你，你想干什么？”

“玩具枪啊。”孙保卫说。

荆欢欢脸色惨白地护住捡捡道：“你要杀、杀了我们?”

孙保卫觉得她在山中这两年，已经什么都不知道了，连玩具都不知道吗？就干脆跟他们开个玩笑，继续扣动扳机一阵扫射：“杀了你们!”

荆欢欢夹着捡捡就往外跑，撞到了凳子，出门时还差点摔了一跤。这把孙保卫搞蒙了，跑啥呀，便出去追，门口，荆欢欢母子早一溜烟跑得没影了。

厨房里，是零乱的煮饭炒菜的现场，灶上还煮着半生不熟的土豆。他赶紧关了煤气，要把他们找回来。

荆欢欢去了福利院。当孙保卫进了白楼，看到荆欢欢还脸色惨白地紧紧抱着捡捡，他拿着那支玩具枪，给毛助理解释。毛助理和荆院长明白了是咋回事，拉他出来，却批评孙保卫：“她不能再受惊吓，她以为是真枪要打死他们母子哩。”

“这个真假也分不清吗?”孙保卫无法理解。可现实就是如此。

“欢欢再不能受任何刺激了，”荆院长对他说，“她的神经非常脆弱，明白了吧。”

孙保卫欲哭无泪。

“说一千，道一万，欢欢还不是为了去找你才落到如今这步田地，还不是你造成的，自己拉的屎自己擦屁股。她好歹是活着回来的，这是最大的胜利。你跟她过，有那么难吗？那个孩子捡捡，我们带，从今天起，放在福利院，你们再过你们两人的生活，回到从前，培养感情，各自想着各自的好。欢欢经受了这么大的磨难，我们应该多关心她，多安慰她，否则，她活着还有什么盼头。只不过，这孩子现在是她感情的寄托。两年在山里，又经受了失忆，对我们都生疏了，只有孩子她抓得到过去的生活。你要知道，一个人，过去的生活是不可割裂的，你要理解她，不然，她靠什么活着？”

孙保卫听了，至少确定那个小孩再不会横在他们中间，出现在他的家里。不管怎么说，他还爱着欢欢这个可怜的女人，但他实在无法接受别人的小孩，这个小孩和孩子的母亲，也就一起不被他接受，他的心胸还没有这么开阔，尽管可以原谅，因为是在她失忆期间糊糊涂涂生下的，但原谅不代表可以亲近。也就是说，他和荆欢欢，已经是两个不同时空的人了，她在山里这两年多吃了不少苦，也成了一个山里人，无形中透出一股山里人的气息。她不再是荆欢欢，而像是强行闯入他生活的另一个山里女人。

孟盆子在孙小姝那里听说荆欢欢回来了，非要请他们夫妇吃饭，尽管孙保卫说不用，但孟盆子一定要与他见面，说有要紧事告诉他。

两个人正好有个机会喝酒。在江边的大排档，找了个避风的桌子，点了两个不像菜的烂菜，孟盆子苦着脸说：“生意难做，订单少了。”

“我又没开口找你借钱。”孙保卫说。

“你这是什么话，我讲我的实际情况。好了，不说我了，说说你的事吧。”

“你又不是我领导，我跟你说什么？”

孟盆子给孙保卫倒了一杯酒，碰了杯子，孙保卫根本没端起来，也没动筷子。

“喝呀，咋连酒都没兴趣了？什么能打倒你？你这钢铁侠，活不下去了？那好，你不说我说了，你妹小姝，现在变了，跟那个马龙打得火热。我不是吃醋，我只是告诉你，那个小子不是好人，小姝肯定是受骗了，被骗成什么样，要看你阻拦和打击的力度。”

“啥？打击？”

“对感情骗子不应该打击吗？”

“那……你是不是感情骗子？”

“我骗谁了？”

“小姝呀。”

“我没有骗她，我哪里骗她了！”孟盆子喊冤，一口喝干了杯里的酒，重重地将杯子蹾在桌子上。

“对马龙，我不了解，你甭让我掺和。”

“那我就告诉你，马龙这小子，跟刘五绞得很紧——刘五出来了，知道吗？谁知道他们在一起会搞出什么幺蛾子来，你小心点就是了。”

“刘五出来了？马龙跟他……”

“臭味相投呗。”

孙保卫喃喃地说：“刘五出来了，荆欢欢也回来了，都赶在了一起……”

“我知道你很难受，保卫，但你有没有想过，这一切都源于你识人不善。”

孙保卫唰地站起来，对孟盆子吼道：“我来这里，就是听你这句话的？”

“那我直说了，你好好待欢欢的孩子吧，要视同己出，要天天笑脸，要无微不至，要好好当爹，只当是自己生的……”

“滚！笑话我是不是？你他妈再多嘴，我把你丢到江里去。”

孙保卫一拳砸下去，砸在桌子上，酒杯跳了起来，滚落到地下，碎了。

喝得烂醉如泥的孙保卫摇晃在街头，半夜，还是踉踉跄跄拧开了家门的锁。他看到，荆欢欢还坐在客厅里，似乎在等他。

“你去睡，等我干什么?”他说。

“我，我睡不着。”

孙保卫到卫生间，在镜子里看到自己猪肝色的扭曲了的醉脸，他把头埋在水龙头下冲刷，感觉好多了，回到客厅的沙发上。荆欢欢不走，他不能躺下。

“回房里去睡吧，保卫哥。”荆欢欢说，语气里是乞求。

孙保卫低着头，没回答，没动。

荆欢欢站起来，没回卧室，站在他面前，拉起他的手说：“进去，行吗?”

孙保卫慢慢扒开那只抚摸他的手，荆欢欢已经感觉到了他的冷淡和生分。

“别影响捡捡睡觉，你去照顾他。”

他看到和听到荆欢欢在饮泣，她有多少泪水，这不都是她的固执造成的吗？坚持捡捡不让荆院长、毛助理他们带，那就是你儿子最重要啰。当然，这孩子也可怜，说白了就是个孽种，她不情愿生下他，可如今她却不能抛弃他，倒是更爱他，那好，你就爱他去吧，不是我孙保卫狠心，是现实冷酷无情，我不可能对他视同己出，我还没有这么大的气量。

“你去好好睡吧，我明天去送货，还得赚钱养活全家……”

孙保卫没有去冷库，倒是被齐羽叫到了别墅，他带上工具，心想肯定是修水电。他这些天因荆欢欢的回来焦头烂额，没睡过一个好觉，对自己的前途几乎绝望。

齐羽没让他进屋，她站在车库的门口，那里有一辆别克车，估计有些年头了。齐羽将车钥匙交给他说：“我说过的话不收回，你作为预备员工，可用这辆车练练上路，帮公司和我家里买些东西送送货，可以开慢点。”

“这……”

“不过我还得问问。”齐羽说。

孙保卫等待她的下文。

“我相信你说的话，因为你承认你在场，你承认你就是那个没出手相助的人，你没有参与，也没有制止，对吧。”

“是的，我没有说假话。”

“但是，后来老天让你救了我一命。不过，现在有人提供证据，说你亲自参与并行动了。”

“那天？不，没有，那是陷害！我说了，我只是看见了，是目击者，不是参与者！”他喊了起来。

“不要激动，如果真的你参与了，瞒不了的，就算某一个主犯讲义气，把事情兜了，其他人不会个个都讲义气。”

“我知道是谁，我就是因为这个出走的，坏人盯着我是因为家仇，你明白了吧？我犯下的错误是让坏人认为我软弱可欺，对我进行敲诈，从而为他的父辈报仇。”

“我不关心你家与谁家的仇，你说你只是目击者，为什么警方没找你调查取证呢？”齐羽咄咄逼人。

“……我也不知道。”孙保卫说，“可能他们把我忘了吧，那么多牛鬼蛇神的看客在一堆。如今想来，也许当时警方找了我还好一些，省得我至今都还生活在恐惧和提心吊胆中，这件事，彻底打乱了我的生活，搅黄了我的一切，我再也没有好日子了。”他抓自己的头发，他叹气，他快哭了。

“我再次请求你相信我，”他又说，“我非常后悔我过去在社会上的结交的那些狐朋狗友，但世上没有后悔药。我告诉你，我老婆失踪后竟然回来了，竟然从悬崖上摔下没死，也没让野兽吃掉，竟然被一个单身农民救了，她竟然失去了记忆，任由一个农民欺负，就这样，她跟农民生下了一个孩子，之后又恢复了记忆，可悲可笑的是，她还跟这个稀里糊涂生下的孩子有了很深的感情，而且，这个孩子还住在我家里……”

“你是编故事吧？你老婆回来了？”齐羽问。

“回来还不说，还得要我认了这孩子，要他叫我爸爸。全怨我，交友不慎，遇人不淑，一步错，步步错，错到荒唐的地步！说出来，连我自己也不信，可这就是事实。”

齐羽看着孙保卫痛苦地坐在那里，眼睛扭曲，嘴角抽动，一副难受的样子。

“既然这样，你为什么不能认这个儿子？女人是你给害的，你应该认他，你的老婆无罪，她爱她的孩子，孩子无辜。”齐羽的情绪有些失控，仿佛他的那个老婆是她自己。

“我家的事请你不要评论。”

“天下女人同一命，你认贼为友，你在外乱来，会有好结果吗？活该，活该！”她一吐为快，“算了吧，我才不会管你家的事，我就算是在谴责吧。”她在抽泣。

孙保卫没拿车钥匙，离开了别墅。后面，齐羽没叫他。

得知孙保卫的老婆突然从天而降回来了，这对齐羽来说，就断了一种念想。什么也不因为，就因为他曾经是她的救命恩人，回过头来看，那个人就在她印象里闪了一下，也没有什么让她迷恋之处，就是个还算善良的穷人，跟自己的脾性合拍，没有什么生存技能，没有学历，没有家庭背景，福利院长大的孤儿。可这人让她舒服。她自己，生活圈子狭窄，不爱读书，任由自己的性子来，生活在一个破碎的、缺少爱的家庭里，最后，家没了，成了孤儿，成了单身母亲，成了无系之舟，成了一个跟孙保卫老婆一样——对自己的孽种孩子又恨又爱的女人。不过，孙保卫的老婆还有个老公，而自己孽种孩子的父亲早成了枪下鬼，正是他，让自己彻底失去了父亲和家，成了死刑犯的未婚老婆，成了未婚生子的不良女孩，一生的幸福毁在一个不靠谱的、凶残的渣男手中，自己还得活下去，替这个凶手抚养孩子……

她内心的狂躁又烘燃了，抑郁的情绪又轰轰而出。她一个人在酒吧里疯狂自饮，又回到了过去放纵的生活中，她“旧病”复发。

那些狂暴的音乐，就像在砸石头，就像山崩地裂，泥石流摧枯拉朽从山顶滚下来。这样的冲击对心脏和情绪是一种毁灭和撕裂，她在那里像死了，各种灯光闪在她的脸上，就像各种妖魔鬼怪在抚摸她的脸，整个酒吧都在狂风暴雨中瑟瑟发抖，她的精神也快扯断，掉入无底的深渊。谁来救救我！……过去的某一刻，不是有个男人过来搭讪，然后走进了她的生活，然后让她的生活一团糟了吗？不，我不要安慰，不要男人。过来的男人在看着她，权衡着，看是否能让这个痛苦的女人成为猎物……

一个染成金色的夜店发型的小个男人，握着冰啤酒过来，看来是想找齐羽搭讪喝酒的。在这样的夜店，不就是通过喝酒来互相认识并玩耍的吗？气氛已经被音乐和灯光烘托出来了，就差人物出场了，然后气味相投走到一起。

一个高大的男人突然从过道里走过来，先一步抢占了齐羽对面的位子，没有立马坐下，而是站在那里，挡住了夜店金发男的路，从桌上拉开一罐啤酒，往齐羽的杯子里倒去。那个夜店金发男愣怔着站住了，从哪儿跑出来的一个男人？这女子身边有个男人啊。那个男人怪笑了一下，转身到另一边去了。

是马龙，平时静悄悄的、畏畏缩缩的马龙，今天咋就挺身而出了呢？这太稀罕了。他穿着一身FILA卫衣，与平时上班的西装革履不同，潇洒，高大，甚至有几分威猛。他曾经是父亲忠心耿耿的管家，也是父亲为她选择的准乘龙快婿，只是从来没有明说过，但父亲一直将他当作家里人依赖，而马龙也着实可靠。可齐羽觉得他没有男儿气，循规蹈矩，听话，沉闷，毫无情趣，做一个管家可以，做伴侣，他太令人乏味了。

“你来干什么？”齐羽问。

“我去你那儿，听见琪琪在哭着要妈妈。”马龙说。

齐羽沉默了。

“你是想喊我回去？”她说。

“琪琪要你。”

“我想把她重新送回福利院。”

马龙盯着齐羽杯中的酒。“你应该不会。”他说。他偶尔抬起头来瞄一下齐羽。

“你现在应该高兴了吧。”齐羽说。

马龙故作不知地蒙在那儿，说：“什么意思，齐总？”

“你以为我很难受，所以跟踪我，怕我寻死？”

“我只是在替琪琪找妈妈。”

“她是你什么人？用得着你找呀。”

马龙在寻找着词汇表述，他是一个严谨的人。他的学历也不差，毕业于省城一所211大学，是齐羽的父亲亲自挑选聘用的。

“我愿意成为她的父亲。”马龙说。

他终于说出来了，他在选择时机和方式，在这么嘈杂可怖的环境里说这个话，等同表白，是一种大胆的表白，他在铤而走险，孤注一掷。

齐羽听清楚了，她没想到马龙这么大胆，而且是在如此乱糟糟的地方这样说。

“你说大声一点。”

“我愿意成为琪琪的父亲。”马龙说。他依然用自己往常的声音说话，没有提高嗓音，也没有过于夸张。

“嗯，好，你说得好，琪琪什么也不缺，就缺个父亲。”

“除了我，再没有第二个了。”

“你很自信，你都知道了。何况，你梦寐以求的，不就是想成为齐家的一员吗，不就是想从管家和办公室主任，成为家庭主人吗？你难道不想得到我的身体、我的财产和别墅吗？现在，你如愿以偿了。”

“……我只想为你分担琪琪失去父爱的缺憾 。”

“我呢？我失去父亲的伤痛呢？”

“一起分担。”

“好吧，来，吻我，当着周围那些渣男的面，狠狠地吻我。”

马龙迟疑着，他恢复了齐家管家毕恭毕敬的样子，不敢走近她，抱着她。

“来呀，还磨蹭什么，我不喜欢磨蹭，我喜欢敢说敢做。”

马龙走过去了，紧紧抱住齐羽，像饿虎扑食一样，将嘴贴过去，用嘴和舌头在她的嘴里乱转乱吮。

当齐羽推开他时，他看到，齐羽往纸巾上吐出了嘴里的东西。

十八

马龙对孙小姝的迷恋依然如故，而且发自内心。他没有死心，孙小姝的美丽和单纯，他太喜欢了，每天晚上梦里都是她，心里的女人只有孙小姝。而且，那天晚上与齐羽吻过之后，齐羽又对他视同路人，像什么也没有发生过一样。马龙回忆那个晚上在夜店的经过，没有任何激动，齐羽嘴里的味道完全忘了，他使劲地回忆也没有找出二人在拥吻时她的一丝动情，完全像亲吻一块木头。这让他很失落，这又是齐羽喝醉后的一个恶作剧，她就是那样的一个女人，她率性、粗放、心不在焉，并不真爱他。也许得慢慢来，不过，让她去死心塌地地、专心致志地爱一个男人，这已经不可能了。

时近黄昏，他在等孙小妹，跟这样心如清泉的女孩在一起，他才感到愉悦。

孙小妹匆匆而来，问他："你约我来有什么事?"

马龙没有立即回答，他就爱打量和欣赏眼前这个幼稚、美丽、清纯的女孩，像欣赏一件艺术品，且是血肉丰满的上帝的杰作。他轻抚着她的肩暗示她坐下来，拿住她的手说："你哥哥现在怎么样?"

他拿住这个女孩子的手是第一次，通过那个晚上与齐羽的亲吻，他正在治愈自己的懦弱寡断，畏葸不前。

"我哥很好呀。"孙小妹说。

"你嫂子回来，那个乡下的孩子，你哥喜欢吗?"

"喜欢呀，你这么关心我哥呀?"孙小妹扬起头说。

"我就问问呗，你嫂子这样的遭遇，你哥还能跟你嫂子生活在一起吗?"

他端详着孙小妹的脸，竟然大胆地伸出手去，替她理顺被江风吹乱的头发。孙小妹好不习惯一个男人对她动手动脚，她扒开他的手，不让，把头偏了偏，说："我哥我嫂肯定没有你的命好呀，你看你头发梳得油光水滑的，工资拿得成千上万的，汽车开得呜呜啦啦的。”

“不要给你哥说我又约了你跟你在一起吃饭。”

“你要请我吃饭吗?”

“对呀，这么晚了，不吃饭哪行。”

“我才没这个心思，我只想问你，琪琪咋样了，我好想她。”

“还有一个人也很想你。”

“谁?”

“我。”

马龙发觉他越来越自信，越来越大胆，越来越流里流气。有一句话叫：男人不坏，女人不爱。他妈的，现在我才明白这太有道理了。

马龙的手已毫不犹豫地揽住了孙小妹的腰，并且把她搂过来。孙小妹说：“马龙哥，你不要这样嘛。”可马龙很霸道，不容她反抗，嘴唇已经压到了她的嘴唇上……

孙小妹的初吻就这样被霸王硬上弓的马龙给霸占了，她不知所措，好不容易挣脱了他，抹着嘴，快哭了，说：“你咋这样呀，你并不爱我，怎么这样对我啊？！”

难道亲吻一个女人跟亲吻两个女人就要受到良心

的谴责？就有不适？就是对另一个女人的不忠？扯淡的嘛。亲吻女人的魅力太大，太让人沉醉，这个门一旦打开，就不可遏止，就会上瘾。他为自己走出了一大步而高兴，过去谨小慎微，不怪齐羽瞧不起他，现在想来，他自己都瞧不起自己。我他妈活出来了！哈哈！没有什么大不了的，孙小姝的嘴里才是香喷喷的，真正的少女之吻。这太值得了，本想请孙小姝出来练练自己的手脚和嘴巴，但一下子真是爱上了她，这小妞太可爱了，少女跟少妇，完全是两种不同的味道，少妇简直没有味道。

“你怎么知道我不爱你?”

“我、我虽然头脑单纯，但我还是能感觉到的……我们之间，没有感情，只有差距。”

“我喜欢你，小姝。”

“我不相信。”

“傻丫头，我为什么不喜欢你？我没有理由。我给你买手机你不要，我不喜欢你为啥给你买手机?”

“你们男人，就是用小恩小惠来讨女孩欢心，然后就……”

“达到不可告人的目的，是吗？可我并没有做什么。”

“这不是做坏事吗？不是强迫？……”

“我强迫你做了什么？小妹。走，吃饭去！”

马龙本来是想向孙小妹打听下她哥哥家的情况，那个小子孙保卫就一穷鬼，就因为救过齐羽的命就让齐羽恨不得以身相许，但谢天谢地，穷鬼的老婆回来了，还带回了一个山里的野孩子，让他焦头烂额，让齐羽死了心——至少马龙看到的就是如此。穷鬼与富婆之间的纠葛就要结束了，再也对他构不成威胁了，这真是大好事。而且那人漂亮的妹妹就要成为他的囊中物了，女孩在单纯的时候，对亲吻自己的男人是会生情的，这就好。本来，他已经搬到齐羽的别墅，虽然只是住在楼下，跟王姐住隔壁，等于还是一个家佣，说是去帮忙照顾琪琪，行嘛，这是第一步，只要进到别墅，站稳，再从一楼爬上二楼嘛，再成为这栋别墅的主人嘛，慢慢来！可是，对孙小妹的亲吻，他突然发现对这女孩真的爱上了，他倒是有些内疚和自责，玩弄这么单纯女孩的感情，良心上过不去，得认真对待。

“马主任，听说现在的男人，见一个爱一个，爱一个丢一个，是这样的吗？”

“看是指什么样的男人，是指有钱的，还是无钱的？是指街头无赖小混混，还是指骗色骗财的感情骗子？当今社会，泥沙俱下，好人坏人都有，渣男多，好男人也不少，我认为，像你这么可爱的女孩，碰不到坏男人，因为你没有机会跟坏人混在一块。”

“那你就是好人啰。”

“我？嘿，我肯定是个好男人。”

马龙带着嘴里的回味回到别墅，还没有睡下，王姐就来教训他了，依然颐指气使，说：“让你住进来，怎么不管琪琪？”

马龙说：“晚上我也要管吗？楼上我上不去，琪琪睡了没，我现在应该做什么？”

“你还是在外边玩耍去吧。”王姐讽刺他。

马龙躺在床上，枕着手，闭着眼睛，想着那个清水一样的女孩孙小妹和她嘴里的滋味，回味无穷。听到有人敲门，他坐了起来，说：“谁？”

开门一看，是穿着睡衣的齐羽，胸前垮垮的。他不敢看她那儿，他有点怵她。

“你挺忙的？”齐羽靠着门框说。

“对不起，我有点事出去了。”

“你认为你该干些什么，不应该干些什么？”

齐羽的话让马龙一惊，难道我出去跟孙小妹一起她看到了，或者有人看到了？

“我听候齐总的吩咐。”

"我不是说给琪琪找个父亲吗?"

"是我?"

"你难得糊涂，马主任。你说吧，想搬到楼上去，与我和琪琪同住，是不是?"

马龙笑了，说:"是吧，因为父亲住在楼下，而母亲和孩子住在楼上。"

"可是你好像也没有什么表现呀，也不像父亲呀，你得有行动呀。"齐羽说。

马龙只好混乱地笑着。

"要让我和琪琪接受你，是一种角色的重大转换。"

"可我觉得，那个位置你并没有预留给我，就像开了一个玩笑。"

"那怎么才算留给你?"

马龙现在相信用行动说话，他上前去，轻轻抱着齐羽，用下巴和嘴探寻她的脖颈。齐羽被他弄得一时不能自持，甚至有了即将瘫软下来归顺他的感觉。一只男人的手往她的胸脯包抄过来，围拢过来。但她睁开了眼睛，呼吸正常了。

"你还是早点休息吧。"她说。

门被齐羽带上了。马龙站在那里，浑身不舒服。

孙保卫一个开出租车的朋友让他给代下晚班，因为他学车期间学得很认真，所以上路没有问题，加上对荆河市的路况非常熟悉，开车走什么地方都没有问题。他不喜欢在家，面对那个无法接受的孩子，他很不习惯，生活更加混乱，他甚至不想回家。他与荆欢欢的婚姻发生了危机，但他不能有其他的想法，这个孩子的出现，肯定与他有很大的关系。要么荆欢欢真的失踪了，死了，可她却回来了，这给他平静的生活造成了巨大的困扰。他有一天还告诉了荆欢欢，她的孪生妹妹还在，回了神农山区，而亲生父亲死了，骨灰被她妹妹抱回老家埋了。

得知这一消息，荆欢欢悲喜交加，哭得稀里哗啦，非得要回神农山区寻找她的妹妹和给父亲上坟，抱着个空号码一遍遍地拨打。可是，神农山区也很大，谁知道她的妹妹在哪个山坳里？

一天，孙保卫在路边等候交班的司机，接过车正准备出车时，荆欢欢抱着捡捡来了，对他说："你把我送到我妹妹曾经做事的地方，我去问问我妹妹的下落，兴许能打听得到一些消息。"

孙保卫只好将她载到"乡妹子足浴中心"。

荆欢欢踏入这个足浴店，电梯上了二楼，前面有女孩跟她打招呼道："王婷你回来了，你是不是来上班的?”

“王婷?”荆欢欢一下子明白了，自己的妹妹在这里没敢用真名。她于是说：“我不是王婷。”

“你怎么不是，我是你的闺密黄婷婷呀。”

怎么这么多“婷”呢?

“我真的不是王婷，我是她姐姐，我只是想问你，王婷去哪里了？你有她的联系方式吗?”

“哦，”女孩打量着荆欢欢，点着头，“真像哦，我怀疑你就是王婷，故意说不是，你与她一举一动都是一样的。”

“我们是双胞胎。”

那个黄婷婷恍然大悟，“噢噢，怪不得！可是我真的不知道，她不辞而别，说是她父亲去世了，就离开这儿了，姐妹们都很想念她哩。”

这时有几个女孩也过来了，荆欢欢问她们：“你们谁有王婷的电话号码?”

那些女孩都摇头说没有，说她过去的电话打不通了，现在跟她们都没有联系过。

这时，一个女人大喊：“王婷，你终于回来了!”

是一个低胸女，泪囊眼，大红嘴，三十多岁。有人给荆欢欢说，是她们店长。

“王婷，你想加工资，你就说，跑掉干什么呀。”

“我不是王婷。”

“客人都要点八号技师王婷，你到哪儿发财去了？有要求你提嘛。”

“我不是的！我来找人的！”荆欢欢说。

荆欢欢只好跑掉。

齐羽对马龙的不冷不热，让马龙认定还是孙保卫在从中作梗，横在中间。怎么想这小子也不是他的对手，可齐羽是个不按常理出牌的女人，她从小的叛逆就是与常人的逻辑逆向行驶。唯一的办法是怎么让姓孙的消失，肯定得让他在法律允许的范围内消失。

恰好从牢里出来的刘五找上了他，刘五便将孙保卫丢弃的那件血衣拿来找马龙。

在江边公园的一个角落，马龙看到刘五和邓杆打开一个塑料袋，里面是变得黑乎乎、硬邦邦的一件夹克。戴着墨镜的马龙用脚翻了翻说：“这件衣裳，你们谈谈它有什么作用?”

刘五说：“兄弟，没作用我能留到现在吗？我老爹要我都拖着没给。我认为，通过鉴定谁是这件血衣的主人，就证明谁参与了杀人，现在死无对证，可以认定衣服的主人就是杀人犯。”

马龙哼了一声，对刘五说：“那你不是栽赃陷害吗？你太黑心了。”

“他这一身的血，你怎么知道他没杀人？你站在一丈开外，血能溅得你浑身都是吗？”

马龙嘀咕道：“那倒也是，不过，到时警察问你，你敢做证吗？”他问刘五。

“为什么不敢？”

“既然如此，你为何不干脆把它交给警察，既可报一箭之仇，又把他送进了监狱。”

“我呀，我，呵呵，我要的是钱。”刘五拇指和食指捻了捻，直截了当地说。

“就是敲诈人家几两银子。”马龙不屑地说。

“你说什么都行，咱哥俩要吃饭呀。”邓杆插话说。

刘五立马制止道：“邓杆，你他妈少插嘴。”他对马龙说，“我的意思是不想置人于死地，我父亲与姓孙的父亲，他们之间的恩怨，我们小辈不想过多介入。迫于生计，我的确就想换几两银子。我父亲老早就想要这件衣服了，我没给他去监狱邀功，他做了太多的恶事，所以落到如今这步田地。”

马龙说：“你也没做什么好事啊。”

刘五尬笑了，说：“嘿嘿，那是，龙生龙，凤生凤，老鼠的儿子打地洞嘛。不过，我还真的不清楚，你跟姓孙的是怎么个恩怨?”

“那你为什么恨他呢?”

“说了是我父亲的仇嘛。”

“冤冤相报何时了?好吧,你很坦率,既然这样,就当我支援了你的生活费,我不是买,这个东西估计没屁的用,暂时放我这儿,我给你保管得了,等你有钱了赎回去,”他看了看刘五,继续说,“怎么样?可以吧?”

“那,你给多少钱?”

“应该说,借多少钱,可以不打借条。但我得等着你报案,等着姓孙的被逮进去,等着他因杀人罪被判刑,然后,我把钱打到你的账上。”

“多少?”

“两万嘛,你不就是这个价吗?”

“现在就给我,我才干。”

“我给你了,你万一不干呢?不见鬼子不挂弦嘛。”

“你、你的条件太高了,报案,逮进去,判刑,这得等到猴年马月?就算这都成了,你不给钱我能把你怎样?算了,老兄你心不诚。”

刘五说着就邀邓杆欲走。马龙拦住了他们:“跟我闹着玩是不是?”可刘五执意要走,马龙让开了,看着刘五和邓杆提着那一袋垃圾样的衣服远去。他想了想，还是喊住了他们："回来，跑啥哩！回来再议议嘛。"

刘五歪着嘴笑了一下，马龙显然不高兴，说："吊我的胃口是吧？"

刘五没说话，歪着嘴看他。

马龙拉开车门，拿出皮包，在里面拿出一沓人民币："先给一万，等你报案，看姓孙的进派出所了，再给你们一万。"

钱到了刘五手上，马龙拿到了那个袋子，一股难闻的气味袭来，马龙掩掩鼻子，打开后备厢，将那东西扔了进去，拿出一块纸巾来擦擦手。

等马龙开车离去，刘五自语道："这家伙很鬼，跟我玩，甩你几条街。"

邓杆兴奋地凑近刘五道："给了多少钱呀？"便要抢过刘五手里的那沓钱。刘五攥得死死的，哪能让他拿去？"你急什么，小子，把那个提过来。"

邓杆又到角落去提来一个差不多的塑料袋。

"这钱一分都不能动，姓马的这小子肯定要找咱们的麻烦。"

"到时候你给我多少呀？"邓杆不依不饶地问。

刘五把钱揣进内衣里，说："滚开点，别烦我！"

事情败露得很快。几天之后，王姐像往常一样做家里房间的保洁，她推开马龙住的房间，擦拭桌椅，拖地，拖着拖着，在床底下触到一个物品，用拖把推出来一看，是个塑料袋。一股奇怪的气味冲过来，她用脚扒扒，是件脏衣服，好像有许多血迹。她产生了好奇，蹲下来，用手去扒拉扒拉，气味更猛地灌进鼻子，难闻极了。

“把这些垃圾也放在房里，真是的。”

王姐提起塑料袋，准备扔进屋外的垃圾桶，恰好被从楼上下来的齐羽看见了。

“你提着什么东西，王姐?”她问。

“噢，马主任屋里的臭垃圾，他太不讲卫生了。”

齐羽无意间瞅了一眼那东西，血糊糊的，她猛然想起孙保卫给她说过的那件惹祸的衣裳，以及马龙信誓旦旦、言之凿凿说有孙保卫杀死她父亲证据的话，引起了警觉，便对王姐说：“你先放在门口。”

她打开那个塑料袋，一件血糊糊的夹克出现了。这不会是马龙的，他的衣裳不会有这么多血。齐羽想。她脑海里翻出了那蛰伏在记忆深处的一幕：零乱的、鲜血淋漓的白楼，父亲倒在血泊中，他有一双死不瞑目的眼睛……

她倏地止不住浑身战栗，泪水如溃堤的洪流，滚滚而下。

“齐总，你怎么啦？这是什么？”王姐拉着哭泣的齐羽说。

她等待着马龙回来。她想，她得冷静下来，这个马龙喜欢并擅长与她斗智斗勇，心里不敞亮，有小算盘。既然他早就弄到了所谓的“证据”，为什么不早给她，让她处理，打的什么主意？这里面是不是有什么诡计？

马龙没想到他藏在床底下的东西被王姐翻出来了，他交代过让王姐不要动他的东西，也不要进房间打扫，可王姐忘了。

“请问，这是从哪儿来的？”齐羽拎着那塑料袋问马龙。

马龙顿时脸都白了，可他马上又笑了，说：“这东西有用吗？”

“从哪儿弄来的？是什么东西？”齐羽逼问。

“哪儿弄来的我倒不想告诉你，至于是什么东西，我就直说了吧，这上面全是你父亲的血。”

“你、你、你，你拿到这里来是什么意思？你究竟想干什么？”

“我不想干什么，我没有任何害人之心，我只想以此奉劝一个人迷途知返，不要再对一个杀害你亲人的杀人犯抱什么幻想了。杀人犯就是杀人犯，不会给你带来幸福。一边参与杀掉这个女人的父亲，一边又要讨得这个女人欢心，真是岂有此理！这……难道还不能说服你吗？”他指着那个袋子。

“那你为什么不早拿出来，为什么要藏着？”齐羽问。

“我……我想找一个适当的机会。”

“快把它扔掉！”齐羽激动地指着袋子对王姐说。

马龙拿过了袋子，说：“且慢，如果齐总你不想主持正义，我倒想主持一次正义看看。”

“你想做什么？”

“报案。”

“他早就说过他没有动手。”

“你是相信他还是相信他满身的血？”

“这是我父亲的血，你少管闲事！”

齐羽与马龙争抢起来，两人几乎打了起来。齐羽脚未站稳，摔倒在地上，头碰在墙角上。

“齐总！”

王姐去扶她，马龙也过来拉她，齐羽打掉了马龙的手，挣扎着爬起来，不住地流泪。

么袒护和处置一个杀人犯吧。”马龙怏怏地说，“我也不想给你再讲东郭先生和狼的故事、农夫和蛇的故事……”

孙保卫在被齐羽叫去之前，正在福利院，毛助理拿出一张盖有公章的证明和一本户口簿给他说：“我们准备给捡捡去上户口，情况已给派出所汇报了，欢欢与捡捡的亲子鉴定做了。户口肯定上在你们的本子上，捡捡与户主就是与你的关系要填父子关系，想征求一下你的意见。”

孙保卫说：“我没有意见。”

“那就行了，你可以走了。”毛助理收拾好东西说，“你白捡个儿子，我看也不亏。千错万错，不是荆欢欢本身的错，最大的责任还是在你。”

天色变了，乌云滚滚，雷声轰鸣，狂风大作。荆河的入江口，芦苇在摇荡，波涛在狂号。孙保卫以为齐羽不会来的，但他看到齐羽和她的那辆保时捷都在江边，齐羽站在凉亭的背风处。

齐羽提着那个塑料袋，等他走近，沉默着没有看他，孙保卫也不敢讲话，他预感到会发生什么。

“这个就是你的衣服吧？”齐羽举起那个塑料

袋说。

孙保卫知道该发生的终将会发生，他忐忑地接过来，打开，拎出来：一件血淋淋的衣服。

“这不是我的！”孙保卫高声否定说。

“啊？”

“不是的，不是我的，我没有这样的衣服，另外，这件衣服不是太小了点吗？”他抖开那件衣服。

“你在狡辩，有人提供的。”

“不可能是我的，我的在那个刘五手上。”

“是不是你的无所谓，你已经做了，你浑身沾满了我父亲的鲜血，这是真的吧？”

“是的，我都给你说了，我确实在现场，我都看见了，我没有出手阻止，我向你忏悔了，我不是杀人犯！过去的事，我再次向你道歉，请你原谅我。请你告诉我，我应该怎么办？”

“你应该去派出所，向他们说清楚，你敢吗？你心中无愧，为什么不敢去说清楚？为什么要躲躲藏藏？”

这问得好，问得孙保卫无言以对。两人沉默在那儿。风很大，雷电在行动，准备将一场暴雨从空中惊吓下来。

“你不敢，你就是心里有鬼！”齐羽将那个塑料袋向孙保卫扔过去，砸在他的身上。然后，她上了车，发疯一样开走了。

“齐总！”

孙保卫拾起那个袋子奔跑着，追赶着。这时，一辆东风风神从树丛里出来，差一点撞上了孙保卫。车门打开，是马龙，他一把抢过那个塑料袋，说：“这是齐总的东西，我给她带走。”

孙保卫没反应过来，袋子被抢走了，车也开走了。孙保卫站在那里，他呆怔着，雨越下越大，他站在雨中，任由大雨冲刷。

雨没有停歇的意思，街道成了泽国，刮雨器无论多快地摆动，都无法看清前面的路况，加上夜晚的灯光恍惚混乱，孙保卫紧握方向盘，盯着前方，在雨雾中的街道慢慢前行。每天的营业额不完成，他将没有收入。

有两个穿长雨衣、戴口罩的人招手要上车，这两个人几乎冲进了马路，拦住他的车。两个人水淋淋地坐上来，坐在副驾驶座上的人用低沉的声音简短地说：“往冷库那儿开。”听了两遍才听清，雨声雷声混杂在一起，听不清，看不清。再者他只顾盯着前面的路和交通灯，怕撞上行人，怕违章扣分。

他对去冷库的路很熟，车拐了几个弯，进入冷库大路，路上没一个人，只有雨。到了冷库门口，副驾驶座上的人没有要停的意思，只是用手示意继续往前。

这样的风狂雨猛之夜，孙保卫心里一阵阵发虚。看到前面一个加油站，他便说："师傅，对不起，车子没油了，我要加点油。"

"前面就到了，回头加油。"副驾驶座上的人说，并把手放在方向盘上。

他硬着头皮往前开。

他突然觉得旁边那个人的声音有些耳熟，想不起是谁，他把头偏过来用眼角瞄他时，可看不清，后座和副驾驶座上的人，都被雨帽遮住了真面目，加上口罩，什么也看不到。

孙保卫还是极力想看清这两个人。旁边的人突然掀开雨帽，道："别看了，开车！"

是刘五！

"你们要去哪儿?"孙保卫稳着自己的内心和情绪问。

"开！"刘五说。

坎坷的坡路，杂乱的树林，越来越野。车开不动了。

“下车。”刘五命令说。

他和邓杆先拉开车门下来，迅速跑过去拉孙保卫这边的车门。孙保卫突然挂挡往后退，但后退艰难，见孙保卫倒车欲跑，刘五和邓杆恼羞成怒，连踢带捶砸他的车。孙保卫这下被激怒了，车是别人的车，砸坏了得他赔，便去撞这两个人。在灯光里，刘五他们躲避着，孙保卫一次次冲撞，后退，再撞，都没有成功。但他想的是倒车逃跑，掉头，然而，关键时刻，他的车熄了火。

他被拉下车，两个家伙劈头就给了他几拳，把他在泥水里拖着，拖到一个新坟那儿。刘五说：“好了，小子，这里睡的就是我家的那个老浑蛋，他已经死了，在牢里得病死了。我想给你留条活路，你却不想给我家老东西留条活路。你还记得吧，他是怎么进监牢的？”他指着那坟说，“是你家的老狗杂种，这个债，必须由你还！”

刘五一拳砸在孙保卫鼻梁上，一股咸腥味冲天而起，鼻血横飞。刘五不知从哪儿举起了一个塑料袋，在车灯射过来的、被雨雾洇暗的光线里，孙保卫依稀看到了那里面的衣服，正是他丢弃的，可他却说：“我已经看见了，是假的。”

“这个是真的，小子，你真假分不清吗？你是不见棺材不落泪，说，小子，是给钱，还是上派出所？”

孙保卫从泥水里一跃而起，去抢那个塑料袋。两人扭打着，双双倒在泥水中，滚来滚去。

“你他妈还不动手！”

刘五一声喝，在一旁的邓杆先抓过去刘五手里的塑料袋。孙保卫再来抢，刘五在后头踹了他一脚，他便一个嘴啃泥，被刘五与邓杆踩在了脚底。

“想要是吧？死了个人，你还想白要？”刘五说，又狠狠地踩了他一脚。

孙保卫痛苦得扯起嗓子大叫：“你们不就是要几个钱吗？”

“对。”

“你们为几个钱，害得我够惨了，你们让我老婆失踪失忆，让她跟一个山里的农民生下孩子；你们抢万儿的货，让我失去工作。你们像幽灵，像魔鬼纠缠了我几年，让我不得安宁，毁了家庭，毁了幸福，我今天跟你们拼了！”

孙保卫挣扎着爬起来，像一头发怒的狮子，与他们对打起来。就在他再次摔倒时，一个东西从口袋里飞出来，带出一条水线，分外明亮，他拾起那个东西，是手机，他灵机一动，按了110号码：“喂，你是

110吗，我是荆河公司出租车司机，有两个人正在对我抢劫，我的地址在西郊村的三里坡坟山……”

他打完电话，发现刘五他们正在拼命地往坡下跑……

笔录是在加油站的办公室里做的，孙保卫始终不肯说出刘五和邓杆的名字，坚持说是两个陌生人。警察问他们抢走了你什么，孙保卫说没有东西被抢走，手机他夺回来了。

半夜回到家里，把荆欢欢吓得不轻，孙保卫已经是一个泥人，头上、脸上、身上都是搏斗过的伤痕。

“我遇到抢劫的了。”他说。

“抢走了什么？”

“没有，我打跑了他们。”

“你报案了吗？”

“报了。”

“是哪些坏蛋干这种抢劫的事呀，这些狗东西，你有啥好抢的？咋就不去抢有钱人的！抓到他们千刀万剐！”

他太累了，伤口疼痛，搽了碘酒后，他呼呼地睡着了。她坐在他身边，望着他伤痕累累的消瘦的脸和手，泪水无声地滑落下来。

整个晚上，他都在噩梦中煎熬，刘五和邓杆青面獠牙，将他撕扯着，就像他在神农山区看到的“扒狗子”。他几次醒来，看到荆欢欢还守在他身边，他让她去睡，可她不干，就坐在那儿，可怜巴巴，看出全身在微微抽搐。

他想好了，第二天叫妹妹孙小姝过来，将事情的经过告诉了她。他对她说：“事情就是这样的，我必须去派出所，把事情的真相说出来，不然永不得安宁。家里有什么事，你看着点，特别是你嫂子，她也可怜，确实不能再受刺激了。”

妹妹孙小姝劝她哥道：“哥，能不能不去见警察？”

孙保卫摇着头，说：“不去见警察说清楚，刘五不仅会反复敲诈我，还会因为他父亲的死，迁怒于我和你，得要求警察保护，在任何时候，警察都是我们最后的避风港、庇护所。”

妹妹说：“我信，但是，你说出来，警察会把你抓去的，哥！警察会怀疑说，你没有事为何躲他、怕他，而且到现在才说出来？”

孙保卫说：“你说得很对，所以我才准备去号子里蹲上几天，不过，我相信警察会最终证明我的清白，蹲号子的应该是刘五他们，而不是我。”

“哥，你比我还单纯。”

"是吗?"

"见了警察，事情就麻烦了，能不能找个既安全又不见警察的办法?"

孙保卫茫然无言。

孙小姝抚摸着她哥脸上、额头上的伤说："哥，先别急，你看你，这个样子，警察见了你会吓坏的。"

"我被他们打的，这怕什么?"

"再看看，你听我一句，行吗，哥?"

孙小姝左想右想，只有自己去找刘五，不过，她拉上了万儿，万儿在孟盆子那儿干活，孙小姝对万儿说了她的想法，万儿说不可行，刘五这家伙心狠手辣，是个茅坑里的石头，又硬又臭。孙小姝说，也许她的诚心能感动他咧。万儿笑着说绝无可能，我陪你去就是了。

哪知万儿十分害怕刘五，刘五还没走过来，万儿就开始四肢哆嗦、浑身发冷。在约好的一个茶寮里，刘五和邓杆从树林里走出来，他们四处张望着，看有没有危险，直到什么都没发现，才从暗处出现。

"不是你哥设局来抓我们的吧?"

刘五的脸上也有伤痕，邓杆的伤处似乎也不少，两个人看起来是经常打架的，老话说爱打架的狗没一张好皮。

“刘哥，没有，我保证过，就是我让万儿陪你们喝茶。”孙小姝说。

“万儿，你小子离开我们，赚大钱了吧？”刘五问哆嗦的万儿，“你他妈怕金森，抖啥哩？”

万儿给他们添着茶，连连说：“刘哥喝茶，刘哥喝茶！”

“让小姝倒。”刘五说。

孙小姝只好给刘五倒茶。刘五刨子一样的眼光在孙小姝身上刨着，刨光了她的衣服，刨进了骨头，嘴巴都馋得直抽搐，说：“小姝，你这丫头完全长大啦。”刘五喝了一口茶，用杯盖刮着浮茶叶，问孙小姝，“美丽的小丫头，你找我们了？”

孙小姝说：“我是来替我哥向你们求个情的。”

“不是报警了吗？不过，我谅你哥哥什么也不敢跟警察说，要让警察来抓我们，先把他抓进去。小姝，我可丑话说在先，你哥因为万儿这小子，将我抓进去待了几天，也没事，现在，我老头死了，我也成了孤儿，跟你们一样啦，烂命一条，想怎么办，我刘五奉陪到底，不过嘛……”他把身子凑过去，手就不老实了，摸了一下孙小姝的下巴，“我这人还是有原则的，把你和你哥分开，你是你，他是他，因为嘛，在学校，你就是我暗恋的对象，我梦想以后要你做老婆，对你百依百顺，现在，我就等着你一句话……”

孙小姝取下她身上的戒指、项链，又拿出手机，放到桌上说：“刘哥，父辈的事我们不谈了，他们都不在了。以后的事，以后再说。现在，我先求你，看我一点面子，就把那件衣裳还给我哥，好吗？”

刘五看着桌上的那些东西，说：“你面子还不小啊，美丽小丫头，收好，我不要女人的东西。男人有本事，应该给女人买东西。”

“我就是来求你的，你嫌少吗？”

“多少与我们谈的事没关系，你的笑脸可以了结我们刘孙两家的仇恨，女人一笑抵千金嘛。”

万儿在一旁说：“刘哥，她求了你，你就给她算了吧。”

刘五吼道：“滚一边去，这里没有你说话的地方！”又跟孙小姝笑着说，“咱们之间，有话好说，有事好商量，先把这小子赶出去，看着烦死！小姝，你跟我走，去拿东西。万儿，你滚！”

孙小姝对万儿说：“那你先走吧。”

“我不是保护你的嘛。”万儿小声说。

邓杆一掌就将万儿推出了门外，并将桌上的那些首饰、手机，抓起来放进刘五的口袋里。

孙小姝跟着刘五他们，孙小姝问刘五："你真的带我去拿我哥的衣服吗?"

"那还有假? 你认为有假，你可以不去。"刘五说。

"去!"

万儿在不远处喊："小姝，不能去，去不得!"

"给他两脚。"刘五命令邓杆。

邓杆跑过去朝万儿猛踢了几脚，出租车停下来了，刘五拉着孙小姝上了车，邓杆将万儿推开，也上了车。车刚开动，万儿就跑上来拦在车头，大声说："司机，停下，小姝，不能去!"但车把万儿甩开了。

车开进了一条小巷，他们下车后，走进一栋老房子。孙小姝在门口停下脚步，刘五手依然拽着她，说："进去呀，我家的房子不认识了?"

孙小姝感到这老房子像是从地底下扒出来的一口大棺材。刘五进了屋子，拉开电灯，孙小姝看到了刘五的父亲刘筋斗的遗像，竟然搁在墙角的老鼠洞旁，屋里霉气烘烘。就跟被日本鬼子轰炸了一样破烂不堪。

门嘭的一声关上了，孙小姝前后一看，邓杆不在了，屋里只剩下她和刘五。她心一惊，凉了，顿觉孤立无援，但还是抱着幻想对刘五说："把我哥的衣裳给我，好吗？"

"美丽的小丫头，你坐一会儿嘛，你可是难得的贵客，我得盛情招待招待你呀。"

刘五靠近她，就是压着她，不让她走，不让她动。小姝避让着他，不知不觉被逼到了角落里，脚下哐啷一声，那个可怕的遗像倒了。

刘五没管那个遗像，用脚一扒，像扒一件废物。

"你躲我干什么？我会吃了你不成？女人不是用来吃的，是用来疼的，你别紧张，我保证不吃你。"

他把她往肮脏的沙发上拉，孙小姝不敢靠近沙发，她感到了危险，她要跑，要离开。她再一次说："把衣裳给我，刘哥。"

"你急什么嘛，美丽的小丫头，你真的好看，都长圆啦，你看你的脸蛋，看你的胸……"

孙小姝挡着他的手说："请你对我放尊重点，请你别干坏事。"

"好事好事，哪会干坏事呀，你这美丽的小丫头。"他从兜里掏出她的项链、戒指和手机，"这些都是你的，我现在物归原主，这项链，天生是你戴着的东西，你干吗取下来给我呀？"

他将那些东西放在桌子上，拿起项链要给孙小姝重新戴上。孙小姝害怕地护着脖子，刘五找不到下手处，举起项链，说：“你不想领我的情？我是还给你。”他把孙小姝的手掰开，将项链放到她手上，又将她的手收拢，抓住，另一只手去揽她的腰。

孙小姝瞅了个空子往外冲，却被刘五一把推倒在沙发上，臭烘烘的嘴就凑了过来，压着她，然后撕她的衣裳。

“美丽的小丫头，我从小就喜欢你，今天让我们结婚吧，我们结婚我们两家的恩怨就了结了，你哥就成了我的大舅子，冤家成了亲家，多好啊……”

孙小姝大喊：“不！不！”她拼了命地反抗着，项链滑落到地上，她推开他，用尽全身力气，狠狠扇他一耳光，又抢过桌上的手机，拉开门就跑。正在门缝偷看的邓杆差一点蹿进来摔倒了，孙小姝冲出去，邓杆转身想扯住她，被她推了一掌，头撞在了墙上。孙小姝在小巷里寻路奔跑。

刘五不知什么时候手上捏着小姝的戒指，一个小巧的女戒指，他干笑着，把戒指戴在了自己的小指上，举着手，笑道：“呵呵，呵呵……”

孙小姝泪水飞溅地在街上奔跑，人和车纷纷地向她身后倒去。

“孙小姝！”是万儿在后头喊，孙小姝没有听见。

她只顾跑着，离那个可怕的魔窟越远越好……

她抬头一看，跑上了荆河大桥，桥上行人稀少。两个警察看见一个披头散发、衣冠不整的女孩往桥上跑，以为是寻短见的，交换了眼色便向她追。警察的后头，万儿也在追。一直追赶到桥中间了，两个警察才拉住她。

孙小妹脸已经跑白了，气急得不能说话，双腿发软。警察问她："怎么回事?"

万儿赶了上来，喊着"孙小妹"。

"哎，你们……究竟是怎么回事?"警察回过头看万儿，问万儿。万儿气喘得更厉害，不能言语。

"去抓流氓!"孙小妹终于哭喊道。

警察面面相觑。

"你们快去、抓、两个流氓。"万儿对警察说。

只见一辆出租车停在路边，孙保卫和孟盆子从车里出来，警察对他们说："大桥上不能停车，快开走!"

孙保卫对警察说："对不起，警察同志，这是我妹妹，她受人欺负了，我们是刚接到电话赶来的。"

"坏人在哪里?"警察问孙小妹和万儿。

"在……"

万儿刚说，孙小妹就打断了他："没有，警察叔叔，你们不要管!"

她上了出租车，孙保卫他们也跟着上了车。两个警察看着车开走了，又一阵面面相觑。

十九

孙保卫从卫生间的扣板上面，找出了那颗子弹，他决定去派出所把整个事情的来龙去脉说清楚，以求解脱。他让孟盆子和万儿陪他，也让他们作为证人。于是去了当地派出所，竹筒倒豆子，一五一十地讲了事情的经过。

派出所一个姓杨的副所长拿着孙保卫上交的那颗子弹对他们说："你们反映的情况非常重要，我们将展开调查。不过在没有掌握确凿的证据之前，我们是不能随便抓人的，这颗子弹就放在这儿，作为你们的证据吧。"

孟盆子指着孙保卫对那个杨副所长说："那个刘五是惯犯，把这位孙保卫害得够惨了。"

"我们了解了情况，视情况立案，但也不能只听一面之词，我们要多方侦讯调查，触犯法律的，必须负法律责任，得视问题的轻重，你们就耐心等待。有什么进展，我们会随时通知你们。"

当他们走出派出所时，看到了齐羽的那辆保时捷，也看到了齐羽正走进派出所。孙保卫对孟盆子他们说："警察行动很快。是找齐羽来问情况的，咱们在这里等等。"

几个人在派出所外面的花坛上坐着，终于等到齐羽出来，齐羽看到他们说："你们还在这儿？"

她好像有话要讲，孙保卫也想问下情况，便对孟盆子和万儿说："你们先走吧。"

等他们走后，齐羽对他说："我说出了假血衣的事。"齐羽看着楼上那个巨大的警徽。

"我不是故意牵扯你的，我只想证明我的清白，结束过去。"孙保卫说。

"你会连累许多人。"齐羽说。

"这两年我过的是什么样的生活，还是人的生活吗？昨天，小妹想找刘五去要那件衣裳，还差一点被他糟蹋了。我被打，被抢，老婆被拐，还出现了一个别人的儿子成了我家一员，这种日子不能再继续下去了，我只有面对，决不能让坏人逍遥法外！"他激愤地说。

"他们去抓他了吗？"齐羽问。

"我不知道。"

"事情没有你想的那么简单，因为他们是坏人。"

齐羽说，“为什么会有一件假血衣在马龙手上，你说这是为什么？”

“他们会危及你的安全？”孙保卫紧张地问。

“什么都会发生，你放心，我会保护自己的。”

齐羽上了车，却没开走，伸出头来说：“你上来，我送你回去。”

“那不是我的出租车吗？”他指着停车场说。

齐羽走了，孙保卫还站在那儿，他感到事态真的很严重。

警察从马龙的办公室收走了那件假血衣，警察来找他，让他很紧张，但他只说这是一个叫刘五的人给他的，他对此人不熟悉。但后来，他是在孙保卫的手上拿过来的，留下就是想交给警察，可能会有用。因为他的老总齐羽，其父亲被社会上的坏人杀害，他是想提醒齐总，一定要防范，这件血衣是真是假他不知道，事情就是这样。

警察要他别隐瞒，否则做假证是要负法律责任的。他保证没说假话，跟那个刘五没有任何来往。

送走了警察，马龙马上拨通了齐羽的手机，得知齐羽和琪琪到外地玩去了，他说：“为什么不让我一起去？我是琪琪的爸爸呀。”

齐羽在电话里笑，笑声很怪，这让马龙讨了个没趣。他问齐羽："我没想到，你会跟警察说起这件衣裳的事，我很奇怪，你干吗坚持这件衣裳是假的？"

"假的就是假的呀。"

"这对你有什么好处？你就那么相信姓孙的话吗？"

"你能不能告诉我，最早这个东西是怎么到你手上的？刘五为什么要找到你？"

马龙语塞了，但他得尽快回答，不能吞吞吐吐。

"我就是想让你吸取教训，看到这东西后，引起警惕，跟像姓孙的这种人来往并信任他，你只会吃第二次亏，而且是大亏。后来我抢过来，不能让他销毁这东西，然后交给警察，现在终于转交了，我就放心了。"

"那就等警察的结论吧，究竟谁是坏人，终将水落石出……"

齐羽带着琪琪去了郊外的一个游乐园，划船、散步、荡秋千。马龙在等待她回来也等待派出所的消息中坐立不安，两天后，派出所让他去一趟。

杨副所长对他说："据我们进行检测的结果，这件血衣上的血，不是人血，是猪血。"

"有这种事？这证明刘五将那件真的藏着了，希望警察迅速将刘五抓起来，让他交出血衣。血衣肯定有。”

“刘五敲诈过你吗？”

“呃……没有。”

马龙走出派出所就控制不住了，电话打到刘五那儿。

“你小子胆子够大的，真是假血衣。快把钱还给我，不然我让你判十年！”

“别激动，马总，我马上过来讲。”

不一会儿，刘五和邓杆从出租车上下来了。刘五可怜兮兮地对马龙说：“请你别说我找你要了钱，不要说是用钱买的。”

“不是用钱买的，用命买的？”

“我这次跑不掉了，你能不能说是你自愿用钱买的？”

“你开的价。”

“敲诈啊！我的天哪，我完蛋了，马哥救救我！”

刘五双膝落地，咚的一声跪下了。

“你、你、你这是干什么？男儿膝下有黄金，你他妈让人看不起，起来！”

“马哥，你千万别说我找你要了钱。”

“那你不把钱给我？”

“给，一定给，砸锅卖铁也给！”

“先打个欠条。”

马龙拿出事先准备好的纸笔，让刘五写了欠条。

“你也别说我是花钱买的，否则小心我杀了你！”马龙怒吼道。

马龙一掌推过去，把刘五推倒了，邓杆赶快去扶刘五。马龙说：“你他妈给我个假的，就拿走一万块，当我的钱是大风刮来的？你把我当猴耍！”

刘五说：“马哥你别上火，咱们现在绑在一起了，当时我只是不想让你去害姓孙的。”

“我害他干什么？不是你天天找的我吗？我要你个破衣服卵用，你不是叫穷吗？他已经报案了，警察还没抓你？你小子跑是跑不了啦。”

“你、你说什么？”刘五急了，结结巴巴地问，“报警、警察？”

“你算是二进宫铁定了，祝贺你，臭小子。”

“怎么办，马哥，你出出主意吧。”

“你说了你敢做证的，你就死咬着他杀了人，不就成了吗？”马龙说。

“可是警察相信吗？”刘五说。

“从现在起，你就是唯一的证人，谁又能把你的心挖开，看你说的是真话还是假话？”马龙说。

“这……好吧，我试试，马哥，我要是再进去的话，你可要给我送牢饭哦。”刘五说。

“饿不死你的，小子。”马龙说。

马龙没走几步，刘五喊住了他，说还有东西让他转交给孙小姝，马龙一看，是女人的戒指和项链。他瞪着眼睛问刘五，小姝的首饰怎么到你手上了？刘五说，放心，不是抢的，怕她诬咱抢的，就请你帮忙转交了。马龙不接，说，你得告诉我这些东西的来历。刘五说，孙小姝想为她哥哥求情，要我把那衣服给她，交换的。马龙气愤地说，刘五，你这货拿了别人的首饰，却不把东西给人家，是何居心？我警告你，敢动小姝一指头，你的命就完了。马龙并要求刘五尽快将衣服交给警察，投案自首，求得从宽处理。

“你怕什么，你的腿发抖了？你从来不就是天不怕地不怕的吗？事到临头，怕了？站直喽，别趴下！”他鄙视地看着刘五，又说，“要弄烦了，我就把借条交给警察，说你骗走了我一万块，听我的，否则我随时把你送进号子里去！”

马龙开着车来到了白楼，在门口给孙小姝打了个电话。听说是马龙，问是啥事，马龙说：“项链和戒指，我都给你要回来了。”

“你现在在哪里？”

“就在你门口。”

当孙小妹接过失而复得的东西时，问马龙：“你是怎么要回来的?”

“别问，我只要知道了，就当然得要回来，这小子，欺负到你头上，那不是找死吗!”

马龙又约她去吃火锅，说：“别紧张。我没有勾引你的意思。首先声明，我不是有妇之夫，也不是好色之徒。没有欺负你，没有强迫你，正常的异性闺密，这算是正常的交往吧。”

他示意她上车。可孙小妹说她还没有下班，马龙说，我车停在这里等你。

马龙没有恶意，又帮她要回了首饰，她很感谢他，不好拒绝一顿火锅。

下班后，电话来了，果然马龙还在门口车上等着她，孙小妹只好下楼，与他去了一家火锅店。

“我不要你喝酒，我也不喝，咱们以茶代酒。”马龙说。

孙小妹当然首先得谢谢他，马龙说：“不用谢，我倒要感谢你陪我。”

孙小妹喝不惯茶叶，说：“我总觉得这茶好苦好苦。”

马龙立即要服务生拿来一听椰奶，说：“这不算苦，还有比这更苦的。”

“药?”

“不，我，我就很苦。”

“有车有房，你苦什么呀，装苦。”孙小妹说。

“小妹，你还很小，你不知道人的心苦为最苦，唉。”马龙叹了一口气。

“再苦，也没有我们失去父母的孩子苦吧？还遇上了像刘五这样的流氓欺负，马哥，你可不可以想个办法把刘五他们抓起来?”

“听说你哥哥已经报案了。”

“是啊，到现在什么消息都没有，没听说把刘五抓起来呀。”

“他得有犯罪事实，你得有铁的证据，法治社会，不能乱来，你哥哥能拿出多少证据?”

孙小妹说：“我不太清楚。”

“假如刘五说你哥杀了人，也拿出证据来呢?”

“胡说，那是诬陷。”孙小妹说。

“不，证据就是证据，证据是无情的。善良的愿望代替不了残酷的现实。”

孙小妹没有吃的心情，匆匆从火锅店出来，灯火阑珊。马龙问：“就这么回去吗?”

孙小妹说：“我叫我哥来找我。”

马龙一点兴致也没了，说：“你的警惕性蛮高的哦。”

“不是，我要早点回去，照护孩子们上床休息。”

“不参观我的狗窝吗？”

“你不是搬到齐总的别墅去了吗？”

“你不是说我有车有房嘛，我还真有一套狗窝。”

“嘿嘿，真狗窝？”

“一百四十平方米，带精装修的，万科江苑。”

“江景房啊！”孙小妹羡慕地说。

“十六层，去不去看看？”

“不去不去。”孙小妹一口回绝。

他拍拍她的脸，说：“好吧，好吧。”

送到白楼门口，他下车来，在树影暗处，对孙小妹说：“我可不可以亲你一下，小妹？”

“不行，我哥马上就来。”

但马龙已经把她逼到墙边了，抱着她的头，嘴巴压了过去。孙小妹紧咬牙齿，没让他深入，并推开了他，说：“以后不准这样！”

孙小妹进了楼里，马龙在车上看到孙保卫的出租车开过来了，立马发动车往前面走了。

孙小妹出来见她哥，孙保卫问：“小妹，这么晚，找我干什么？”

“哥，我的项链和戒指，马哥给我要回来了。”

“不要叫马哥，就叫他马主任和姓马的。他给你要回来的？刘五给他的？刘五怎么会给他？不要再跟他搅在一起了，听见没有？”

“哥，你不是说，要我找男朋友，不要找穷人，要找个有钱人吗？”

“我说过这话？就算说过，有钱人也不是像姓马的那样，鬼鬼祟祟，贼头贼脑，我感到他与刘五有交易。”孙保卫说。

“哥，你真没杀人吧？”

“我杀人？你哥会杀人吗？我杀了人我敢去报案？”

“有人说，可能刘五真会有证据，到时候不是抓他，而是要抓你嘞。”

“你听谁说的，马龙？”

小妹只好老实点头。

“还是马龙。他为什么这么热心，他恨我？”

齐羽从楼上的窗口看到马龙频繁外出，不能不让人生疑。齐羽又去了一趟派出所，问了一下情况。但杨副所长的口风很紧，没有透露什么消息，只说他们在按正常的程序走。在所长办公室不到半个小时，看到警察在这办公室进进出出，都是关于当天的发案。有几起居民楼被盗的，有电信诈骗的，有碰瓷的，有打架斗殴的。从杨副所长嘴里抠出的信息是，电信诈骗很多，有几十万的、几百万的、几千万的。有的追回了，有的无法追回，因为诈骗团伙在国外，他们的警力有限，办案资金不足。至于那些小偷小摸的盗窃案，在齐羽看来，也就是报报案，看看现场，不会有啥结果。那么，什么血衣，什么证据，什么敲诈，案底就那么大，主犯早被枪毙了，案件了结了，还能怎样？再抓几个漏网之鱼？新的案子层出不穷，让警察疲于应付，对一个陈案的追踪，他们真要办的话，那也得排队。至于暗中调查，也不是没有可能，但有先有后，有轻有重，趁他们还没有正式启动，免得夜长梦多，把衣服拿过来，事情就没了，孙保卫和她自己兴许就从旋涡中解脱出来了，这也是她向孙保卫报救命之恩的一次机会。她想到这个办法，甚至认为自己比较迟钝，早该如此，舍点小钱，也不至于让事情越闹越大到不可收拾的地步。

齐羽于是给孙保卫打了个电话。

“你现在可与刘五商量，就说按他的价，把衣服买回来，但必须让我拿着，你现在就可以跟他联系。”

“他还没有上交吗?”孙保卫问。

“你问了再说。”

“我看算了，案已经报了。这样的话，他还以为我心虚，或者会说我怕他，更加得寸进尺胡搞。”

但齐羽要他联系，钱她付便行了。

过了一会儿，孙保卫回话了，告诉齐羽，他打了电话。

“情况怎样?”

“我告诉他，找人借了点钱，将那件破衣服赎回，咱们各走各的路，以后不再纠缠。他说我要花招，我给他说，是为他好，希望他别二进宫，不要让两家后辈的仇越结越深，从此化解。我还提到他曾说过，衣服始终未给他坐牢的爹，是不想把我投进监狱，所以今天我也念你的好意，也不想把你投进监狱，衣服给我，我撤案。”

“他答应了吗?”齐羽问。

“他说再想想就挂了电话。”

“那就等吧，对一个见钱眼开的人，他应该心动，再说，你安抚了他说撤案，他就不想过安生日子?非得要瞎折腾，到头来自取其辱，害人害己，引火烧身，他就不想想吗，除非他就一神经病……”

刘五怵马龙，这事他在考虑怎么跟马龙讲，拿了他的一万块钱，衣服又被识破了，他想了想，这事得跟姓马的讲明白，一件破衣服弄出这么大的阵势，弄得鸡飞狗跳，弄不好把自己玩完了，于是就将孙保卫决定要买这衣服的事告诉了马龙。马龙在电话里狂笑，说：

“小子，你想一女二嫁？有这等好事等着你？”

刘五哭丧着脸说：“我、我这不是跟你先商量嘛。”

“姓孙的哪儿有这么多钱？偷的？借的？谁借这么多钱给他？”

后来，马龙说：“他要买，先让他把钱打在我的账上，否则的话，你给我乖乖地提着衣服进公安局吧。”

于是发来了他的账号。

邓杆对刘五说：“你若把衣服提到公安局，你一旦被定为敲诈，你就死定了。”

刘五梗着脖子说：“你他妈长他人志气灭自己威风，什么死定了，我要让姓孙的把牢底坐穿。”他说这话显然底气不足，有气无力。

邓杆只是笑，刘五问他笑什么，邓杆说：“我笑你好幼稚，大约也只有小学三年级的智力水平。我劝你不如把衣裳给孙保卫，要三万，你还马龙一万，我们各一万，从此金盆洗手，各自拿这一万找点事做，摆地摊也行。”

刘五微闭贼眼，思忖片刻，说：“试试，算老子倒霉。”

于是他给孙保卫打电话说，同意把衣裳给他，只是如今物价高了，他得给多一点，三万。

“你也太黑了，刘五！”电话那头的孙保卫说。

“我真的将那个东西交给警察，估计你会把牢底坐穿，你信不信？你也说了，和为贵。老子唯一的条件，就是你撤案。”

当孙保卫给齐羽说了此事，齐羽一口答应，说三万就三万吧。

孙保卫还是过意不去，说：“我不能用你这么多钱，不行。要说借，那还起来也是遥遥无期，不能。我突然想，能不能以钱作诱饵，让他来取，我们通知警察，让警察设下埋伏，把他逮个正着。钱，就可以原物退给你，而他敲诈的证据也就有了，你以为呢？”

齐羽说：“这倒是个办法，你再把事情考虑得周全一些。”

马龙回到了齐羽的别墅里，竟然给琪琪带回了一个大熊猫毛绒玩具，可这让齐羽发了大火，不让琪琪抱，将玩具丢到了走廊里：

“你不知道琪琪对毛绒玩具过敏吗？她为这种玩具住院两次了，你这是害她！”

马龙看到自己买的玩具被扔出去，又被她兜头一盆火，好不尴尬，站在那儿。他看到她扭曲的脸，她失控的情绪，不知所措。

“你出去，你出去，你搬出去，算我瞎了眼，给琪琪找这样的父亲，你配吗？”

马龙遭受了他此生最大的羞辱，这女人真是喜怒无常，十分变态。我做错了什么？我不是好心吗？马龙强忍着，他从门口拿起玩具，夹着下楼，丢进了门口的垃圾桶。

王姐看到马龙将一个塑料纸包着的大玩具往垃圾桶里塞，问这是为什么？马龙让她别管，这是有毒的。马龙进了他的房间，没啥可留恋的，他决定出去吃饭，哪怕一份盒饭也比这里的山珍海味好吃，不受气，心里快乐，是最大的享受。

马龙含着泪走出了这个别墅，路上，给刘五打了个电话。

“喂，你他妈的还没有行动，你是想等什么？”

电话那边嗫嚅不清，也许是信号不好。

“你是不是在等更大的一笔钱呀？”

“你怎么知道，马哥？”

“好呀，姓刘的，你真牛呀，说，多少？”

“没，没有多少。姓孙的给我钱，我肯定先把你的钱还了……”

“姓孙的有钱？你找他要到过钱吗？他一个代班的的士司机能给你多少钱？还不是我们老板出吗？”

“谁？”

“杀人犯、死刑犯石仔的老婆。”

他突然怒了，摁了电话，歇斯底里地踢着路边的灌木丛，叱骂道：“你是死心塌地走火入魔了！我竟然连一个代班的的士司机都不如！我为你们齐家献出了一切，他却是个对你的父亲见死不救的孬种，你就爱这些浑蛋，你他妈太变态了！老子瞎了眼，你这个婊子！烂货！贱女人！……”

约来了刘五，他要把这事了结。

刘五一来，马龙就给他一顿骂：“臭小子，你为一个穷鬼几年来绞尽脑汁，你就是敲诈，也要找个有钱人，三万块钱跟三十万在量刑上有什么区别？你说！”

刘五不知这个马龙今天为啥发这么大的脾气，上了几个菜，喝那么多？

“我找他要三十万?”

“三十万算钱吗? 嗯?”

“三百万?”

“你的想法全是一个街头小混混的想法，我说你没用，你还很自恋。如果他们让警察设伏的话，你三万块钱就是一个红蚯蚓，小诱饵，明白吗? 那还不如好好盘算，稳稳当当地弄个至少五十万……”

“这件破衣服，能弄五十万? 做梦吧?”刘五说。

“衣服，衣服，你们他妈的就不能换个思路?”

于是，他说出了将齐羽的女儿琪琪抱走，让她出钱……

“这就是绑架呀，马哥，你这是让我把牢底坐穿，你也要坐牢!”刘五说。

旁边的邓杆说:“这干不得，弄不好咱们全完蛋了。”

“如果我能保证齐羽不报警呢?”

“你有这个能耐?”刘五和邓杆看着他。

马龙说:“什么绑架，不就是抱着小孩去玩玩嘛，就说是她走失了，让她感谢一下，这对她来说，不是九牛一毛? 知道她继承了多少遗产吗?”

“不知道。”

“不知道我就不说了。”

一个人被仇恨烧灼后，就会不顾一切，孤注一掷。

琪琪不见了。

王姐在屋里去上了一个卫生间，出来就没看见在院子门口骑车的琪琪。她到处找，都不见琪琪的踪影，那辆童车歪倒在路边。她喊着琪琪，真的没有了。她又到大门的门卫那儿问，看到有人抱孩子出别墅区没有，门卫说没有，查看监控，没见有人带着小孩出去。她浑身颤抖，立马给齐羽打电话，告知她琪琪不见了。

齐羽、孙保卫、马龙都来了，马上在别墅周围寻找，呼喊，碰头之后都是失望。

他们打开了门口的监控，看到一个穿带帽雨衣、戴着口罩，看不清面目的男子，将琪琪抱走了，骑着一辆电动三轮车，从别墅小区后门离开了。

孙保卫说："要赶快报警。你们报警，我开车沿着几条路去追。"

他开着出租车沿路追赶去了，齐羽正要拨打电话报警，马龙示意不可，说："千万不要莽撞，如果是坏人，心狠手辣，撕票咋办？或者，是有朋友开玩笑，抱着出去玩了呢？"

齐羽一想也是，便问："会有消息吗？"

不一会儿，齐羽的手机就响了。

“嫂子，让你受惊了，琪琪在我这里，玩得正开心哩，你们咋不把她看好，到处乱跑。你放心，我这里很安全，我哥们儿石仔的女儿嘛，我会送过来的，你不要误会，昨天我梦见石仔哥，说让我将琪琪送到他坟上看一眼，我只好满足石仔哥的愿望。”

“你是刘五？你们在公墓？”齐羽问。

“是啊，不过我们已经离开了，石仔看到他女儿，生活得这么幸福，长得这么漂亮，应该会很高兴，我代石仔哥向你表示感谢啦。不过，你千万别报警哟。”

“刘五，你好大的胆子，在光天化日之下绑架，知道会是什么下场吗？快把我女儿送回来！”

刘五说：“嫂子误会误会，说得太吓人了，什么叫绑架？不是，冤枉！我们一定会将你与石仔的女儿和那件血衣送给你，但我们听石仔在地下说，还有一个凶手没抓到，他参与了杀你父亲的事，在楼下望风，后来动手杀了一刀。我们是提醒你，远离杀人犯……”

他听到齐羽停顿了一会儿，后来齐羽说：“你就开个价吧。”

“不是、不是开价，是这样的，我和朋友两个是无业游民，我已经蹲了半年号子，二进宫三进宫，没有什么不同，无所谓了，但我们还是想改邪归正，自食其力，想租个门面卖手机配件，请你可怜可怜我们这些底层人，帮助我们，五十万租店进货，从此我们回归社会，好好生活，好好做人，以后赚了钱一定还你，行吗，嫂子，谢谢你啦！”

马龙凑得很近在听着，却听不太清，问齐羽：“他们说什么？”

“要五十万。”

马龙一把拿过齐羽的手机，对里面说：“刘五，你是什么东西？土匪，渣滓，你要这么多钱？”

对方说：“我们找齐羽借钱，不是要。”

马龙将手机给了齐羽：“他说是找你借，这两个家伙也是可怜，他也成了孤儿，想行个正道，改恶从善，你说怎么办？”

王姐一直在责怪自己，流着泪说：“唉，都怪我，都怪我，一眨眼的工夫就……这些黑心烂肝的，是些什么人啊！”

马龙说：“王姐，齐总没怪你，琪琪不会有事的，他只要钱，不要命，齐总你看怎样解决？必须尽快决断。”

“报警。”齐羽说。

“这种事，香港电影可多了，真事也不少，你报警，他撕票，狗急跳墙，两败俱伤，你要冷静。”

“答应他的条件？”齐羽像是在问自己，也在问马龙。

孙保卫回来了，可齐羽像没有看见一样。

“你的任务是望风，是吗？”齐羽冷冷地问孙保卫。

孙保卫似乎感觉到了一点什么，看着在一旁扭着嘴角嘲笑的马龙，问齐羽：“怎么啦？”

“你问你自己。”齐羽说。

“齐总让你扪心自问，人哪，总有一天要见光的，你干的事总有人看见了。”

“我干了什么事？”孙保卫说，“我猜到了，刘五绑架了琪琪，又栽赃我什么？我说了，我问心无愧。”

他们在说话时，手机断了，再打通，听到里面传来琪琪的哭声。

马龙抢过去吼叫着：“刘五，你若敢动琪琪，我一定杀死你，至于你提的条件，我们可以商量。”

里面再次传来了“五十万”的话。

马龙说：“你这浑蛋，以为我们老总是开银行的吗？你以为五十万是五十捆卫生纸啊！”

“我不想跟你说，我跟你们老板说。”

“听我说，如果把这款筹齐，你是不是能够保证琪琪的安全，保证把那件衣服给我们?”

“一定给。”

马龙蒙住手机对齐羽说：“我看舍财免灾，算了，这些家伙不是好惹的，不答应，会没完没了，我来跟他们讲个价。”

他对着手机说：“十万。”

“不够呀，我们是开实体店，不是去吃喝玩乐。”

“二十万。”

“四十万，不能再少了。”

马龙说：“他们少了十万，四十万，怎么样?”他问齐羽。

这时孙保卫高声说：“你们怎么还不报警啊?”

“报警? 琪琪出事你负责?”马龙冰冷的眼珠子对着孙保卫说，“你跟他们是一伙的，你想毁掉琪琪是吗? 你跟石仔是好朋友，你望风，你后来动手了，你脱掉了血衣，这都是事实吧?”

齐羽这时大喊一声：“不要吵了，答应他们的要求!”

在通往郊外“楚王湖度假村”的一条湖埂上，刘五抱着哭喊的琪琪疾走着，他对成功的信心不大，恐慌，怕警察从天而降，怕二进宫。事情就这样了，邓杆抱出了琪琪，一切就只有靠运气了，也不知马龙这家伙是不是拦得住齐羽，不让她报警，只求那个富婆不把这四十万当回事，四十万不是事先的剧本，是刘五临时降下的，他害怕这价格太高，他一辈子也见不到这么多钱，十万也不敢想，只求事情赶快结束，太刺激太可怕了，这得判多少年呀，他想都不敢想。好几次，他在田埂上，几个趔趄，生怕掉入水塘，淹死了琪琪，那就吃不了兜着走了。

“我要妈妈，我要妈妈！”

邓杆在后面掏出几颗糖来说：“吃糖。”

“我不要，我要妈妈！”

邓杆又掏出几个果冻：“吃果冻。”

“我不要，我要妈妈！”琪琪踢蹬着喊叫。

“别耽误工夫了，”刘五满头大汗说，“你以为给她颗糖她就喊你爹？人家是吃人参燕窝的嘴，你不识货。”

离度假村不远了，邓杆说：“那就给她灌药啊。”

邓杆将一些药粉放入一个空瓶里，从湖中灌了些水，一把抓住了琪琪的头发，刘五卡住她脑袋，一只手捏住她鼻子，嘴就自己张开了，邓杆便将那加了安定的水灌入琪琪嘴里。

“够了，够了，你把她灌死啊！”刘五说。

琪琪哭出声来，没几下，眼就闭着了，声音息了，昏睡过去。

他们抱着她走进了安静的、水波荡漾的度假村。

“服务员，开个钟点房。”

“好的，先生，请出示身份证。”

刘五示意邓杆拿身份证，邓杆说没带，刘五也没带。对登记的女孩说：“是这样的，我们在这里钓鱼，孩子想找个地方睡一觉，没带身份证，能不能临时给一张床让孩子睡睡？”

女孩与另一个女孩看了琪琪一眼，在一边商量后答应了，他们交了钱，拿上钥匙，上楼进了一个房间。

这房间很好，可以看到大门周围和进村大路的所有情况。

邓杆想划根火柴点支烟，手上哆嗦，几次都没点着，干脆就不点了，含着烟说：“如果他们把我们堵在房间里怎么办，刘哥？”

“你这小子，吓破胆了。你跳楼嘛，窗户是开着的。”

这时响起了敲门声，刘五和邓杆两个人霎时脸都白了，邓杆赶紧去抱琪琪，想把她转移。门还在敲，他只好把琪琪抱进卫生间。

“谁呀?”刘五问。

“给你们送果盘来了。”

刘五开门，看到竟然是“荆欢欢”！

“荆欢欢！”刘五失声喊出来了。

是张霞，荆欢欢的妹妹，她又回到了荆河市，不过，她在这家度假村当服务员。她没想到客人见到她一脸的紧张，好像认识她似的，她放下果盘就走了。关上门，刘五瘫坐在椅子上，手指刮下一层额上的冷汗。他去喊卫生间的邓杆，邓杆在里面抱着琪琪，坐在坐便器上，一脸惨相。

“长得太像荆欢欢了，肯定不是，荆欢欢不会在这儿。”刘五自言自语。

“你就算认定是荆欢欢，也不能喊呀。”

“喊出来会有祸吗?”刘五说。

“当然，人家在想，什么荆欢欢，人家会有疑惑，这两个男人带个小孩，这么怕一个叫什么荆欢欢的人，有什么鬼?”邓杆说。

“我的意思是赶快走，此地不可久留，凶多吉少！”刘五说。

正当他们收拾好了准备下楼，邓杆瞅到楼下那个像荆欢欢的女子正上了一辆出租车。

“那个女的要出去了。”邓杆说。

“是下班了吧?”刘五说。

“会不会是去报警?”

“报警不会打110吗，你小子别太紧张，咱们走就是了。”

“还没有打款来?你银行卡办了短信通知吗?”

“办了，老子一秒钟看一次手机，没有。”

“电话呢?也没有打来，你是不是关成静音了?”

“没呀，老子声音调到最大了。”

这时，琪琪醒了，开口就叫着“要妈妈”，并哭了起来。邓杆赶忙捂她的嘴，说:“别哭，再哭大灰狼来了要吃你!”

可琪琪还是哭并要妈妈，邓杆问刘五:“是不是再给她灌点药?”

“灌死了你负责，”刘五蹲下去，给琪琪擦着眼泪说，“你妈妈马上会来的，啊，你妈妈欠我们的钱，你妈妈很有钱，你妈妈叫富婆，我们叫什么，你知道吗?”

琪琪摇着头。

“你不知道，我们叫穷鬼、无业游民、无产阶级、流氓无产者、街溜子。我们这些穷鬼吃了上顿愁下顿，而那些富人，喝茅台，喝拉菲，这社会分配不公。分配不公你知道吗？分配不公就是有的人流血流汗起早贪黑赚不到钱，买不起社保，有的人风不吹雨不淋坐在家中钞票哗哗往家里飘。你说，没人眼红才怪哩，咱们就是社会不安宁因素，弄大了，就是犯罪分子。像你这样的小朋友落在我们手里就是人质，就叫绑架，甚至——”刘五把双手逼近琪琪的脖子，做了一个狠狠掐卡的动作，琪琪吓得尖声大哭，“好了好了，我不会掐你，四十万到手，我就把你送回去。”

他回过头看了看在窗口紧张观察的邓杆，问：“有什么新情况？”

邓杆说：“走呀，门口很安静。”

“咱们得从后门出去……”

张霞从神农山区回到荆河市后，不敢去找自己的姐夫，也不敢回原单位上班，在网上她找到了这家离市区较远的度假村，没想到在这里被人叫了荆欢欢。荆欢欢不就是自己失踪的姐姐吗？这世界真的很小。可她看见了两个男人带着一个小孩，这不正常，说是钓鱼，又没见他们的钓鱼工具，也不像个钓鱼的，穿着也不是钓鱼人的打扮，每天来度假村钓鱼的人不少，白天黑夜都有，都有专业的装备和装束。她想赶快去找下凤姐，探听下消息。

猪头西施餐馆里，凤姐在埋头切猪头肉，看到外面进来了一个女的，不是张霞吗？凤姐高兴得大叫起来，丢下刀说：“张霞，你又回来了，你姐夫到处打听你的消息，你姐姐有消息了，回来了！”

“我姐回来了？”

“你呀你，完全不跟我们联系了，你姐还活着，我来打电话让他们来见你。”

“凤姐，先不慌，我来是告诉你一件事，非常紧急，我上班的度假村刚才来了两个男人，带着一个一岁多的小孩，我送水果进去，其中一个男的叫我荆欢欢，你现在能联系我姐夫吗？我丢了他的电话号码。那两个男人没有用身份证登记，说是钓鱼的，在这里让小孩休息一会儿，不知是不是坏人，是不是拐卖小孩的，孤儿院有没有孩子丢失？”

凤姐马上拨过去电话，她听着电话里孙保卫讲话，然后将手机给张霞，说：“你给你姐夫说。”

“张霞，你姐回来了，哪天你们见面。你说的度假村是哪个度假村？”

“楚王湖度假村。”

“女孩吗？”

“是的。”

“大概多大?”

“很小，就一岁多吧。”

“我们马上报警，是两个绑架的坏人，我们正在到处找，张霞，谢谢你！另外，你若回去，不要惊动他们。”

“知道了。”

刘五接到电话说四十万打到了他的卡上，可是那儿的信号很差，而刘五用的是个破手机，信号不好，没有接到短信。

“刘五，确定给你打了四十万，你在哪儿交孩子给我们?”马龙在电话里几乎是吼着对刘五说。

刘五他们慌不择路，已经走到江边的楚王矶那儿，他将琪琪交给邓杆，发现她一只鞋子没了。他对马龙说：“我又看了手机，没有短信通知，你们别骗我了，你不是说过不见鬼子不挂弦吗？不见四十万通知，不给琪琪！”

马龙躲在一边低声咆哮：“刘五，我以本人的性命担保，打给了你四十万。”

“你们报警了?”

“你胡说，齐羽有这么傻吗？她敢报警？你万一把她心爱的女儿怎样，她受得了吗？她只怕会跳楼。”

听到了琪琪的哭声，刘五跑过去一看，见只有琪琪在草丛里，邓杆不见了。

刘五喊："邓杆！邓杆！"

哪还有邓杆的人，邓杆是不是跟马龙串通好了，让我一个人给警察抓？刘五恐惧地到处找邓杆，急得腿都软了。

"邓杆！邓杆，你在哪里？"

只有江风从矶头上吹来，荒草和松树发出呜呜的声音，那个小女孩在草丛里哭得呜呜哇哇，像是要背过气去。邓杆一溜，刘五知道大事不好，自己孤家寡人，这不是马龙搞的局吗？钱分文未得，明明这就是绑架，自己怎么就进了他的圈套？

"姓马的，我进了你的圈套！"他对着手机大叫，快哭起来。"你设笼子让我来钻，你真的打了，我求求你将四十万撤回去！你撤回去，我不要钱，你撤回去，我送琪琪回来，只当这个游戏没发生一样。"他说这些的时候，他跪下去了，在高高的楚王矶上，面对着脚下惊涛滚滚、烟霭茫茫的长江。

"傻×，能撤的吗？除非你再打回来，喂，这事弄麻烦了，齐羽报警了！"

刘五听到"报警了"，双眼一黑，完了。

"你去死吧，四十万就是死刑，你不是在楚王矶吗，带上那个杀人犯石仔的孽种琪琪一起，跳江吧，跟石仔一起会合吧！哈哈！……”

天近暮色，天空乌云密布，大风呼啸，远处隐隐传来雷声。是雷声吗？当刘五发现走到楚王矶最上面时，已经无路可走。往后面一看，似乎有人影过来。他抱着挣扎的琪琪，一下子看到了两个警察，后面是齐羽、马龙和孙保卫等一些人。是幻觉吧？这时风声大作，树木乱响，确确实实他看到了警察和正在朝他跑来的齐羽。

“妈妈，妈妈，我要妈妈！”

琪琪比刘五先看到，哭喊着。

刘五死死抱着她，像抱着一根救命稻草，歇斯底里地说：“你们别过来，你们过来我就把她扔下去！”他果真举起琪琪，举过头顶。

“刘五，你冷静！”警察站住了，对刘五喊话，并将齐羽拉住。齐羽的惊喊让刘五更加慌张，警察已经布置了从侧面包抄而去，救下琪琪，他们必须稳住刘五，不让他铤而走险。

“刘五，有话好好说，放下孩子，争取宽大处理！”

“给我让出一条路来！”刘五声嘶力竭地喊，他已经疯了。

警察互递了眼色，正准备示意大家让路给刘五。

这时候，齐羽控制不了自己，她看到琪琪在刘五的腋下痛苦地挣扎，突然扒开警察，冲了过去！

“琪琪，琪琪！”

刘五完全措手不及，他不自觉地往后退了一步，蹬得悬崖上的石头哗哗下坠。

“别过来！别过来！”

孙保卫去拉齐羽，拉不住，为了孩子，她像一头护崽的牝牛，不顾一切地往前冲去。

齐羽抓住了琪琪，两个人争夺着，警察箭步上前，孙保卫也跃了过去，刘五不放手，他再往后退，一脚踩虚，与抓着的琪琪一起坠下了悬崖……

风声如鼓，涛声如雷。一线夕阳射到江面上，像是鲜血在浮动……

先被抓的是邓杆。因为在度假村的监控里，有他与刘五在一起。再调看齐羽别墅及周边的监控，证实那个穿雨衣、戴口罩抱走琪琪的是邓杆。自然，邓杆供出了马龙。

齐羽沉浸在失去琪琪的悲痛中。马龙来辞职，他把收拾好了的旅行包放下。

“你再想想。”齐羽坐在沙发上说。

“我想好了，应该结束了，我已经卖掉市里的房子，回乡包一块地，养一塘鱼，放一些羊，再娶个乡下女人，安稳生活，城市不是我的归宿。”

“你这是在抱怨我们齐家待你不好？”

“没有，我说的是城市，是异乡，是远方。过去我对家乡之外的远方抱了太多太美好的梦想，现实证明，一切一场空。我们没能得到想得到的，也没能拥有想拥有的。我还在书上看到说，一个男人和一个女人的相互吸引，是因为基因造成的。如果是这样，那我就没话可说了。我知道最重要的是我们不在一个档次上生活，我们的阶层相差太远，无论我怎么努力，我都只是一个管家，一个与你不对等的乡下人。好了，别恨我，也别想起我，忘掉我吧，忘掉我在齐家的一切……”

他把车钥匙、办公室的钥匙一大串都轻轻地放在桌上。

警笛在院子外响了起来，警车一下子就开到了门口。

“怎么回事，齐总，马主任？！”王姐喊。

“别紧张，是来接我的。我想回乡下，看来，我连乡下也回不去了，这就是我的命运。”

他提上旅行包，走出门去。

两个警察等着他。马龙走过去，放下包，把双手送了过去。

二十

从神农山区开往武汉的长途汽车上，一个男人从昏睡中醒来，把手伸进身边的一个背篓里，摸出一个煮红薯，吧唧吧唧地吃了起来。

然后又喝水，一个装过酱菜的玻璃瓶成了水杯。他咕噜咕噜地喝着，吃着，前后左右的乘客都对他侧目而视，可他却如入无人之境，只管自己消受。

这男人约三十岁年纪，面孔黝黑，皮肤粗糙，一件灰色化纤夹克，拉链拉得严严实实，却胡子拉碴，头发蓬乱。他吃喝完毕，又掏出一支烟，划燃火，抽了起来。辛辣的烟雾呛得旁边一个年老的乘客咳嗽起来，边咳边用手示意他灭掉那令人难受的烟。那男人只好在车窗上摁熄了烟，将未抽完的夹在耳朵上。

正是吃晚饭的时候，孙保卫一家正在用餐，听见了咚咚的敲门声，声音洪大，像是房东收租的。

“是房东?”荆欢欢起身问，“谁?”

没有回答，只是敲。

孙保卫直接去开门，一个陌生的乡下男人出现在大门口。

“你找谁?”

神情疲惫的男人见了屋里的人，一下子眼睛光芒万丈，声如洪钟地喊：“欢欢!”

那男人冲进屋来：“欢欢，可找到你了，是捡捡吗？捡捡长高了！我的儿子!”

这男人一把抱起正在椅子上的捡捡，把捡捡弄哭了。

荆欢欢手中的碗掉落地上，发出尖锐的破碎声。

捡捡的生父柳福来了。他是怎么找到荆欢欢住处的，他自己都说不清楚，好像是通过派出所寻人启事辗转弄到的。

晚上，孙保卫开夜班车，正好避开这个脏兮兮的男人。

男人给荆欢欢说：“……家里遭了灾，山洪暴发，啥都给卷走了，就剩下俺光溜溜一个人，屋毁了，庄稼也毁了，俺无家可归，只好到城里来找你们……”

荆欢欢神不守舍，气瘀在心，不好发泄，对柳福说：“你不是说好了不来找我们的吗？我跟你讲过，捡捡长大了去山里认你，你这人不守信用，真是浑蛋，你来了我怎么活啊?！……”荆欢欢伤心地掩面而泣。

柳福说："你别哭了，好吗？假如你们不欢迎俺，俺待两天就回去。"他叹了一口气，把背篓抱过来，从里面拿出一些山货，有木耳、香菇、竹笋，"这都是在山洪过后找出来的一点东西，还有这几根野天麻，俺去年就给你留着了，想哪一天能带给你，炖母鸡，治脑壳疼的，你现在脑壳还疼不？"

荆欢欢说："你就别管我疼不疼了。"

"……还有这个，这个。"柳福又拿出一个木制的小人翻筋斗的玩具，说："这是俺给捡捡做的，让他拿着玩……捡捡，你玩爹给你做的小人儿。"

捡捡躲在荆欢欢怀里，没接。

"来呀，你怕俺？俺是你爹呀，捡捡！"

捡捡就是不接。荆欢欢突然爆发了："你拿这些东西来干什么，干什么呀！你来干什么呀？你这不是害我，害我跟捡捡吗？！"

荆欢欢的哭诉使柳福愣怔住了，他茫然无措，嘴瘪着，好像也要哭起来，果然，他蹲下去，哇哇地哭了起来。

"俺想你们也不行？俺想看看你们也不行吗？捡捡是我的亲骨肉，这世上就他是我的亲骨肉。"

荆欢欢哭着说："什么亲骨肉，你虽然救了我，但趁我失忆，生下了这个娃子，你想想你是什么性质的事，我没告你强奸就不错了。就算你待我不错，你也是犯罪，你害了我一辈子，明白吗！……”

荆欢欢想到自己的身世和命运，越哭越伤心。泪流干了，荆欢欢说：“我求你现在就走，好吗，求你放过我，放过捡捡，我现在就带你去别的地方歇息，赶快离开我的家。”

柳福睁着红红的、迷惘的眼睛问：“你要把俺送到派出所吗？”

荆欢欢让他背上背篓，说：“走啊，快走啊！”

“俺在这儿歇息一晚也不行吗？”他看着捡捡，不想走。

“这是我的家，不是你的家。”荆欢欢嘶叫着。

“你的家不就是俺的家吗？”

“你再胡说，我就叫警察！”

一听说要叫警察，柳福蔫了，只好乖乖地跟着荆欢欢离开了。荆欢欢想找个便宜的旅社让他住一宿，找到一家，一问，便宜的也要五十元，这咋搞？荆欢欢一筹莫展。

她忽然想起下楼经过时，在一楼拐角的地方，有个清洁工坐下休息的破沙发，是别人扔掉的，这沙发晚上没人来坐，就可以节约五十元。她便将柳福带回楼里，指着那个破沙发说：“我抱床被子，你就在这儿睡吧。”

柳福坐在露出海绵的坍陷进去的沙发上，说：“俺就睡在这儿啊？”

荆欢欢在家里抱了一床棉被给他，他笑嘻嘻地说：“好哇，反正你就在楼上。”然后他开始脱衣服，上衣脱成了赤膊，又脱长裤。

荆欢欢大声喝止：“这里不许脱衣裳！快穿上！快！”她抓起他的衣裳扔给他。

柳福边穿边不解地说：“穿衣裳睡啊，那不费衣裳呀？”

开着车也无法定神，孙保卫叫来了孟盆子和妹妹孙小妹，三人坐在大排档里。孟盆子问孙保卫：“这真是麻烦呀，你准备怎么办？”

“我哪知道？”孙保卫低着头，扯着头发，把啤酒杯重重地搁在桌子上。

“你应该把他撵走，你应该报警！”孟盆子说。

孙小妹说：“对！应该把这种人抓起来，他把嫂子害得好苦。”

孟盆子对孙小妹说：“哪还是你嫂子，是别人嫂子了。一个女人，不能脚踩两只船，你说是不是？”

“你说谁哪？”孙小妹问。

“我不是打个比方嘛。”孟盆子说。

孙保卫本来要开车，并没有喝酒，可他竟然拿起酒杯就往嘴里倒，被孟盆子抢过来了，说：“你开车，别开玩笑。反正，这样肯定不行，以后这日子怎么过？非得把那家伙赶走，明天我去，看我的，我相信荆欢欢也是这么想的……”

早晨孙保卫交车回来，看到一楼楼梯转拐角处，那个柳福穿着汗衫正在跟一个女清洁工吵架。清洁工以为睡在沙发上的是个流浪汉，让他走开，这是她们休息的地方。柳福说他不是流浪汉，他的老婆就在楼上。

“你老婆在楼上你咋在这里睡觉，被老婆赶出来了？”

柳福说：“我睡在这里很好。”

孙保卫知道了昨晚他睡在这里，柳福与女清洁工争得面红耳赤，惊动了楼上的荆欢欢，她下来问明情况，跟清洁工说着什么。孙保卫没管他，径直上楼，他早晨交车后，太困，就在另一个房间里睡下了。听到荆欢欢说话的声音，好像把那个柳福带上来了，她对柳福说：“你先坐会儿，我去买菜。”荆欢欢背着捡捡出去了，孙保卫睡不着，在阳台上喂鸽子，看天。

这时，孟盆子敲门，柳福开了门。当孙保卫从阳台迎出来，孟盆子对他视而不见，却用一双冷冷的、怪怪的眼睛看着柳福道："你是谁?"

"俺，俺……"

"你怎么到这个屋里来了?他你认识吗?"孟盆子指着孙保卫问柳福。

柳福嗫嚅着，嘴里像含了个萝卜，摇着头。

"你到这个家里来你连他都不认识?我告诉你，他叫孙保卫，荆欢欢的丈夫。他是荆河市黑社会头子，大流氓地痞，杀人如麻，下人的膀子就像掰竹笋。"他做了一个掰断的手势，"把人打残、挑脚筋、挖眼睛是家常便饭。如果他喜欢，下你这样的一只膀子，就两三秒。在荆河市，谁敢惹他?惹他就没命了，挖个坑就埋了，丢进江里就让王八吃了……"

孙保卫喊："孟盆子，你说什么!"

孟盆子没有停下来，他继续说："你是来跟他学习打架的，还是来跟他学习杀人的，啊?"他逼近柳福，"我刚听说他想杀一个人，那个人把他的老婆强奸了，趁他老婆失忆强奸了她，还生了个长得像个傻×的儿子。他自己还没有儿子，就让你这山里野猪把白菜拱吃了。他想杀这个家伙，正准备到神农山区找人哩，刀都磨好了，你看——"孟盆子掏出一把刀来，在柳福面前晃了晃，“这下好了，没想到那家伙自己送上门来，准备伸出脑袋让他砍。”他挥刀做了一个砍头的姿势，“你说，这不是机会吗？砍下强奸犯的头，送交派出所，这不是正好吗？你说，睡别人老婆还让对方生小孩的男人可不可恨？该不该杀？！……”

柳福背上背篓就往外跑，生怕跑慢了脑袋掉在荆河市。

“哈哈哈哈！”孟盆子因成功的恶作剧而狂笑起来。

孙保卫夺过他的刀，出门喊柳福：“回来！回来！”

柳福跑得飞快，一层一层跌跌撞撞往楼下蹿，在一楼跟荆欢欢撞了个满怀。

“你这是干什么？”荆欢欢问。

“他、他、他们要杀俺。”柳福惊慌地说。

荆欢欢果然看到孙保卫手提着明晃晃的刀朝楼下跑来。

“保卫，你要干什么？”

“我喊他回去。”

荆院长夫妇也来这儿了，几个人在楼道相遇。

“孟盆子的刀，我没有要杀他。”孙保卫说，“我是要他回去。”

“俺不，俺不，还有一个人，他们要杀俺。”柳福仓皇地说了又要开跑。

“怎么回事?”毛助理拉住柳福，“你姓柳吧？上楼去，有话给你说。”

回到孙保卫的家里，毛助理拿出事先拟好的一张打印纸，对柳福说：“我们都很同情你，也感谢你救了我们的女儿，但你乘人之危，干了坏事，生下捡捡。现在我们的态度是：不追究你犯罪的问题，不要求你负刑事责任——只要我们报警，你肯定是要负刑事责任的，判你十年八年很正常。我们放你一马，你放我女儿荆欢欢一马。今天你就回山里去，永不可再来，捡捡也与你无关了，他的抚养费也不找你要了，从此与荆欢欢和捡捡一刀两断。请你在这上面签个字。”

柳福不签，说：“捡捡与俺无关？俺不信，捡捡是俺的儿子，生他的时候，俺就在跟前哩，俺心里没数?”

荆院长说：“我们说的无关是以后与你无关，至于他认不认你这个父亲，是他的事，你不能强迫。”

“捡捡与俺有关，他叫柳捡捡，还要给俺柳家传宗接代哩。”柳福喊诉着。

毛助理火了，指着孙保卫道：“捡捡的父亲是他，不是你，他们才是父子关系。”

柳福说：“哄俺呢，他们是父子关系，看看捡捡像谁嘛，咱跟他站这里，让大家看看，捡捡像谁。”

“你给我滚蛋，欠揍吧你！”孟盆子撸着袖子说。

“他又要杀我。”柳福躲到荆欢欢的身后。

“签了字背上背篓走吧，”毛助理说，“再啰嗦你可要坐牢了。”

荆院长将笔递给柳福，柳福哭了，柳福拿着笔，在纸上签字，边签边哭着说：“捡捡是俺儿子哩，捡捡是俺儿子哩……”

荆院长替他拿上背篓背上肩，毛助理掏出了五百块钱给他，说：“这是对你的一点心意，去买张票快回去。”

柳福攥着钱依依不舍地往外走，哭着，抹着泪，突然跑过来抱住捡捡：“捡捡，你是俺儿子！捡捡，跟俺回家！俺儿子没了，儿子没了呀！……”

他的哭诉确实揪人心，边哭边往外走。这时，荆欢欢哇地哭了起来，冲出门去，朝他喊：“柳福，你站住！”

柳福泪眼婆娑地回过头来，望着荆欢欢。

荆欢欢对大家说：“你们不要撵他了，他很可怜，山洪暴发，什么都冲走了……”荆欢欢泣不成声。

众人不相信荆欢欢竟要留下他，这是荆欢欢在替一个欺负过她的山民说话吗？

柳福暂时被安排在白楼里打扫卫生，就与保洁工住在一起。他早晨起来卖力地拖着地板和一级一级的楼梯，毛助理从外面进来，正在楼梯底下，有水滴到他头上、脖子里，抬头往上一看，原来是柳福没把拖把拧干。本来他对荆欢欢留下这个人就不高兴，见他干活也不利索，就生气地对着上头的他说：

“喂，柳福，你是怎么搞的，你将拖把拧干点不行吗？”

柳福朝下一看，是毛助理，他慌忙对着塑料水桶拧拖把，慌张时，拖把碰到了水桶，翻了，半桶脏水哗哗地淌下楼梯，把毛助理兜头淋成了落汤鸡。

毛助理跑开了，满头的脏水，大喊：“哎哎，柳福你淋我干什么？”

“对不起，对不起。”

柳福去抢倒下的水桶，又在楼梯上绊了一下，桶抓住了，头却磕在楼梯上。他正要爬起来，看到一双脚，抬头一看，是孙小妹。

“你这是在拖地？”孙小妹恨恨地问他。

“我、我没站稳。”柳福说。

毛助理走上来了，一身的脏水，对他横眉冷对：“你连个楼梯也不会拖，你怎么这么笨啊。”

柳福爬起来，他的背篓放在了楼梯口。毛助理说：“你还是走吧，你爱去哪儿去哪儿，天高地阔，世界之大，你何必非要到荆欢欢这儿，到我面前晃来晃去还搞破坏。你想想你犯了什么罪？趁人患病失忆，进行强奸，生下孩子，你犯了法，要判你重刑，判你死刑也不解恨，你害了我女儿荆欢欢一辈子，你还敢来找她，你胆子真是大啊，我放你一马，快走吧！”

柳福放下水桶，放下拖把，哭丧着脸，背上背篓，凄惶地走下楼梯。一出白楼院子，院门就关上了。柳福回过头看着这栋白楼，怅然若失，顺着街道孤独地、慢吞吞地向前走去。

北风骤起，柳福拢拢单薄的衣裳，缩着脖子，他额头上是刚才在楼梯上碰出的血痕。

得知柳福是真的走了，荆欢欢急切地去大街上寻找。她去了长途汽车站，没有见到他的影子，当天的班车早开走了，再没有了。她在街头四处找着，一直到华灯初上，荆欢欢还是没有见到他的人影。她漫无目的地踅回长途汽车站，在候车大厅外的墙角，突然看到了缩着头无精打采的柳福，旁边是那个非常显眼的、在城里很难见到的大竹背篓。

“你在这儿干什么?”

柳福听到有人叫他，从混沌中醒来，睁着血红的眼睛，看见是荆欢欢，忙从地上站起来。

“你在干什么?”荆欢欢恶狠狠地问他。

“俺回家，坐车回家，毛助理他们把俺赶走了，俺、俺就……”

“嗐！你吃了饭没有?”荆欢欢问。

柳福摇头。

“跟我走!”

柳福背上背篓问:“去哪儿?”

他跟着她走，来到旁边一家面馆，荆欢欢给他叫了一大碗肉丝面。

面来了，她对他说:“你吃啊，快吃啊。”

“你不吃吗?”

“你吃，你快吃。”

柳福便狼吞虎咽吃起来。

荆欢欢看着他，眼泪不住地滴落。

孙保卫早晨交车回来，在一楼看到清洁工破沙发上有一床被子，一个大背篓，莫非那个柳福又回来了? 上楼回家，果然看到柳福提着裤子从卫生间出来，不好意思地朝他笑笑。荆欢欢从厨房出来，看到孙保卫回来了，又看到柳福提着裤子，厉声对他说："排风扇打开没有？"

柳福赶快去开排风扇。荆欢欢对孙保卫说："我忘了打电话告诉你，昨天毛爸爸发脾气要他走，他一个人在大街上无家可归，我就让他又到一楼沙发上睡了……"

早餐是面条，柳福也没喊孙保卫吃，找荆欢欢要辣子酱。荆欢欢给他拿出一瓶辣子酱，他便在瓶子里挖出一大勺子，搅进面条里，吃了一口，还觉得不过瘾，又挖了一大勺子，这才有滋有味地吃起来。

他毫无顾忌地大快朵颐，然后仰着头抽着冷气想压辣劲儿，声音很响。荆欢欢对柳福说："你吃东西咋像猪吃食？声音小点好不好？"

"啊？"柳福茫然，停下筷子，他已经看出了荆欢欢的不高兴，吃的兴趣被泼了冷水，只好埋头慢慢扒拉。

吃完了，荆欢欢问："你不把汤喝掉吗？"

看得出来柳福是想喝那个面汤的，荆欢欢允许，他也就不客气了，端起碗，咕噜咕噜将一碗面汤一口喝净，放下碗，舒了一口长气。

中午，孙保卫睡了一觉醒来，听见了阳台上鸽子拍打翅膀挣扎的叫声，他起来一看，阳台上的柳福手上抓着一只鸽子，正是“白雪”。

“你抓它干什么?”孙保卫问。

“好肥哟，你看它的肉。”他摸着鸽子的脯子说。

荆欢欢闻声出来，见此景道：“你还不把鸽子放掉!”

柳福就是不放，说：“这么多鸽子，养它不宰了吃吗?”

孙保卫问：“你是不是想吃?”

柳福嘿嘿笑了，荆欢欢火了：“还不放手，别把鸽子捏死了，这是信鸽，不是吃的。”

柳福说：“就是这只鸽子，我认得的，是它把荆欢欢唤醒了，那时候，荆欢欢叫大妹子，她叫我保卫保卫……”

荆欢欢说：“不说那些了！丢人!”

有人敲门，张霞来了。两姊妹相认后，又来了个柳福，捡捡的亲生父亲，这事荆欢欢没跟妹妹讲，可张霞来了。

张霞将她给捡捡买的玩具和零食给了捡捡，从阳台进来的柳福一看，刹那间愣住了，一个与荆欢欢长得一模一样的女人。他问：“这是……”

荆欢欢没搭理他，倒是张霞看着这个乡下人，问她姐道："他是……"

"噢，从神农山区来的。"荆欢欢含糊地说。

张霞已猜到八九分，倒是柳福明白了，问荆欢欢："欢欢你们是双胞胎，就像一个模子里脱出来的，你是姨姐还是姨妹？俺是捡捡的爹。"

"你够了，谁是你姨姐姨妹呀，滚到一楼去！"

柳福只好开门去了一楼。这时荆欢欢把张霞拉进卧室，关上门。张霞说："姐，这个人来了，你咋让他住这里？"

荆欢欢痛苦地说："我咋办？让他去福利院打杂，什么也干不了，被毛爸爸赶走了，你姐夫还很大度，让他在这里吃，在一楼的一张沙发上睡。"

"是你要他来的？"张霞问。

"哪儿呀，他自己找来的，他家里山洪暴发，房子冲了，庄稼没了，就跑来了……"

"姐，你不该心太软，当硬的要硬，捡捡是你孩子，你养可以，这个人与你没有关系，是来害你的。"

"怎么与我没有关系，他是捡捡的亲生父亲，不是他救了我，我早就是荒山里的一把骨头了，说不定骨头都被野兽吃了，我如何忍心将他撵走？"

"姐，你、你太善良，本来捡捡让你家里乱了套，这个男人来了更要乱套！就算他待你很好，救了你的命，你也不能同时跟两个男人在一个屋檐下过呀。”

荆欢欢叹着气说：“唉，霞儿，你说怎么办才好?”

“姐夫的态度呢?”

“他呀……他不说话，他是个好人，再说，自从我带着捡捡回来，他就不跟我在一个床上睡了，我们的关系也名存实亡……”

张霞想不出个好办法，姐的意思是手心手背都是肉，都不能割舍，但似乎她与孙保卫的关系也到头了，命运真是捉弄人呀。

“你还是先把这个男人弄走，离开你家，至于你与姐夫的关系，慢慢修复。”张霞说。

“霞儿，你说，谁才是你真正的姐夫?”

张霞答不出，这是个复杂的问题。

中午荆欢欢下楼去喊柳福吃饭，人不见了。她上来对孙保卫说：“柳福不见了，背篓还在下面。”

两人在周围去找，终于在一处拆房子的工地那儿，孙保卫看到了柳福站在二楼的楼顶上，抡着八磅锤，挥汗如雨地砸着水泥墙。

“喂，柳福，你快下来!”荆欢欢喊。

柳福没有听见，还在继续捶打，砖石横飞。一块预制板被撬下来，砸在地上，发出沉闷的响声，并腾起一股浓浓的尘雾，等尘雾散去，孙保卫和荆欢欢身上都落上了一层白粉。

“你快下来，柳福！”荆欢欢又喊。

下来的是一个灰头土脸的人，告诉他们，工头答应这里干一天活给他两百元，还管盒饭。

孙保卫除了开车，基本不想回家，家已不像是家，准确地说，家已不是他的家，家里想起来就头疼，怎么会出现两个男人，还有一个与自己无关的孩子。他在路过齐羽的别墅时，打了个电话，只是想看看她失去琪琪之后精神恢复得怎样，也想向她倾诉一下，唉，家家有本难念的经。

孙保卫看到齐羽的气色不错，虽然还没有完全从失去女儿的悲痛中走出来，但有些事情的结束，会是好事，哪怕有短暂的痛苦。

说了一些烦心事，齐羽劝他：“你也不要太伤心，总比我强吧。”

“我等她回来，总算活着回来了，想想我会多高兴，可她带回的却是别人的孩子，这我也认了，哪知又跑来一个人，并且声称是来找老婆儿子的，且还要住在我家，那个家，本来是我的，我却成了多余的人。”

“你有正式的婚姻手续，而他们是非法婚姻和非婚生子女。在法律上你是合法的，而他们既不合法，也不合情，更不合理，而且是违法的。”

“合法有什么用，孩子是别人的，亲生父亲来了，不合法也是别人的。”孙保卫说。

“只有经历过的人才会同情命运相似的人，我说句实话，我非常同情你老婆，我若是她，连活下去的勇气都会没有，还在家伺候你们两个男人和一个孩子。天哪！怎么会是这样，荆欢欢确实应该同情，你千万别对她不好，她有多悲惨！错的不是她，你有相当大的责任。作为一个男人，要敢于担责，虽然她的精神非常强大，但如果你不关心她容忍她，她的精神总有崩溃的一天，可想而知。”

孙保卫不说话。

齐羽又说：“我知道你是个善良的人，你不好决定。”

“假如你现在是我，当你进入我那个家，你应当怎么办，你教教我。”孙保卫说。

“那……”齐羽清了清喉咙，装模作样地逗趣孙保卫道：“我就说，儿子，来，亲爸爸一个。我就喊那个男人，大哥，来，咱们干一杯，以后，咱们就算兄弟了。”

“兄弟？大哥？假如他也叫那个小孩儿儿子呢？也说，儿子来，亲爸爸一个，我是不是要跟他打起来，为争夺儿子？”

“这就是你待人的技巧了，我听说，偏远地区，娶不起媳妇，兄弟俩娶一个媳妇，一个屋檐下，相安无事，这也不稀奇。”

“你在取笑我？”孙保卫要变脸了。

齐羽说：“不，不，不，我开个玩笑，我的意思是说，要承认现实，可以让荆欢欢选择一个，这样下去，不是长久之计。”

“她会选择谁呢？”

“选择你，你高兴；选择那个山里人，你也应该高兴。”

“选择他我高兴？”

“对呀，你可以搬到我这里来住，我这里有房子。”

孙保卫听到这话，不啻听见一声雷鸣，看着她足有一分钟，但后来又摇摇头。他在她眼里看到了真诚和召唤，但愿他没理解错。他还是摇着头。

在福利院，毛助理听说那个柳福又被荆欢欢找回接到他们楼下住了，对孙保卫说：“保卫，我支持你把他撵走，你替我撵，我不怪罪你。这人没一点道理，欢欢也是糊涂，她咋这么糊涂呀，明明人家已经走了，还把他找回来，这日子怎么过？荆欢欢是怎么想的，糊涂！”

孙保卫双腿夹着双手，不吭声。

“不好意思撵，是吧？那这样，你出车，让欢欢和捡捡到我这儿来，就说上班，然后你把门一锁，看他还能上哪儿，在哪儿吃喝。”

荆院长拍拍毛助理因激动而颤抖的手，说：“歇歇，歇歇，别激动，听我说……”

毛助理说：“我不想听你说话，你这样的人，只能办孤儿院。你是不是想把那个家伙也收养起来？因为他说他也是一个人，也是孤儿了。”

“我不是这个意思，”荆院长说，“你撵人家到哪儿去？再说，欢欢都不撵他，你们凭什么撵人家，要恨他应该是欢欢最恨，是不是？她都容得下他，你们为什么不能容下他，非要赶别人走？”

“那请你把房子腾出来给他住，好吗？”毛助理说。

“你当初就不该赶他走。”

“我再把他八抬大轿接回来喽？”毛助理揶揄道。

“那倒不必，我寻思，给他租一间民房，再给他找份活儿干，好歹他自己能混饱自己的肚子就行了。”

毛助理不同意，敲着桌子道：“等于还是在欢欢和保卫眼皮子底下，我说院长，你是不是也糊涂了？”

荆院长说：“我没有。欢欢是他救下的，应该是心肠很好的山里人，现在生活无着落，还不是想投亲靠友，到城里来混口饭吃，何必让他觉得，城里人个个心肠都很硬都很冷漠呢。”

“我们成了他的亲戚，我们要热情接待他照顾他？岂有此理！岂有此理！这个欢欢脑壳摔了后至今还没好！”毛助理拂袖而去。

与荆院长商量后，孙保卫决定去找冷库的蒋主任，他有个电动三轮车，可以给柳福开着送货。

老蒋还是老蒋，还是胖，还是主任，还在冷库的磅秤旁过秤、发货、拢账。

“主任！”

听见有人在喊他，蒋主任抬起头来，认了半天认出了孙保卫：“保卫呀，什么风把你吹来了？坐坐坐。”

两人坐定寒暄后，孙保卫将两包黄鹤楼1916的烟给了老蒋，说：“无事不登三宝殿，我来是有事求您的。”

“你还求我？你开出租车赚大钱去了，有什么事求我？批发猪肉鸡爪呀？”蒋主任乐呵呵地说。

“是这样，我有一个乡下亲戚，没事干，看能不能帮您送送货，反正我有个电三轮。”

“多大年纪？”

“三十来岁吧。”

“身体行吗？”

“不错。”

“不会又是像万儿那样的，净给我惹事吧？”

“神农山区的人，老实，保证不会。”

“哦，神农山区的，我信任，啥都别说了，让他来……”

柳福学了两天骑车，便跟着孙保卫到冷库开始送货。第一趟孙保卫开着出租车跟着他，并教他认识交通标识和规则，柳福学得很快，送货很顺利。

荆欢欢给柳福在冷库不远处租了个小屋，便于他早晨上班。最好的是冷库有食堂，一日三餐都有了保障。孙保卫和荆欢欢给他收拾东西，孙保卫还将自己的衣裳清了一大包给柳福，冬夏的衣裳都有。荆欢欢还给他买了一个小闹钟。临走时，柳福对荆欢欢说：“你不能把你跟捡捡两人的照片给俺一张吗?”

荆欢欢还是给了他一张。

这天早上，柳福惺惺忪忪地装好货，骑上三轮车，出了冷库，突然从路边闪出一个人来，喊他的名字。柳福一惊，偏头一看，竟是荆欢欢，用双肩带背着熟睡的捡捡。

“你!”

荆欢欢说：“你单独一个人上路行不行?”

柳福说：“咋不行? 力气活，路我都熟了。”

他招呼她：“你坐上去吗?”

荆欢欢爬进车厢。

三轮车缓缓行进着，由荆欢欢指路，到了一个送货点，荆欢欢教他怎么卸货、签单，然后再骑往另一个餐馆……

送完货，柳福的电动三轮车将荆欢欢和捡捡送到白楼，才回到他的出租屋。

这天，荆院长抱着捡捡对荆欢欢说：“这孩子太像柳福了，如果有一点像保卫就好了。”

“怎么可能像保卫呢?”荆欢欢说。

荆院长说：“柳福不跟你们在一起了，趁年轻，你要考虑跟保卫生一个。”

“不要提这个事，荆妈妈。”

“为什么？”

“现在不太可能。”

荆院长觉得蹊跷，问：“是怎么回事？”

荆欢欢只好讲了实话：“他现在完全不跟我睡一起。”

“啊，怎么可能？”

“也许是他晚上开车，太累，白天要睡觉，我们把时间错开了。”

“这不是理由，你跟我说实话。”

“保卫是个好人，不要责怪他。”

“他不想要孩子？”荆院长问，“他究竟有什么打算？他不想要孩子，他就是想抛弃你。”

“不是，不是。”荆欢欢坚持说。

“问题严重了，可我又不好跟他谈，这如何是好啊。”荆院长忧心如焚。

毛助理进来说：“你们母女在说什么悄悄话？”

荆院长说：“没说什么，没说什么。”

可是他看见屋里的两个人神色凝重，觉出了点什么，问：“怎么啦？”

“说了没什么，你带捡捡出去玩。”荆院长对毛助理说。

“我们要走了，荆妈妈、毛爸爸。我还要回去给保卫做饭。”

望着荆欢欢带着捡捡离开的背影，荆院长忍不住抽泣起来，毛助理问：“你怎么啦？”

荆院长说：“他们的感情完了。”

“你说谁？”

“欢欢和保卫。”

“是不是那个柳福，还有捡捡！”

“回来了这么久，竟然没有睡在一起。”

“不会吧？”

“她亲口跟我说的，保卫心里有疙瘩，这样下去的话，肯定是完了。”

“我早看出来了，话又说回来，一个别人的孩子，他如何能亲得起来？”

“我们不都是养着别人的孩子吗？”

“这不同，这不是你跟别人生的。”

“你们男人都一样。女人最容易受到侵犯和伤害，能怪她们吗，难道就不能原谅她们？现在我总算明白了，这些孤儿、弃婴里面，他们的母亲中，许多是受到侵犯和伤害以后，怕这个社会还有亲人不能原谅她们，而把孩子扔掉了的。唉，我的女儿，我可怜的女儿……”

柳福被闹铃惊醒，他伸出手来按下了闹钟。窗户的冷风灌进来，他拢拢单薄的被子，身上发着抖。拿到衣服想穿，头沉得不行。他斜靠在床头一会儿，好像又要睡过去了。“阿嚏！阿嚏！”连打了几个喷嚏，晃晃脑袋让自己清醒。他摸摸自己额头，烫得不行。但他还是起床，洗脸、刷牙，然后强打起精神到了冷库。

抱着沉重的纸箱趔趔趄趄走出来，好几次都差一点儿摔了跟头。蒋主任见了，问：“你怎么了，小柳？”过来一摸额头：“你发烧了啊。行吗？”

“俺行，俺行的。”柳福说。

“你这个样子能上路？”

“俺行，俺没事。”

柳福醉汉似的开着电动三轮，开得歪歪扭扭，他烧得虚脱了。人一病，视野就窄了。一辆从路旁工地开出的运土车冲出来，柳福避让慢了一步，被车剐了一下，他无法再稳住车头，翻在地上，货物压了他一身……

荆欢欢接到冷库的电话，得知柳福被撞，赶到医院，好在伤势不重，头上打了绷带，由荆欢欢搀扶着，叫了一辆出租车，回到他的租住屋。到了那儿，荆欢欢让他躺在床上，给他拿出退烧的药和消炎药，端来水，让他吃药。

“以后有病不要硬撑着，得买药来吃，这次差点把命丢了，你怎么向你死去的父母交代?”

“死了算了，死了好，死了死了，一死百了。”柳福闭着眼睛说。

“说这种傻话。”

“俺活着有什么意思，在这儿还不如回到山里去，至少有父母的坟能见着，至少还能碰上几个熟人。”他闭着的眼里，沁出了几滴泪水。

荆欢欢看着他这个样子，鼻头也酸了。她说：“那你来干什么，你当时就不该来。”

“俺想你们。你恨俺，捡捡不会恨俺。”

荆欢欢拿出给他的电锅，插上。柳福问：“你干什么?”

“给你下点面呀，伺候你。”荆欢欢没好气地说。

柳福呆呆地、惶惶地望着荆欢欢。

泪水从荆欢欢的眼里落下，落到电锅里。她背对着柳福，不想让他看到。

第二天，头缠绷带的柳福走进一个商场的玩具柜，买了一个小汽车，拎着出来，他有心记住了去荆欢欢家的路线，倒了两次公交车，给捡捡送玩具。

到了荆欢欢家楼下，他踟蹰不前，因为荆欢欢明确说了让他再也不要到这里来。他在那儿徘徊了好一会儿，终于看到荆欢欢带着捡捡下楼来，柳福想躲也来不及。

“你在这儿干什么？像宵神鬼！”

“我想，我想……”

荆欢欢看到他手上拿着一个大玩具盒子。她看了看楼上，生怕谁发现了似的，拉着他：“快走。”

拐过一个街口，停了下来，荆欢欢对柳福说：“要你别来，你跑来做什么！”

柳福从盒子里拿出那个玩具汽车，递给捡捡，说：“捡捡，今天是你的生日，俺记着哩。”

荆欢欢不领情，说：“我说了捡捡与你无关，你干你的活儿。好了，谢谢你了，你走啊，还站在这儿干什么？”

荆欢欢和捡捡丢下他便到前面的公共汽车站候车。柳福赶上他们说：“你们要去哪儿？”

“你别跟上来了好不好？”荆欢欢急了。

“捡捡的生日，俺不能带他去玩玩吗？”

“我说了不要你管，我现在就是带他去玩的，带他去吃肯德基。”

“吃什么鸡啊?”

他不懂，她不想解释，背着捡捡飞快上了车。荆欢欢没看到，柳福从车的后门跳了上去，缩在一个角落。

荆欢欢下车后进了一家肯德基快餐店，给捡捡买了一份快餐，有炸鸡腿、汉堡、薯条和饮料。她看着捡捡吃。吃完后走出店来，一个在台阶上坐着的人突然在她面前站起来，是柳福。

“你跟着我们干什么啊?”荆欢欢火了，“你是不是神经有问题? 走啊，走开走开!”

柳福恋恋不舍，抬不动脚，可怜巴巴地说:“让俺抱抱捡捡好吗? 捡捡，来，让爹抱抱。”

捡捡拉着荆欢欢的衣角，不肯过去。

“你去你去，让他抱抱。”荆欢欢说。

捡捡这才张开手臂，让柳福抱上了。柳福好不高兴，拿脸就亲捡捡，胡子扎得捡捡立马就哇哇叫了起来。荆欢欢抢过来捡捡，吼他道:“你扎他干什么，真是的。行了行了，你可以走了。”

柳福一步三回头。他包扎着脑袋，微瘸着双腿，一个可怜的山里人。

“楚王湖度假村”里，张霞在擦洗大堂门口的玻璃，她姐荆欢欢下了公共汽车，步行了两站，老远就叫她。

“姐，你是怎么来的?”

“我坐公交车来的。”

荆欢欢背后背着捡捡，来到一个水榭边坐下。张霞要把捡捡放下地玩，荆欢欢说：“让他睡，这孩子瞌睡大。”

张霞问：“姐，你找我有事吗?”

“是这样的，捡捡的爸爸被车撞伤了。”

“谁？是保卫哥还是那个柳福?”

“柳福。”

“严重吗?”

“也不怎么严重，我觉得他怪可怜的，他一个人举目无亲，在这儿，差一点丢了性命，没个人照顾，又听说，他的头部感染了，我想带他去医院看一看。”

“你是不是缺钱，姐?”

“不是，医疗费冷库给他报销，就是下午我不能给你姐夫做饭，我就希望，你能不能请个假，这是钥匙，你给你姐夫做顿饭……”

张霞并没有去接那把钥匙。她说：“姐，你觉得你这样做合适吗?”

“那你说我怎么办？就算我再怎么恨柳福，可他还是捡捡的亲爹，我只好看在捡捡的分儿上了。霞儿，你就帮帮姐这一次吧，本来，我没有权利对你提要求，我只希望你朝你外甥看。”

张霞说：“你是让我冒充你，假装你没有外出？”

“这只怕不行，”荆欢欢说，“到时你姐夫问你，你就说我跟捡捡有点事出去了，就说去福利院了，我回去再解释。”

张霞答应了。

跟姐姐一起到了市区，张霞将买来的菜开始忙活，准备晚餐。她非常能干，非常娴熟，在度假村厨房干过，做了虎皮青椒，做了豆豉香干炒肉，还汆了一个鱼丸青菜汤，又腌制了一些萝卜丝。孙保卫回来了，看到厨房热气腾腾、屋里香味扑鼻，感到奇怪。张霞站在他面前，用围裙揩着手说了一声：“姐夫你好。”

“张霞，你姐和捡捡呢？”

“他们好像有事去福利院了，刚好我来玩，就瞎做了一通，你凑合吃吧。”

她摆好筷子，还给他斟了一杯酒。

孙保卫看着一桌子的菜说：“晚上我要出车，不能喝酒，不过这么多好菜，不喝酒还真舍不得，只好吃饭了，你来吃呀。”

“你先吃吧，我等等姐姐他们，你吃吧。”

“那我就先吃了。”

吃过饭，孙保卫问：“怎么他们还不回来?”

“我也不知道。”

“我先去出车了，你在家等等你姐。”

“好，你去吧姐夫。”

孙保卫走后，张霞等她姐回来，好把钥匙给她。她自己吃了一点饭，收拾停当后，天已经黑了，她拿着钥匙，以为姐姐很快会回来的，但整整一夜，荆欢欢都没有回来。

早上，孙保卫交车回来，张霞还和衣躺在沙发上。

一会儿，荆欢欢和捡捡都回来了，对他们说，“柳福的伤口感染，头痛得厉害，输液输了几个小时，在医院观察，我只好陪着他，所以晚上没回来。”

荆欢欢的脸是青黄色的，疲惫不堪，孙保卫一夜出车，更加疲倦，他没说什么，倒头就睡了。

晚餐时，荆欢欢做了一大锅排骨藕汤，孙保卫端起喝了一口，对荆欢欢说：“你这排骨藕汤给他送一点儿去。”

“谁?”荆欢欢明知故问。

“小柳。”

“算了吧。”荆欢欢不肯。

“你不是说他感染了吗，更需要营养，你还是给他送一点儿去。”

孙保卫就去了厨房，用一个保温饭盒盛了一盒，装好，对荆欢欢说：“你告诉我地方，我开车给他顺便捎去。”

荆欢欢说：“保卫，你越是这样，越让我难受。”

“我是真心的。”孙保卫说。

孙保卫的出租车载着荆欢欢和捡捡来到了柳福的租住屋。

“孙保卫来看你了。”荆欢欢对柳福说。

柳福对孙保卫的到来不知所措，说：“坐坐。”那屋里很难同时容得下几个人，不过孙保卫在那个小桌上，看到了一张荆欢欢和捡捡的照片。

孙保卫说：“听说你伤口感染了，荆欢欢给你送了点排骨藕汤来，你趁热吃吧，我走了。”

“一起走。”荆欢欢放下保温饭盒就和捡捡上了孙保卫的车。

“你不问问他还需要什么？”

“他需要什么？走吧走吧。你把我和捡捡丢在那个公交车站，我们坐车回去。”

荆欢欢下车后，还是挂记着柳福，见孙保卫的车走远了，就在车站边一个包子铺买了一袋刚出锅的馒头，回到柳福住处。柳福见荆欢欢又出现在他门口，高兴得像小孩子似的，说："你们又转来了。"

荆欢欢将那袋还冒着热气的馒头解开，柳福从里面拿出一个就塞进嘴里大咀大嚼起来。

荆欢欢看着柳福狼吞虎咽的样子，说："柳福，你等伤口好了，我求求你还是回去吧。"

柳福问："我不送货了吗？"

荆欢欢说："你别把命丢在城里了。"

"俺不会的，以后俺注意点就是了。"

"你搅乱了我跟捡捡的生活，这样下去，你迟早会拆散我的家庭。"

"俺没有啊。"柳福喊冤。

"如果把孙保卫换成别人，早跟我离婚了。"她把那张桌上的照片翻过来。

柳福不吃了，好像做错了事一样地低着头。

"这是我最后一次求你。"临走时，荆欢欢含着泪说。

她背上捡捡走了，没有回头。

马龙在看守所里，没想到齐羽和孙保卫会来看他。剃着光头的马龙看着有些滑稽，坐在铁窗里凄然一笑道：

“我这样的坏蛋你们还来看我，真是让我受宠若惊。”他看了看齐羽给他买的一些东西，包括食品（都经过检查了），说：“我知道你们想恨我也恨不起来。因为，我不算太坏，不是那种头顶长疮、脚底流脓坏透了的人。你们要是我，也不会比我好多少。看着自己心爱的人不爱自己，无论一个多么正常的人都会变态。不过，在看守所面壁思过，我懂得了一点，你想得到的东西，你越努力将越糟糕，不如顺其自然，比如你。”他指着孙保卫，“喃，真是无心插柳柳成荫啊。”

孙保卫说：“我只是陪齐总来看你。”

马龙说：“谢谢，谢谢我亲爱的情敌。这个世界上，女人是很奇怪的一种动物，而且动物凶猛，你越是追求她，她越不喜欢你。当然，如果你不玩火，就不会自焚；你不害人，就不会害己。”马龙说着说着，眼圈红了，眼睑湿了，“孙保卫，拜托你了，好好照顾齐羽，她现在是一个孤儿，她很善良、单纯，需要人照顾，拜托了……”

时间到了，马龙起身走了，走进那个通往号仓的走廊。

齐羽呆呆地目送他，泪水止不住地汩汩而出。

晚上，趁孙保卫开夜班车去了，荆欢欢好像有什么牵挂似的，在家坐立不安，就与捡捡去了柳福那儿。

柳福的屋子里黑灯瞎火，门没关，推门进去，荆欢欢问："你在干什么？"

一拉电灯，看到柳福披衣坐在床沿上。

"你没睡，又没开灯，搞的什么鬼啊？"荆欢欢说。

"俺睡不着。"

"你伤口好了就回去吧。"

"俺想明天去上班。"

"我要你回去！"荆欢欢大喊。

"俺回不回去与你有什么关系？俺又不是养不活自己。"柳福说。

"你在这儿我没法生活。"荆欢欢说。

"你们搬过来吧，欢欢，俺们有孩子，孩子是俺们的，俺们才是一家子。"柳福说。

"你、你、你说什么？你跟谁是一家子，你做梦吧！"

"俺不是的，俺说的是实话，你搬过来吧，俺要捡捡，要你，俺们天天在一起，就像在山里一样。”柳福激动地过来要抱荆欢欢。

“这是不可能的。”荆欢欢一掌猛力地推开他。

“留下来吧，俺们一起过吧，欢欢，俺会像过去一样对你好的。”柳福跟在匆匆而去的荆欢欢后面求情。他后来停下了，他听到荆欢欢呜呜地哭着，好不伤心。

在路上荆欢欢就做出了决定，她要跟柳福过，事情就这样了。她直接去了福利院。

当她说出自己的想法时，荆院长不同意，说：“欢欢，你是不是疯了？你跟柳福过？”

荆欢欢说：“只能这样了，如果您们愿意收留他、认他，我就回院里来上班，照看孩子们，也可以解决我和捡捡的生活问题。”

“你从家里搬出来？”

“嗯。”荆欢欢点点头。

“那保卫呢？”

“我真的还是爱他，可我感觉他不爱我了，这就是现实，如果要继续活下去，我只有面对。我……我希望我妹妹张霞能代替我，我们以后还是亲戚……”

“你给你妹妹说了吗？她会同意？保卫会同意？”

毛助理被荆院长叫来了，毛助理抱着捡捡

说："跟保卫这样下去也不行，除非将捡捡给我们带，否则这样下去你们都受罪。但是跟柳福在一起，欢欢不是太亏了吗？"

"亏还是不亏，只有自己知道，外人无法评判。欢欢经受得太多，她觉得合适，我们不要干涉，何况，他们已经有了这个孩子。"荆院长说。

"毛爸爸、荆妈妈，亏也是小柳了，不亏也是他了。"

"欢欢，你受苦了，你其实是因为爱保卫，为他受的苦，但孩子是他过不去的坎儿，又来了个小柳，唉。你再回去好好想想，尽量劝柳福回去，万一劝不了，我们尊重你的选择……"毛助理说。

荆欢欢在家里收拾着衣物，潸然泪下。她在衣柜中把自己的衣裳和捡捡的衣裳拿出来，把孙保卫的衣裳该挂的挂好，该叠的叠好。拿着孙保卫的衣裳，许多记忆浮在眼前，哪件是她给他买的，她都记得，去商场的情景历历在目。她把脸贴上去，嗅嗅那上面的气味，端端正正地放回原处。

她把床上的东西也整理好，到了卫生间，把盥洗用品摆放好，毛巾、杯子、孙保卫的剃须刀……都收拾得井井有条。

她打开阳台，看了看已经在笼子里睡着的鸽子，特别是那只“白雪”。她用手轻轻摩挲它的羽毛，说：“白雪呀白雪，是你把我唤醒的，要是你不把我唤醒，该有多好，我就会永远在那个山里，与青山白云为伴，如今我这个痛苦的荆欢欢就不存在了，我只是一个山里的大妹子……”

她把她与孙保卫的那张婚纱照取了下来，放到墙角。提着大蛇皮袋离去时，多看了几眼与孙保卫的合影。她把钥匙放在桌子上，然后带上门，背着袋子和捡捡，下楼而去。

孙保卫早晨刚回到家，就感到有种异样，没见到荆欢欢和捡捡，找了找，没有。钥匙放在桌上，下面还压着一张信纸，他拿起纸来：

“保卫，我走了，你是大好人，可是，我必须走，我走了，你可能会更好，柳福需要我，捡捡也需要他爸，命运对我是不公平的，但我们必须正视这个现实。为了你的未来，为了捡捡，我只好做出这个不情愿的决定。想了一下，如果不是柳福救了我，我早就成为荒野的一把骨头，我这条命是柳福给的，虽然后来的事是他不对，但我不怨他，何况捡捡在我心中是最大，没有捡捡，我活不下去。保卫，我依然深深地爱着你，我拿不出什么来报答你，我想了想，让我妹妹张霞来照顾你吧，如果你不嫌弃，我替我妹妹做这个媒，希望你不要拒绝。她代替我，而我不再是过去的我了，我只能是柳福的媳妇。祝你天天开心幸福……欢欢”

孙保卫读着，读着，泪流满面。

荆欢欢以为，她妹妹张霞肯定会听她的，但当她提起此事，却遭到妹妹的回绝。

“姐呀，你知道为什么咱爸去世后我就不与姐夫联系了吗？姐，爸爸临死前，也这么说过，还是当着姐夫的面说的，说把我托付给他，可是不行啊，我不能害了他。”

“你现在又没有男朋友，嫁给你姐夫会亏了吗？他是个真正的好男人，只不过是被坏人敲诈了。妹妹，你就算帮我一次，我已经跟柳福在一起了，不可能再回去。你姐夫需要人照顾，到时候，你给他生一个，你们也成了一个完整的家庭，而我们就成了亲戚，我不会害你的，爸说得没错，跟了你保卫哥真的没错。”

“姐，我真的不好跟你说，你要我说实话吗？你知道我的过去吗？”

“过去怎么了？”荆欢欢问。

“我告诉你吧，过去我来城里，是为了挣钱给爸爸治病，我只好什么都做，我一个没多少文化的乡下女孩子到城里来，我有什么办法挣钱呢？为了多挣钱，我受了多少难，吃了多少苦，流了多少委屈的泪，”张霞哽咽起来，“现在，我没有生育能力了……”

荆欢欢望着陌生的妹妹，安慰着她，陪她流泪。

虽然孙保卫不停地打电话要她回去，可荆欢欢不接电话，一切都不可能了。

几天以后，有人给荆欢欢送来了她过去的钥匙，来人说：“这是一个姓孙的的士师傅托我交给你的。”

“他要你回去吗？”柳福傻乎乎地问荆欢欢。

荆欢欢觉得蹊跷，问来人道：“他说了什么没有？”

来人说：“对了，他说，那个房子，他要你们一家三口搬回去，租金他已经交了三年。”

“他呢？”

“他搬走了。”

郊外的公墓里，孙保卫和齐羽手牵着手，可以看到齐羽有了微微隆起的肚子。到了齐羽父母亲墓前，他们将一大把菊花献上。孙保卫深深地向墓碑上的照片鞠了三个躬。他带着忏悔和歉意，在心里默默地说：“您们放心吧，我将尽我所能，好好照顾您们的女儿，让她每天生活在开心中，不再有过去的痛苦、恐惧和悲伤……”

他心底的声音越过了树丛，在天空中清越地回响着。一只雪白的鸽子飞来了，鸽哨飞扬，在他们头顶盘旋。他抬起头，金黄色的树林像是涂上了一层铜汁，将天地泼染成一片辉煌……

2023.8.28 二稿于神农架

图书在版编目（CIP）数据

看见 / 陈应松著. -- 北京 : 中国工人出版社,
2025. 1. -- ISBN 978-7-5008-8632-7

Ⅰ. I247.5

中国国家版本馆CIP数据核字第2024DU5263号

看　见

出 版 人　董　宽
责任编辑　宋　杨　傅　娉
责任校对　张　彦
责任印制　黄　丽
出版发行　中国工人出版社
地　　址　北京市东城区鼓楼外大街45号　邮编：100120
网　　址　http://www.wp-china.com
电　　话　（010）62005043（总编室）
　　　　　（010）62005039（印制管理中心）
　　　　　（010）62379038（社科文艺分社）
发行热线　（010）82029051　62383056
经　　销　各地书店
印　　刷　三河市国英印务有限公司
开　　本　787毫米×1092毫米　1/32
印　　张　14.75
字　　数　239千字
版　　次　2025年1月第1版　2025年1月第1次印刷
定　　价　52.00元